文春文庫

# お順

下

諸田玲子

文藝春秋

# お順　下巻　目次

# お順

下

# 第三章　象山の自惚れ（承前）

三

陰暦の九月二十九日はすでに初冬である。

寒風の中、象山一行は国元の松代へ向けて出立した。早朝のはずの予定が夕刻になってしまったのは、老母まんの体調がすぐれず、仕度に手間取ったためである。

この日、門を出る間際に、順ははじめて象山と顔を合わせた。

「先生ッ」

と言ったきり、万感がこみ上げて後の言葉がつづかない。

いくつもの目がある場所なので、象山もうなずいただけで駕籠に乗り込む。

護送責任者の岡野陽之助は松代藩の目付だが象山の門人でもあるため、象山一行にとっては心安かった。岡野の計らいで、駕籠も錠前付きではなく通常の駕籠である。象山の駕籠には、御徒目付の清野と下目付の小池が見張りとしてついた。このあとに門弟の山田兵衛、八十になるまんと七歳の恪二郎は駕籠で、まんの駕籠には蝶が、恪二郎の駕籠には順がつき従う。しんがりは依田甚兵衛と象山の甥の北山安世である。この他にも足軽や中間、荷物人足、駕籠かきなどを加えれば、総勢二十名近い行列だった。

罪人の護送なので裏門からひっそりと出かけるはずが、前日に山田と安世が連名で象山塾の門弟たちに報せを送ったため、恩師の顔をひと目見ようと氷川神社から南部坂の手前にかけて、三々五々、門弟たちが集っていた。これも岡野の計らいで、象山はいち いち簾を上げ、挨拶をする弟子たちに黙礼を返す。

表門のある南部坂は遠慮して、一行は西方へ曲がった。ころび坂まで来たところで、順ははっと目をみはる。麟太郎一家、はな、菊、六兵衛までが、ひとかたまりになって道端に並んでいるではないか。

「兄さまッ、姉さま、お菊さま……」

順は一人一人に会釈をした。

兄の陰に隠れるように母の信が立っている。順を見ると両手を合わせ、深々と辞儀をした。

「母さまったら……」

先日、別れの挨拶に兄の家を訪れた際、信は改まって両手をつき、娘に詫びた。自分が無理やり佐久間家へ嫁がせなければ、このような憂き目にあわせずにすんだ。娘の災難を、自分の撒いた種だと思っているのだ。

――ちがいます。母さまのお陰で、わたくしは島田先生を失った苦しみから救われました。それに、象山先生は大したお人です。わたくしは悔やんでなどおりませぬよ。

心を尽くして言ったつもりだったが、母はまだ気に病んでいるのか。

素通りはできなかった。順は小走りで行列を離れて駆け寄った。母の手を取る。

「必ず帰って参ります。それまでお達者でいてくださいね」

信はひと頃、体調がすぐれなかった。近頃は寝込むこともないようだが、生来、頑健な質ではない。

「嫂さま、母をよろしゅうお頼み申します」

麟太郎の妻女、民に頭を下げると、民が応える前に、姉のはなが、

「わたくしがついています。心配は無用」

と、順の腕をにぎりしめた。もうひとつの手が順の手にふれる。

「わたくしも亡き父も、象山先生とお順さまのお味方ですよ。それだけはお忘れなく」

「お菊さま……」

六兵衛はなにも言わず、ぐずぐずと洟をすすっている。

「お順坊、達者でナ」

麟太郎は順のおでこをつついた。いつもは多弁の兄がそれしか言わないのは、やはり

胸を詰まらせているのだろう。

安世が早く来いと呼んでいた。順は最後に一礼をして行列へ戻る。

一行は松平美濃守の屋敷をぐるりとまわった。日本橋、神田を通って本郷へ向かう。加賀前田家の屋敷の先が追分で、東は荒川を渡り日光道中へ合流する日光御成道、西は巣鴨から板橋へつづく中山道である。信州松代は中山道をゆくので、薄暮の道を急ぎ足で歩き、この日は板橋宿で宿を取った。

この夜、家族は旅籠(はたご)で、およそ七か月ぶりの再会を喜び合った。罪人は着る物から食べ物まで細かく定められている。が、岡野の温情で見て見ぬふりをしてもらい、共に夕餉(ゆうげ)を食べた。

出立が遅れて板橋泊まりとなったので、翌朝はまたもや人馬の手配に手間取り、一行が宿を出たのはすでに陽が高く昇ったあとだった。桶川宿まで強行軍で進み、とっぷり日が暮れてから宿で旅装を解(と)く。

翌朝は前日のような不手際がないよう、早朝から岡野や清野が手筈(てはず)を整え、先発として熊谷へ向かった。ところが、この朝、象山とまんが体調をくずした。象山は長い牢獄(ろうごく)暮らしで体力を消耗している。まんは八十という高齢である。寒い中を駕籠にゆられつづけ、風邪をひいたのか、二人とも頭痛と下痢で起きられない。主立った役人がいないので、一同はあたふたするばかり。

結局、昼頃まで休んで快方に向かった象山だけが、山田と共に先発することになった。

「急がずともよい。母上がようなるまで、ここにいなさい。皆も無理はせぬようにの」

象山は旅籠の主人と話をつけ、まん、恪二郎、順、蝶の四人に道案内の安世を残して出立した。

幸いまんの病は軽かったので、丸二日寝ていただけでよくなった。用心のためにもう一日休み、女子供の一行は無理をしないよう、早め早めに宿をとりつつ松代へ向かった。

順たちが松代へ入ったのは、象山一行が到着してから六日後の十月九日である。すでに真冬、紅葉の終わった山々はうっすらと雪化粧をして、四方を山に囲まれた城下町も寒さにちぢこまっているようだ。

松代は、東を尼厳山から皆神山、狼煙山へつづく山脈、西を千曲川に挟まれた一帯にあり、川沿いの海津城から東南へ城下町が広がっている。海津城は永禄三年、武田氏により築かれた川中島地方の要塞で、元和八年より真田氏の居城となった。北国街道が城下の西端の馬喰町から東へ、さらに伊勢町から北端の荒神町まで、直角につっきっている。

順たちの一行は、安世の案内でひとまず安世の実家である北山家に入った。北山家は城下の南東、御安町にある。安世の父親は藩医だった。が、すでに死去し、寡婦となった象山の姉、蕙が婚家を守っている。

「母上、案じておりました。ようなられて、ほんにようございました」

門前で一行を出迎え、まんを抱きかかえるようにして家の中へ案内した蕙は、蝶にも親しげな笑顔を向けた。

「お蝶も、ご苦労でしたねえ」

蝶はかつて一時期、松代に住んでいたことがあるという。

「順と申します。どうぞよろしゅう」

蕙は、丁重に挨拶をした順にはにこりともしなかった。年が若すぎる正妻に打ち解けられぬものを感じたのか、それとも、こたびの象山の蟄居が幕府からの沙汰であることから、幕臣の妹である順に理屈を超えた反感を覚えているのかもしれない。

「おお、母上、お順も恪二郎も、よう参ったのう。お蝶、おまえにも苦労をかけた」

郷里へ戻ってようやく気持ちが和んだのか、象山は桶川宿で別れたときより溌剌としていた。風邪もすっかりよくなったようで、六日前に松代へ着いてからこれまで、よく休み、滋養のあるものを食べて英気を養っていたのだろう。血色もよい。

「なァに、蟄居などすぐに沙汰止みになる。しばらくの辛抱だ」

自分がいなくては世の中はまわらぬとばかり、象山は立派な鼻をうごめかせた。

その夜は北山家に泊まった。が、さほど広い家ではないので、一家そろって居候をするわけにはいかない。藩に伺いを立てると、長年空き家になっている象山の生家に住むようにとの沙汰が返ってきた。

　翌日、安世を除く一家五人は、象山の生家へ移った。この家は、北国街道の南方、城下の西南の浦町にあった。武家屋敷が建ち並ぶ一画で、家の裏手は天光院という寺、その先が神田川で、川の向こうには竹山、通称は象山と呼ばれる山がある。

　佐久間家の敷地は五百坪近くあった。屋敷も広々としている。とはいえ、古い上に長いこと空き家だったから傷みがひどい。井戸は錆びつき、雨漏りはするわ隙間風は吹きつけるわで、とりわけ真冬は寒さが堪える。

「参ったのう。修築するにしても、これではどこから手をつければよいか……」

　さすがの象山も思案顔である。あばら屋なら住み慣れている順も、敷地が広いだけに吹きさらしのような屋敷には閉口した。鶯谷の庵も寒かったが、だるまのように着ぶくれて父の小吉と二人、文机に向かっていればよかった。が、ここでは下僕も下女も雑用を足してくれる門弟たちもいないので、蝶一人では間に合わず、順も率先して水仕事をしなければならない。

　そうこうしているうちにひと月が経った。

　十一月四日の朝、松代は大地震に見舞われた。後日になってわかったことだが、四日から五日にかけて東海地方でも大地震が発生、開港したばかりの下田も津波で壊滅的な被害を受けたという。

とたまりもない。城下の中心地では、こたびの地震で家屋が壊れ、人が下敷きになって、多大な被害が出ていた。

「ここには住めぬ」

象山一家は北山家へ避難した。

翌朝、象山は安世を城へ使いにやり、江戸家老の望月主水の別邸の離れに住む許可を得られるよう、直訴させた。松代へ帰国するにあたって、なにかと気を配ってくれた望月に相談、あらかじめ頼んでおいたものである。望月の快諾は得ていたものの、国元では「生家があるのだ、生家へ住め」と言われて、断念せざるを得なかった。

ありがたいことに、今回は許可が下りた。大地震が功を奏したのである。

それにしても……と、順はけげんな顔だった。象山は謹慎の身ではなかったか。小伝馬町の牢から帰されるときは錠前付きの駕籠に乗せられた。中屋敷でも休息所に押し込められていた。国元への道中も、お目こぼしがあったとはいえ、役人に護送された。それなのにいざ松代へ来てみると、謹慎など忘れたような顔である。

「よろしいのでしょうか。お咎めを受けるのではありませぬか」

順の不安を象山は一笑した。

「わしをだれと思うとるのだ？　佐久間象山だぞ。だれも口出しなどできるものか」

象山は、翌日には家族を引き連れ、意気揚々と望月主水の別邸の離れに引っ越した。

望月の別邸も北山家と同じ御安町にあり、北山家とは通りを挟んで向かい側の、東南の一帯、三千坪余りもある大邸宅だ。望月は江戸住まいなので主はいないが、庭園も、その中に点在する屋敷も、手入れが行き届き、使い勝手も申し分ない。とりわけ高台になっているので、景色は抜群だった。離れの二階の八畳間からは川中島の古戦場まで見渡せる。

象山は上機嫌だった。

「聚遠楼と呼ぶことにした」

ただ見晴らしがよいという意味ではない。広く知識を集め、世の中の動きを遠望する拠点となす。それこそが聚遠楼の役割だと象山は意気込んでいる。国元での蟄居を無為には終わらせない、この時間をも最大限に活用しようと張り切る夫の不屈の精神に、順はいつもながら感心した。

「庭は高義園と名づけよう」

望月主水の恩義に報いるためである。

春は百本以上の桜が幽玄境のような趣をかもし出すという広大な庭園には池もあり、汀にはあずま屋もあった。あずま屋は希范亭、正門は常閑、離れの階下を清夏軒……。

象山が借り受けた離れは、広大な敷地の北西の一隅にある。瓦屋根の二階家は漆喰の壁も美しく、木の香りも清々しい瀟洒な住まいだった。なにより閑静である。

順は朝、キーコーキーコーという斑鳩の声やキョッキョッという啄木鳥の声で目覚めた。風が吹きすさぶ夜など、木々のざわめく音にわけもなく胸の昂りを感じる事もある。鶯谷の庵を想うせいかもしれない。

父と暮らした庵は、虎之助との思い出が詰まった庵でもあった。象山の郷里で暮らすようになって、かえって虎之助を恋い偲ぶことになろうとは……。

後ろめたさがあったからか、子供ができない負い目もあって、順は象山の良妻になろう、なにか役に立つことをしなければ、とそれだけを考えて日々をすごした。役に立つ、というのは、身のまわりの世話をすることだけではない。それなら蝶がいる。

順は兄や母、男谷家へ文を認め、江戸の様子を聞き集めた。蟄居の身で表向き、文のやりとりを禁じられている象山に代わって、諸処へ近況を知らせたり、評判の書物を送ってもらったり……。北山安世も順共々、代筆や代理人の役をつとめた。

象山は……といえば、聚遠楼へ移るや真っ先に獄中で記した『省諐録』を書き上げた。和漢洋の書物を読み漁り、兵学と西洋算術に熱中し、思索にふけってときおり詩や歌を詠む。ごく親しい相手には自ら文を認めることもあった。八月、郷里の長門国野山の牢にいる吉田寅次郎より『幽囚録』が送られてきた。蟄居の身となっても象山の人気は衰えず、師弟の絆は強まりこそすれ、切れることはなかった。文だけでは満足できず、ひそかに訪ねて来る者もいる。

「どういたしましょう？」

「通せ」

「でも……」

「案ずるな。それより酒肴（しゅこう）を頼む」

象山は悪びれるふうもなく客を招き入れ、酒を酌み交わしている。それどころか、十一月に年号が安政と改まり、年が明けて春、夏と訪れる者が増えるにつれて、請われるままに兵学や砲術の指南まではじめた。

これでは、ひそかに、とはいかない。順が案じたとおり「蟄居の身にもかかわらず象山は我がまま放題をしている」との噂が聞こえてきた。それでも国元では、たとえ家老や重臣といえども、象山に直接、意見を言う者はいなかった。それだけ象山の名声は高かったのである。藩はやむなく幕府へ訴えた。

九月中旬、幕府より象山に懲戒の沙汰が下った。砲術指南はもとより客との面会、文のやりとりなど一切禁止、蟄居を守るべしというものである。

象山は一応、殊勝な顔をして見せた。

けれど順は、夫がこれっぽっちも反省などしていないように見えた。そもそも、象山は自分が国禁を犯したとは思っていない。悪いことをしていないのに卑屈になる必要はないと、内心は闘志を燃えたぎらせている。

そんな象山に手を焼いた藩では、聚遠楼の門前に見張りをつけた。家人の出入りもいちいち穿鑿されるようになった。

それでも象山一家の暮らしは、思いのほか平穏だった。

伊勢町は松代城下の中心にあり、北国街道の宿場町のひとつとしてもにぎわっている。ここに、伴家と共に松代城下で一、二を競う豪商の八田家があった。初代は呉服と酒造を営んでいたが、今は醬油・油・糸など数多の商品を扱い、藩へも御用金を納めて御用商人として威勢を誇っている。

初冬のこの日、順は八田家に来ていた。店の裏手にある住まいの、丹精された庭を見晴らす座敷で、当主の喜右衛門と膝をまじえて世間話をしている。

「先生が二十五もお若いご新造さまを迎えられたとうかごうたときは、はて、どうなることかと首をかしげたものでございます。ところが会うてみて合点いたしました。さすがは燕斎さまの姪御さま……」

小普請だった父の小吉の名はだれも知らなくても、書家として名を成した亡き男谷彦四郎燕斎の名は皆が知っている。

兄の麟太郎の文によれば、兄は年初に老中の阿部正弘から蕃書翻訳勤務を命じられ、さらに大坂近海や伊勢の海岸の見分を命じられて、ようやく幕臣として活躍の場を得たという。「海防に関する意見書」が目に留まり、出世の糸口が開けたのだ。この八月には小十人組へ番入りを果たしたというから、勝家もやっと無役の小普請を返上したことになる。小吉の積年の夢を息子が果たした。小吉が生きていたらどんなに喜んだかと、兄の文を読んだ順は涙ぐんだものだが……。

「わたくしなど先生のお役にはたちませぬ」

順は眉をくもらせた。

控えめで口数の少ない蝶はなにも言わない。が、松代では母親代わりをしてきた蝶が恪二郎から呼びつけにされ、年若い順に仕えていることを快く思わない者もいるようだった。愛嬌に乏しく、勝ち気な順をお高く止まっていると思うのかもしれない。

とりわけ蝶贔屓の象山の姉、北山蕙は、象山が蟄居中にもかかわらず傲慢にふるまっているのは順に焚きつけられているからだと疑っているふしがあった。

喜右衛門のように順贔屓で、気を引き立ててくれる者はそうそうはいない。

「先生はご新造さまのおかげでお若うなられました。早う江戸へ戻りとうて、うずうずしておられましょう。その心意気こそ象山先生。頼もしゅうございますよ」

「ご当家にはなにからなにまで面倒をみていただき、お礼の言いようもありませぬ」

真田家の禄を食み、私塾を開いていた頃とちがって、蟄居中の象山は先立つ物がない。

住まいは江戸家老・望月主水の別邸の離れだからよいとして、衣食も象山の書物も八田家の援助でまかなっていた。

「なんの。先生にはこれまで言い尽くせぬほどお世話になっております。先生のおかげでずいぶん儲(もう)けさせていただきました」

八田家は薬も扱っている。杏仁(きょうにん)や甘草(かんぞう)の効用を教え、専売する手立てを整えてくれたのが象山だという。

「今はなにやらむずかしい書物を読みふけっております。病を治(なお)す機械のことが書かれているそうで、そのうちに造って試してみたいと言うております」

「ほう、それは楽しみにございますな」

「ほんに子供のように……」

言いかけて順は首をすくめた。父親のような歳の夫、それも名だたる学者を子供扱いにするとは、なんという厚かましさか。

蕙なら眉をひそめたにちがいないが、喜右衛門は愉(たの)しそうに笑った。

「ご新造さまには先生も頭が上がらぬご様子だとか」

「めっそうもありませぬ。わたくしはただ、おろおろするばかりで……」

「いや、近頃、先生はなんでもかでもご新造さまを頼りにされておられるそうで……。なにかというと、それはお順に訊(き)け、と仰(おお)せだとうかがいました」

「どこからそのような……」

　手を横に振りながらも、順は誇らしかった。象山が入牢していたとき、順は気丈に家を守った。道中も、松代へ来てからも、泣き言ひとつ言わなかった。今ではまんや恪二郎、蝶からも頼りにされている。そんな妻を象山はちゃんと見ていてくれたのだ。

「ご新造さまはこのあたりの女子とはまるでちがいます。やはりお江戸のお人……」

　言いかけたところで、喜右衛門はにわかに案じ顔になった。

「おう、そうでした。真っ先にお話ししようと思いながら申し遅れました」

　順は首をかしげる。

「数日前に江戸で大地震がありました」

「まァ、被害が出たのですか」

「詳しいことはまだ……今、訊ねさせております。わかり次第、お知らせいたします」

　毎度のことで、金子と珍しい到来物など手渡され、順は幾重にも礼を述べて八田家をあとにした。江戸の大地震が気がかりで、帰路は胸がざわめいている。

　麟太郎はこのところ多忙で、母の文によると、九月朔日には品川から出航、長崎へ向かったという。母や民、幼い姪や甥は無事でいようか。女子供ばかりで、さぞや恐ろしい思いをしたにちがいない。はなは、菊は、男谷家の人々は……。

　昨年は松代でも大地震があった。突然のゆれに見舞われたときの恐ろしさは、今も鮮明に覚えている。小春日和の午後がにわかに肌寒く思えてきたのは、心配で居ても立ってもいられなくなったせいかもしれない。

「高義園」と木札のかかった裏門をくぐって象山一家の住まいである聚遠楼へ急ぐ。玄関へ入ると、蝶が待っていた。というより、ちょうど玄関に出ていたらしい。

「お帰りなさいまし」

と言ったところで、表を透かし見る。

「安世さまに会われませんでしたか」

「いいえ」

「今しがた、お帰りになられたばかりで」

「なんぞあったのですか」

「はい。それが……」

象山に叱られ、凄まじい形相で飛びだして行ったという。

「なにゆえに？」

「さァ……。御文をお届けくださったのですが、そのことで旦那さまのお気を損ねたようにございます」

安世は粗雑なところがあり、江戸にいた頃から、よく象山に叱られていた。何事にも礼儀と格式を重んじる象山だが、順の見るところ、そういうかたちの上のことだけで安世を叱っているのではないようだった。象山は両虎と呼ばれた小林虎三郎や吉田寅次郎のような覇気のある男を好む。今ひとつ志が感じられず、学問への熱意に欠けるところが、我が甥であるだけに歯がゆいのだろう。

それでも江戸にいた頃はよかった。松代へ帰ってからの安世は、一族の出世頭と崇めていた叔父が蟄居となったために拠り所を失ったのか、ますます態度がぞんざいになったようだ。

「先生は？」

「お二階に。ですが、だれもよこすなと仰せにございます」

順は蝶に八田家から持ち帰った荷物を渡した。階段へ向かう。

「あの、おいでにならぬほうが……」

蝶はうろたえているようだった。が、順は意に介さなかった。象山が自分をじゃまにするはずがないと信じている。

象山は開け放った窓から、西岳の連峰を眺めていた。背中がかすかに波だっている。

「先生……」

順は敷居際に膝をそろえ、そっと声をかけた。象山は振り向かない。返事もしない。

だが、追い払いもしなかった。

「地震ですね。どなたか、災難にあわれたのではありませぬか」

順が言うと、象山は驚いて顔を向けた。目と鼻が赤い。以前、藩主と我が子を相次いで亡くした悲しみに耐えきれず、氷解塾を訪ねて来たときと同じ苦悶の表情だった。

「よう知っておるの」

「たった今、八田さんでうかがいました。どなたが亡うなられたのですか」

「東湖さまだ。藤田東湖さまが梁の下敷きになり、亡うなられた」

「東湖さま？」

「言うておらなんだか。水戸徳川家の重臣で、水戸学の学者でもあられる。お玉が池におった頃、よう行き来をしたものだ」

東湖は小石川の水戸藩邸に住んでいた。地震の際、一度は逃げたものの、火の始末を案じて家へ戻った母を追って家へ入り、落下した梁の下敷きになった。我が身で梁を受け止め、母を救いだしたのちに力尽きて圧死したという。

あまりの惨しさに慰めの言葉さえ思いつかなかった。東湖も哀れだが、自分のせいで息子を亡くした母の苦悶はいかばかりか。

安世はその大事な文を速やかに届けなかったばかりか、東湖の死をさしたることでもなさそうに軽々しく口にしたため、象山の逆鱗にふれたという。

「麟太郎どのは長崎か。おまえも留守宅の安否が案じられようの。安世にはただちに調べよと命じたが……」

こんなとき蟄居の身はじれったいと、象山はいらついた目を戸外へ向ける。

「八田さんも調べてくださるそうです」

「うむ……」とうなずき、象山はなおもかなたの山脈をにらみつけた。

「どれほどの学識、どれほどの知恵、どれほどの勇気があろうとも、生まれ持った命運ばかりはいかんともしがたい。無念よのう」

江戸大地震の噂は各所から次々にもたらされた。武家屋敷だけでも五百を優に超える人々が圧死したり焼死したりしたというから、むろん町屋の被害はこの比ではなかったはずである。

勝家のあばら屋は倒壊しなかった。幸い家族も全員、無事だった。母の信が知らせてきたところでは、民の機転で、近所の竹藪に避難したという。竹藪は地盤が固い。民は昨年末に次男を出産していたから、姑と三人の幼子に加えて乳飲み子まで抱え、さぞや難儀をしたにちがいない。

蝶の実家も無事だったと聞いて、女二人は喜び合った。ふしぎなことだが、順は嫁いでこのかた、蝶に嫉妬を感じたことがない。自分が嫁ぐずっと前から象山の側妻であったからか、三人の子をことごとく失ったからか。それもあろうが、なにより蝶の温順な性格によるものだろう。嫁いで三年になるのに、順には子ができない。蝶はずっと遠慮をしていたが、松代に来てから、順はしばしば自分から夫を蝶の臥所(ふしど)へ行かせるようにしている。

それはともあれ――。

大地震の噂が下火になった頃、うれしい報せが届いた。長門国野山の獄に入れられていた吉田寅次郎が出牢して、自宅謹慎になったという。

「よかったよかった。これでひと安心」

自宅なら、少なくとも命の危険にさらされる心配はない。愛弟子(まなでし)の身をなにより案じていた象山は手放しで喜んだ。

一方、象山自身については、憂慮すべき状況がつづいていた。象山ははじめ、蟄居は長くて一年、と楽観していたようだ。そろそろ許されるかと思ったところが、より厳しい沙汰を申し渡され、砲術の指南さえできなくなってしまった。なにより辛(つら)いのは、外界との自由な交流を禁じられていることだ。自分だけが世の中から取り残されてしまったような焦燥感に憑(つ)かれているらしい。

象山は、焦燥の内に、安政三年の正月を迎えた。麟太郎は当分の間、長崎に滞在して和蘭語(オランダご)を習い、航海術を学んでいるとか。三月には講武所砲術師範役に任命されたとの報せが届いた。前途洋々たる妻の兄を思えば、なおのこと、松代にこもっている自分が不甲斐なくじれったく思うのだろう。

　もっとも、自惚れ屋の象山は自分の能力をだれより信じていたから、羨んでもやっかむことはなかった。息子の恪二郎の名を借りたり、暗号のような名前を使ったりして、長崎の麟太郎にせっせと文を書く。なんとか世の中の情勢を知ろうと必死だった。

　松代藩では、身勝手な象山の動きを封じるため、監視を厳しくした。親類縁者の名前を提出させ、それ以外の者で象山と交流があったとわかれば、象山ではなく相手を罰することまでして、象山を隔離しようとした。こうした藩との攻防に加え、象山にはもうひとつ悩みがあった。

　安世である。

　松代は狭い。聚遠楼にこもっている象山は自分の世界に没頭しているからよいが、安世は象山の甥というだけで白い目で見られる。藩内での風当たりの強さをまともに受け、出世の道も閉ざされたと思い悩んだのか、酒に溺れ、女遊びをするなど、放縦な態度が目立つようになった。思い余った母の蕙が象山のもとへ相談に来た。が、象山が意見をすればかえって意固地になるばかりだ。

「今はなにを言うても無駄です。お好きなようにおさせするのがいちばんです」

　見かねて順は口を挟んだ。

　放蕩なら父の小吉で経験済みである。男谷の兄や甥が出来すぎていたために、小吉はひねくれてしまった。象山という異能の人を叔父に持ったばかりに、安世も倫を踏み外そうとしている。順には安世の焦燥が他人事ではなかった。

「他人事と思うてようもまァ……」

蕙は順にも八つ当たりをした。

「なれど、口うるそう言えば、ますますお心を閉ざしましょう。こういうことは、知らぬ顔をしていたほうがよいのです」

小吉の放蕩は安世の比ではなかったが、家族は平然としていた。それが当たり前と思っていたのだ。妻の信は、順の知るところでは、一度も小吉をなじったことがない。愚痴も言わず、悲観もしなかった。麟太郎も同じく。剣術に励み、蘭学に熱中し、黙々と我が道を歩きながら、父への敬愛を失うことはなかった。むろん順も、どんなに型破りだろうが、父が大好きだった。無茶をしながらも小吉が愛すべき善人であり得たのは、心のどこかで、家族の無条件の愛情に応えようとしていたからだろう。順の言いたいのはそのことだった。

# 四

「知らぬ顔とはまァ……。世間の目があります。放ってなどおけますものか」

「いや、順の言うとおりだ。皆であれこれ言うより、いっそ遠方へ行かせなさい」

象山は安世を長崎へ遊学させた。

安政三年そして四年と、蟄居の日々はつづいた。不自由な暮らしの中でも、象山の探求心は失せなかった。この時期、種痘の実用化を計り、迅発撃銃（元込銃）を発明し、望遠鏡で月面を観測している。

「恪二郎、見ろ。どうだ？」

「兎はどこにいるのですか」

「兎などおらぬ。これが月だ。そら、おまえも見てごらん」

「はい。あれまァ、これがお月さま……。お姑さまは……お目が悪うてはご無理ですね。お蝶、おまえもごらん」

夜空を眺めたのは安政四年五月だった。逼塞暮らしとはいえ、家もある衣食もある。なにより家族がそろっている。それだけでもありがたいと順は思った。

とはいえ、大きな波風は立たなくても、心がいつも平静だったわけではない。

安政四年の夏、家族円満に望遠鏡で月面を眺めた翌日、順は姑のまんに呼ばれた。まんは八十三になる。高齢のため日頃は庭を眺めたり居眠りをしたり、ひっそりと暮らしてはいるものの、頭はいまだ明晰で、佐久間家の行く末を憂えていた。

「お順どの。このとおりです」

向き合うなり、まんは頭を下げた。

「お姑さま、いったい何事ですか」

順は目を丸くする。

「聞きづらいこととは思いますが、わたくしは明日をも知れぬ年寄り、言うべきことは言うておかねばなりませぬ。これも佐久間家のためと思うて堪忍してください」

それだけでわかった。子供のことにちがいない。男児一人では先行きが不安で、象山は年若い妻を娶った。毎夜のように抱いて子づくりに励んだのに、妻はいまだ懐妊しない。石女と見切りをつけられても当然だった。

順は両手をついた。

「お詫びをするのはわたくしのほうです。申しわけありませぬ。仰せとあらば、すぐにも江戸へ帰ります」

三年子なきは去れ、と言われている。

「いえいえ」と、まんは両手を泳がせた。「離縁してくれと言うているのではありませぬ。そなたはよき嫁御じゃ。それはあの子も重々承知しております」

まんは、もう一人、側妻を置いてもらえぬかと言うのだった。

「旦那さまもご承知なのですね」

「二人で話し合いました」

となれば、反対はできない。

「どうぞ、お姑さま御自ら、よき女子をお選びください」

「そなたには辛い思いをさせますが……」

「いえ、お気づかいはご無用に。それよりご家中でまたなんぞ言われませぬか」

「先日も江戸のご家老さまのお使いが訪ねてみえました。少しずつ状況も変わっておるようです。文句などだれも言いますまい。ただ、また多忙になるのではないかと……」

家を一歩も出ることのない、居眠り三昧の老母が、的確に状況を見すえているのは驚きだ。

たしかに、江戸の情勢はめまぐるしく動いているらしい。今年になって、象山への監視がゆるんできた。外部との交流を禁じながらも、禁じたはずの藩の重臣から象山の意見を請う使者が送られてくるのがなによりの証拠である。

いよいよまた象山の出番が巡ってくるかもしれない。だからこそ、多忙になることを見込んで、まんは今のうちに子供を……と気が逸っているのだろう。

「では、よろしいのですね」

「よいもなにも……」

「生まれれば、そなたの子です」

順はうなずいた。一抹の寂しさはあるものの、まんの言うことには逆らえない。

麟太郎はいまだ長崎に滞在していた。昨年の六月に大番に昇格している。今や勝家は歴とした旗本だった。子ができないからといって、旗本の妹を差し置いて女を引き入れるわけにもゆかない。悩んでいる息子を見て、まんが憎まれ役を買って出た、というのが真相かもしれない。

側妻について、象山は順になにも言わなかった。が、なじみの大店に早速、仲人を頼んだようである。

せめて蝶のように柔和な女子であってほしい。順はひそかに願っていたのだが……この話は実らなかった。

象山は四十七になる。江戸にいた頃とちがって、今は蟄居の身でもあった。若くて健康で家柄もたしかな女が喜び勇んでやって来るとも思えない。手間どっているうちに、象山自身が多忙になってしまった。

六月に老中の阿部正弘が急逝した。川路聖謨と共に象山の庇護者で、吉田寅次郎の下田密航事件の際も断罪を主張する強硬派から守ってくれた。老中の筆頭には、すでに堀田正睦が就いている。七月には海防参与として攘夷運動の先頭に立っていた徳川斉昭が辞任した。

象山は鱗太郎や門弟からの情報を集め、大坂に築かれた砲台への非難や、幕府が創設した海軍局への批判などを再び江戸藩邸へ送りつけた。とりわけ象山が激怒したのは、十月二十一日に米国の駐日総領事ハリスが江戸城へ入り、将軍家定に大統領の親書を手渡した事実である。

幽憤、いかんともする無し
　双涙の生ずるを

象山は烈しい怒りを詩に詠んでいる。

腹を立て世を憂えたところで、蟄居の身では抗議文を送りつけるくらいしかできない。あとから思えば、このおかげで命を救われたようなものだった。以来、安政の大獄という大粛清時代がはじまったからだ。象山同様、江戸を離れ、長崎に滞在中だった麟太郎も、その意味では幸運だった。

象山は翌安政五年の正月二十六日、門人の馬場常之助を京都へ遣わし、神田お玉が池時代の隣人で、閑居中の詩人・梁川星巌に密書を届けさせた。公家と武家が協力して異国との対等の交流を為すべしとした建白書は、病臥中だった星巌に代わって池内大学が九条関白に取り次いだ。星巌からの密書を携えて馬場が松代へ帰って来たのは三月である。

ところがこのあと、通商条約の締結は紛糾を重ねた。四月に井伊直弼が大老となり、六月に井伊の独断で調印。象山がかねてから進言していたとおり、横浜が開港されることになった。

ここまではよい。が、問題はこのあとだ。井伊の独断を非難し、なおも攘夷を唱える者たちが次々に捕縛された。星巌もその一人となるはずだったが、幸か不幸か、捕縛される前に病死している。

　幕府の強行策は、さらなる抵抗を生んだ。井伊の暗殺や、井伊の手足となって働いた間部詮勝の暗殺を謀る者があらわれた。吉田寅次郎もその一人である。

　長州の萩で松下村塾を開いていた吉田は、同志を集め、間部を暗殺しようと謀った。これが藩の知るところとなり、自宅に幽閉されたのち、密航事件が発覚した際に入牢していた野山獄へまたもや入れられてしまった。

　こうした一部始終が、ことごとく順の耳に入ってきたわけではない。が、夫の双眸のただならぬ光を見ていれば、江戸でも京でも大変な事態が起きていることは疑いようがなかった。

　象山は側妻を迎えるかわりに、しばしば順を呼び、妻の目をじっと見つめた。そうすることで、激情を抑え、己の考えを正しい場所へ導こうとしているかのようだった。

「星巌が、死んだよ……」

　わかるかと訊かれて、順はうなずいた。

　順が思いだしたのは琴である。順が象山と知り合う以前、お玉が池の隣人同士だった象山と星巌は共に琴を習っていたという。男谷家の鶴から聞いた話だ。

　順から話を聞くと、象山は目を瞬いた。後ろを向くことを嫌い、常に前へ前へと突き進む象山も、いっとき、平穏な若き日々を思って胸を詰まらせたのだろう。

「ここへおいで」

象山が聚遠楼の二階の窓辺へ順を手招いたのは、殺伐とした噂ばかりが流れてくる安政六年の初冬だった。

「山頂にもう雪が積もっている……」

順が並び立つのを待って、象山は静かに語りかけた。口調は穏やかだが、左手でしきりに顎鬚をしごいている。

「ほんに美しゅうございますね」

自分を呼んだのが景色を眺めるためだけでないことはわかっていた。それ以上なにも言わず、象山が話しだすのを待つ。

「長州に雪はなかろう。いや、あるか。わしは行ったことがないゆえわからぬが……」

「吉田さまですね」

「うむ。あいつは雪を見たことがあったかどうかと思うての……」

吉田というと、順は痘痕面で粗末ななりをした若者を思いだす。が、正反対のようでいながら、言われてみると、なぜか雪を置いた山頂に吉田は似合うような気もした。

「吉田さまが、なにか？」

「死んだ。斬首だ」

えッと順は息を呑んだ。

「昨年より郷里の獄へ入れられていたそうだが……この七月、江戸へ護送された。十月に死罪となった」

「そんなッ。なにゆえですか」

「ご老中の暗殺を企てたそうだ」

「吉田さまが……暗殺を……」

「義のために死んで見せたかったのだろう」

「どういうことですか」

「あいつなりの理屈があったのだ。悲憤が高じたのも事実だろうが、あいつはいつも死にたがっていた。どうでも切り結んで、死なずにはいられなかったのだ」

象山は雪山を見ている。

順も白光を放つ頂を見つめた。

いつか兄の麟太郎が言っていた。脱獄した高野長英も密航を企てた吉田寅次郎も、足りないのは「がまん」だと……。たしかに象山や麟太郎は耐えるすべを知っていた。象山の場合は、自惚れが強く行き過ぎるところはあるものの、少なくとも刀を振りかざして敵陣へ乗り込んでゆく人ではない。二人とも義を貫くには、力ずくではなく、根気よく啓蒙してゆくしかないと考えている。

麟太郎は正月半ば、三年四か月ぶりに長崎から江戸へ帰った。軍艦操練所の教授方頭取に任じられ、七月には赤坂田町のあばら屋から同じ赤坂の元氷川――順もなじみのある氷川神社の裏――に転居したと聞いている。旗本として屋敷を拝領したのだ。父の小吉が旗本の岡野家の敷地内の借家に住んでいたことを思えば、大出世である。

志半ばで死んでゆく者と表舞台へ躍り出た者は、同じように国の行く末を憂える男たちだった。数年前まで同じ塾で膝をまじえていた若者の明暗に、順は胸を詰まらせる。

年が明けて安政七年一月十三日、麟太郎一行を乗せた咸臨丸が品川からサンフランシスコに向けて出航したとの知らせを耳にしたときも、順の胸の内は複雑だった。待ちきれずに密航して捕らわれた吉田が断罪されて三か月、機が巡って来るのをじっと待ち、待つ間も周到に己の居場所を築いていった麟太郎が晴れて海外へ飛びだす。

この旅は、ワシントンで日米通商条約を批准するにあたって、日本の船を随伴させて試験航行をするのが目的だった。麟太郎が長崎から江戸へ戻ったのも、米国へ一番乗りをしたい、共に学んだ部下たちと渡航したい……という強い願いがあったためだ。

これからは海だ――。

「海舟書屋」の扁額をもらい受けて海舟を雅号とした際、麟太郎は象山と語り合った。それが今、現実となったのだ。横浜の開港も海外渡航の実現も、思えば象山の悲願だった。麟太郎の快挙を喜ぶ気持ちに嘘はないが、順同様、象山も旧友と愛弟子の明暗には割り切れない思いを抱いているらしい。

　安政の大獄と呼ばれる弾圧は、吉田や橋本左内ら十四名の断罪および獄死、一橋慶喜をはじめとする大名や旗本の謹慎など、公家、武家、志士あわせて百名以上という大規模な犠牲者をだした。怨みは怨みを招く。狂いだした歯車は止まらない。

　三月三日、桜田門外の変が起きた。尊皇攘夷を唱える水戸浪士らの一団に大老・井伊直弼が暗殺されるという未曾有の事件は、江戸はもちろん、日本中を震撼させた。松代もひとしきり、この話題でもちきりになった。

「恐ろしい世の中になったものです」

「ほんにねえ、血腥いことばかり、江戸にいなくてようございました」

　まんと蝶は話している。

　順は歯ぎしりをした。こんなときこそ、江戸にいたかった。自分の目で見、耳で聞きたい。とりわけ順が知りたいのは、麟太郎の体験談だ。もし江戸にいたら、帰国と聞くや兄のもとへ飛んで行き、異国の話をせがんでいたにちがいない。

　象山もさぞ焦れているだろうと思ったが、案に反して平静だった。蟄居の身となった翌年、藩から厳しい監視をつけられて苛立っていた頃とちがって妙に落ち着いている。

　その春、象山は二階にこもりきっていた。なにをしているかと見れば、医学書や兵学書など洋書を読み漁り、漢詩を作っている。

三月十八日、安政は万延に改元された。閏三月、象山の漢詩は完成した。全文七百五十九字におよぶ長大な詩である。

「『桜賦』とは美しゅうございますね」

「三十一のときに『望岳賦』を作った。富士山を詠んだものでたいそうな評判となった。山が富士なら花は桜だ。これだけは、なんとしても、作っておきたかった」

深山に儚く散る花は、松代で空しく蟄居の日々を過ごす己の姿を重ねたものだろう。皇国のために潔く散る覚悟を述べたものでもある。象山は平静だったわけでも、落ち着き払っていたわけでもなかった。敵対する立場にありながらも、時を経ずして皇国のために散っていった吉田寅次郎と井伊直弼を思い、才ある二人を死に追いやった時世の流れに深い憂慮を感じて、そのやり場のない悲しさ悔しさを、詩に詠まずにはいられなかったのではないか。

象山の炯々としていた眼光の中に、順が一点、なにかに憑かれたような——粘っこく黒々とした——色を認めるようになったのもこの頃である。

象山は西洋医学にものめり込んでいた。松代では御殿医も町医者も漢方医である。象山は蘭書を片手に恐れげもなく蘭方の治療を施した。独学なのでしくじることもあったが、死ぬのを待つばかりという病人が象山の治療で完治することもあり、評判は次第に広まった。噂を聞いて、藁にもすがる思いで、遠方からやって来る病人もいる。

象山はいまだ蟄居の身だった。が、あらかじめ藩の側役頭取に申し出て許可を得れば、病人は診察を受けることができる。

金儲けのために医術を施しているわけではなかった。学究のためである。なんとか治したい、己が手で病の因を究明したいという熱意で臨むので、完治すれば患者と手を取り合って喜ぶ、万が一死なれてしまえば心からの涙を流す。そんなところが、だれからも慕われるのか、病が流行る季節など、門前に市をなすようになった。

「ほんに先生ときたら……」

子供のように夢中になるところはなにをやっても変わらない。半ばあきれながら、順も夫を助けて働く。子ができない。申し訳ない。その思いがあるから、少しでも役に立ちたいと、順は必死である。

その年の九月二十一日、堂々と玄関から訪ねて来た若者がいた。病人かと問うとそうではないという。応対に出た順は夫に取り次いだものの、象山は会おうとしなかった。

翌日、勝手口へやって来た。今度は急病だという。側役頭取の許可も得ている、先生にも話は伝わっているはずだというので、順は若者を中へ通した。名を訊ねる。

「高杉晋作と申す」

若者は挑むような声で答えた。

万延元年の九月に、長州藩士の高杉晋作が象山を訪ねたのは、松下村塾の師であった吉田寅次郎の文（ふみ）を届けるためだった。

吉田は昨年の十月に伝馬町牢屋敷で処刑されているから、高杉はおよそ一年間、亡き師の文を持ち歩いていたことになる。

順はこのときまだ知らなかったが、高杉は藩の許可を得て東国遊歴をしている途上だった。松代には武者修行という名目で入り、旅籠（はたご）の長崎屋で旅装を解（と）いた。まずは藩の文武学校で試合をしたのち、象山の住む聚遠楼を訪ねたのである。

面会を断られ、その夜は松代にいると聞いていた吉田の木挽町（こびきちょう）時代の門弟仲間を訪ねて、共に酒を飲んだ。この席で象山への知らせを頼み、翌日は長崎屋の紹介で山口屋という商人を訪ね、象山に面会する算段を教えてもらった。急病とのふれ込みで側役頭取の許可を得たのは、この際、亡き師が敬愛していた象山なる男とじっくり語り合いたいと思ったからである。

そうしたいきさつはともあれ、順は高杉にも、顔を合わせた瞬間から、吉田に感じたような覇気を感じ取っていた。長い顔に広い額、眼光は鋭く、への字に曲げた唇（くちびる）は不満のかたまりのようだ。いつ爆（は）ぜるかわからない、かんしゃく玉のような激しさである。

二階の象山の書斎へ通した。

高杉は、吉田の文を渡し、吉田の最期を語るだけでなく、夜を徹して攘夷の是非（ぜひ）を論じ合うつもりでいるようだ。

順もその夜は眠らなかった。行灯の油をつぎ足し、酒肴を運び、とぎれとぎれながらも二人のやりとりに耳を傾ける。

吉田の文を読んで、象山はさめざめと涙を流した。

「あまりにも事を急ぎすぎた。ゆえに災いを招いた……」

呆然とつぶやく。高杉の語る吉田の死罪の経緯は、再び象山の心をかき乱したようだった。

それでも、攘夷の話になると、象山はゆずらなかった。攘夷を掲げる高杉と、攘夷の不可を諄々と説く象山と……。

高杉は明け六つ、深々と辞儀をして帰って行った。やって来たときより目元が和らいでいるのは、眠気のせいばかりではなさそうである。

「読むがよい」

「よろしいのですか」

「かまわぬ」

吉田は高杉に託した文の中で「先生への思慕の念はつのるばかりです。当今国家多事の際、前途について教えを乞う人もなく困惑しております」と書いていた。

「門人を遣わすので、お教え願いたい。

一、幕府の要人の中でだれを信頼すべきか。
二、国是と進路をいかに定むべきか。
三、自分の死所をいずこに求むべきか。」
惑い、悩み、苦悶していた若者の姿がまぶたに浮かぶ。

「やはり死ぬお覚悟だったのでしょうか」

「蟄居になどならず、話し合う機会があったなら、ちがう道が開けていたやもしれぬ」

嘆いてもせんないことだった。吉田寅次郎はもうこの世にいない。

「高杉さまも吉田さまと似ておられますね。どこというのではありませぬが……」

兄の氷解塾や木挽町の象山塾へ集まって来た若者たちは、もう少し明るい目をしていたような記憶があった。蘭学を習って異国を知る。西洋兵学を修得して大砲を造る。国の行く末を憂えてはいても、死ではなく生を見ようとしていた。だが、象山が松代へ送り返された頃から世の中は急激に変わった。条約締結、開国、安政の大獄、暗殺事件……。あまりにもめまぐるしい激動に、人の心も変わってしまったのだろう。順はため息をつく。

この秋、高杉晋作の来訪ともうひとつ、順の胸を波立たせた出来事があった。

江戸にいる母からの文である。

麟太郎は五月五日、米国より帰還した。五か月、日本を離れていたわけだが、その間に桜田門外の変が起き、井伊直弼が暗殺されてしまったので、帰国したときは情勢ががらりと変わっていた。そんなこともあって多忙を極めていたのだろう、麟太郎からは北山安世を通して象山に簡単な帰国報告があっただけで、順にはなしのつぶてだった。

象山は、甥の安世の放縦に手を焼いた際、一時期、長崎へ遊学させている。以来、象山と麟太郎の文のやりとりは、安世が仲介していた。苦難つづきの航海や驚きに満ちた異国の暮らしぶりは、順も象山から知らされていたが、麟太郎の洋行を案じ、無事な帰国を喜んでいるはずの家族からは、やはりこれも音沙汰なしだった。

どうしたというのかしら――。

首をかしげていたところが、八月になって母から文が届いた。麟太郎の洋行にはふれず、はなや男谷家の近況を手短に知らせたあと、「麟太郎に三女が生まれ、逸と名づけた」と書かれていた。

順は驚いた。民が懐妊していたとは初耳である。

民が次男の四郎を産んだのは、安政元年の十二月だった。六年前になる。その翌年から麟太郎は三年四か月という長期間、長崎に滞在した。江戸へは昨年帰ったばかりで、七月に田町から元氷川へ引っ越している。こんなに立派な屋敷に住むのははじめてだと家人は喜び、しばらくは使用人が増えた話や、呉服屋が押しかけてきた話、植木屋に庭の手入れを頼んだものの勝手がわからずおろおろした話など、次々に文が届いた。が、民に子ができたことはだれも書いてこなかった。

ともあれ、象山とも相談して祝いの品を贈った。子が授からぬ順は、五人の子持ちになった民が羨ましくてならない。

──わたくしも嫂さまにあやかりとうございます。

祝いの言葉に書き添えた。ところが……。

折り返し母から文が来て、順はもう一度驚くことになった。

──逸は民どのが腹を痛めた子ではありませぬ。元氷川の新居へ越した際に雇い入れた糸という女中が産んだ子です。糸はまだ十六の娘にて、勝家の三女として民どのが育てることになりました。この件、口外はせぬように願います。

では、兄は米国へ旅立つと決まった身で、雇い入れたばかりの小娘に手をつけてしまったのか。麟太郎の留守に女中の妊娠を知った母や嫂の動転ぶりが見えるようだった。もっとも母も嫂も肝がすわっているから、動揺は胸の内に押し隠して、手際よく事を処理したにちがいない。

小吉の生前、勝家は貧乏だった。麟太郎の代になっても、あばら屋住まいは変わらなかった。小吉も麟太郎も側妻どころではなかったし、だいいち、女中を置くような身分でもなかった。それが出世をして広い屋敷へ引っ越したとたん、こんなことになるとは……。

はなが小普請へ嫁いだとき、順は姉に、なぜ苦労をしょいこむのかと訊ねた。すると姉は、身分相応がいいと答えた。姉は、貧しくとも夫婦水いらずの暮らしを望んでいたのかもしれない。女は、富や出世に足をすくわれることもある。

嫂さまがおかわいそう——。

そう思いはしたが、麟太郎を非難する気にもなれなかった。自分はどうか。象山はどうか。承知の上とはいえ、佐久間家は妻妾同居である。いっぱしの武士なら、側妻の一人や二人、むしろいないほうがめずらしい。

——ご苦労のほど、お察しいたします。なれどやはり、五人もお子のおられる嫂さまがわたくしは羨ましゅうございます。

順は改めて民に文を書いた。

万延二年ではじまった翌年は、二月十九日に改元されて文久となった。

十三代将軍家定が死去したのは三年前である。当時の大老・井伊直弼の後押しで一橋派が擁立する慶喜を押し退け、十四代将軍となった家茂には、目下、孝明天皇の妹の和宮を降嫁させる話が進行中だった。公武合体である。安政の大獄に怨みを抱き、尊皇攘夷を掲げて公武合体に反対の狼煙を上げる輩は京に結集、暗殺をくり返している。

世情は殺伐としていたが、松代の順の周囲は平穏な日々がつづいていた。世を憂う象山が己の才を役立てたくても、蟄居の身ではどうにもならない。

象山は読書や詩作、とりわけ医術に没頭していた。大っぴらにはできないが、来客との面会も近頃は見て見ぬふりをされている。はるばる訪ねて来た門弟と夜を徹して語り合うこともあった。すでに五十一歳になっているものの、探求心と、我こそ国を守らんとする気概だけは衰えを知らない。

その年の八月七日、秋の気配を感じるようになった朝のことである。白湯の入った湯飲みを手にまんの様子を見に行った蝶が、青くなって駆け戻って来た。

「つ、冷とうなっておられます」

「え？　お姑さまがッ」

台所で朝餉の仕度をしていた順は、驚きのあまり包丁を取り落としそうになった。

まんは八十七になる。齢には勝てず、昨年あたりから老衰が際だつようになっていた。春先からこっち、終日、寝床にいることもしばしばである。ことに夏の暑さがこたえたのか、このところ食欲もない。

それでも頭ははっきりしていたし、病もないので、急にどうという心配はしていなかった。風の通る階下の清夏軒に寝かせ、自然薯をすりつぶして鶏卵を混ぜたものを食べさせて、秋が来るのを心待ちにしていたのだ。

順も飛んで行った。

「お姑さまッ、お姑さまッ」

取りすがってゆさぶってみたが、返答もしなければ目も開けない。象山同様、彫りの深い顔はひとまわりもふたまわりも小さくなって、血の気が失せていた。それでも喜怒哀楽をめったにあらわさない老女は、どう見ても眠っているとしか思えなかった。

順の声が聞こえたのか、象山も二階から駆け下りてきた。無言のまま、老母の亡骸を抱きしめる。

足軽の娘だったまんは、象山を産んでも正妻とは認められず、側妻のままだった。嫡子となった象山が真っ先に藩主に願い出たのが母を正妻に直すことだったという話は、順も一度ならず聞いている。お玉が池時代、郷里より母の病を知らされた象山が、六十余里の道をわずか三日で踏破して母を見舞った話も耳にしていた。木挽町にいた新婚時代も、今のこの松代の幽閉生活でも、象山はだれよりもまず、母の安穏を気づかっていた。

「お祖母さま、どうなされたのですか」

けげんな顔でやって来た恪二郎を、象山は招き寄せ、枕辺へ座らせた。

「お祖母さまはお亡くなりになられたのだ」

象山は静かに言った。

「生ある者は必ず滅す。お祖母さまは天寿を全うされた。さ、お別れをしなさい」

恪二郎はうなずいた。両手を合わせる。十四になる恪二郎は、象山より蝶に似て、物静かな美少年に成長していた。象山の異能・異相はゆずり受けなかったが、蝶の従順さとまんの芯の強さを受け継いでいる。

父子が並んでまんの死を悼む姿を、順は一歩下がったところから見つめていた。藩主幸貫(ゆきつら)の、藤田東湖の、吉田寅次郎の死に滂沱(ぼうだ)の涙を流したときとはちがって穏やかな別れだった。それだけに、悲しみの深さもまた、計り知れぬものがあるにちがいない。


秋もたけなわのその日、順は城下の中心街でもある北国街道を歩いていた。八田家へ行った帰りである。まっすぐ聚遠楼へ帰るつもりが、ふと思い立って文武学校をのぞいてみることにした。

安政二年に設立された学校は、先代藩主の幸貫が象山の進言により創立を命じたものだと聞いている。完成したとき幸貫は亡く、翌年には象山も入牢、松代へ戻っても自ら教えることはおろか、見学することさえできなかった。夫の無念を思い、順もこれまで足を向けなかったのだが、藩の許可を得て、今では恪二郎が通学するようになっている。

文武学校は広大な敷地に剣道場、柔術所、弓術場、文学所など数棟が点在していた。門をくぐって直進した正面が文学所か、素読の声が聞こえている。

通りすがりの藩士に訊ねたところ、剣道場は左手の奥まった建物だと教えられた。場ちがいな女の問いかけにけげんな顔をされたものの、順はかまわず剣道場を目指した。恪二郎も剣術の稽古をしているはずだが、そのことはもう頭にない。

道場……と思っただけで胸が昂っていた。

考えるまでもない。剣術も、道場も、この静寂の中にある張りつめた気配も、すべてが島田虎之助の思い出につながっていた。どんなに象山を敬愛し、良妻であろうと努めたところで消し去ることはできない。

島田先生、今一度、先生にお会いしとうございます――。

木刀を打ち合う音が聞こえた。憑かれるように歩み寄り、道場へ入る通用門で門番に誰何される。やむなく恪二郎の名をだした。

「ここにて待て。呼んで参ろう」

順はあわてて辞去する。急ぎ足でその場を離れながら、自分のしたことがおかしくて乾いた笑い声をたてた。道場へ入り込んで、どうするつもりだったのか。虎之助の亡霊がいるとでも思ったのだろうか。

「母上ッ」

いくらも行かないうちに、背後から声をかけられた。襷掛けに袴姿の恪二郎が小走りに駆けて来る。

「父上になにか？」

「いえ。なんでもありませぬ」

「されば……」

なぜこんなところへ来たのかと、恪二郎の目はいぶかっている。

「驚かせてしまいましたね」

順は謝った。

「恪二郎どのが剣術の稽古をしているところが、無性に見たくなったのです」

恪二郎は照れくさそうな顔をした。

「そういえば、母上のお父上のご実家は道場を開いておられましたね。男谷信友さまは母上のお従兄（にい）さまなのでしょう」

男谷精一郎信友は剣聖と崇（あが）められている。といって、順が道場を見て育ったわけではなかったが……。

「ええ。なつかしゅうてつい……」

「それがしも強うなりとうございます」

「強うなるのもよいけれど、恪二郎どの、今は西洋の学問に励むときです」

麟太郎の受け売りだった。剣術や柔術に没頭していた兄も、途中から蘭学、そして西洋兵学に専心した。兄は今、講武所の砲術師範役（しはんやく）をつとめている。

「父上に言われました。腕を磨いておかねば江戸へも京へも行けぬぞ、と」

血腥い事件の噂がひっきりなしに聞こえていた。五月には水戸藩の浪士が英国公使館を襲撃した。将軍家への和宮降嫁を年末に控え、江戸も京も騒然としているらしい。

「父さまの仰せのとおりですね」

世の中は変わってしまった……と、順はため息をつく。

恪二郎は表門まで送って来た。門前で別れる。

胸のざわめきはもう鎮まっていた。

# 五

明けて文久二年は、年初から物騒な事件の連続だった。

一月、坂下門外にて老中・安藤信正が水戸浪士らに襲撃され、負傷。

四月、京伏見で寺田屋騒動。

七月から京で天誅が頻発。

八月、生麦村にて薩摩藩士が英国人を殺傷。

二月に将軍家茂と和宮の婚儀がつつがなく終わり、公武合体は成ったものの、治安は最悪だった。おまけに麻疹やコレラが流行して多数の死者が出ているという。

そんな中、耳寄りな知らせもあった。

「兄さまが布衣役に……」

七月、麟太郎は二ノ丸留守居格および軍艦頭取に昇進、布衣役となった。布衣役とは、将軍に目通りができる旗本の中でも、儀式の際に布衣と呼ばれる無紋の狩衣を着用できる六位相当の御役である。無役の小普請の倅のめざましい出世には、父の小吉も草葉の陰で感涙しているにちがいない。

もっとも、麟太郎が鼻高々なのは、官位などという形式上の昇進ではなかった。米国から帰って以来、離れていた海軍の御役に再び就くことができたのである。

「将軍の御上洛は海路になさるべし、そう直々に進言したのサ」

麟太郎の文からは、そんな言葉が聞こえてくるようだった。海舟と雅号をつけたときから、麟太郎は海軍に並々ならぬ思い入れを抱いていた。剣術、蘭学、砲術、造船、航海術……ときて、その行き着く先は海軍だったのだ。順は今さらながら合点した。

麟太郎は、閏八月、軍艦奉行並を命じられた。役高千俵と聞いて、順は腰をぬかしそうになる。天保飢饉のときは土饅頭を食べたという兄、正月になると男谷家へ餅をもらいに行かされた兄、畳を売り払ってしまい、むきだしになった床に腰をすえて、不眠で『ヅーフ・ハルマ』を書写していた兄の姿が目に浮かぶ。

兄が布衣役なら、母や民、姪や甥の暮らしぶりも変わっているはずだ。どうしていようか。元氷川はどんな屋敷か。兄の子供を産んだという女中はどうなったのだろう。

　江戸を離れて八年、順はこのところ郷愁に駆られ、江戸を想うことがよくあった。松代へやって来た当初は、なじみのない土地に慣れるだけで精一杯だった。蟄居(ちっきょ)中の夫を気づかい、老母のまんや幼い恪二郎の世話をすることで頭も一杯だった。が、まんが死に、恪二郎も十五、象山への監視が和(やわ)らいできたこともあり、気のゆるみが出たのだろう。

　昨年、藩の剣道場を訪れたことがあった。自分でも不思議だが、まるでこの世のものならぬ力に導かれたようだった。あの後、埃(ほこり)をかぶっていた琴(こと)をひっぱりだした。象山も、若き日、琴を習っていたという。大いにやりなさいと勧めてくれたので、以来、毎日のように爪弾(つまび)いている。これもまた、郷愁のゆえかもしれない。

　気持ちが萎(な)えていたのか。病(やまい)は気からというが、この秋、順は大病に罹(かか)った。九月一日は朝起きたときから悪寒がしていた。順はこれまで病気らしい病気をしたことがない。松代へ来てからも軽い風邪をひいたくらいで、いたって健康だった。

　急に寒くなったせいだろうと、いつもより厚手の袷(あわせ)を着て起きた。いつもどおり立ち働いていたものの、やけに体がだるい。食欲もない。朝餉(あさげ)は食べられなかった。一段落して縫いかけの襦袢(じゅばん)を取りだしたものの、指を動かすのさえ億劫(おっくう)で、じっとしていると冷や汗が流れてきた。

「どうなさいました？　顔色がお悪うございますよ」

　蝶が薬湯を運んできた。

「休めばようなります。先生に言うてはなりませぬよ」

　順は午後中、横になっていた。夕刻になって起きだしたところが、症状は軽くなるどころか、ひどくなっていた。悪寒がして、手足に鳥肌が立っている。鳩尾は重石でも押しつけたようで息苦しく、むかむかと吐き気がしていた。

　がまんにがまんを重ねたものの、とうとう耐えきれなくなって、二階で書見をしている象山のところへ行き、助けを求めた。医術に長けた夫がいなければ、そのまま人事不省に陥り、絶命していたかもしれない。

「どうしたッ」

　妻の顔をひと目見るなり、象山は顔色を変えた。脈をとり、顔をしかめる。

「なぜもっと早う言わぬ」

　ともかくやるだけはやってみようとつぶやくや、あわただしく薬を調合して呑むように命じた。苦みのある白い薬は芳香散に炭酸苦土を混ぜたもので、呑みくだすや否や、順は激しく嘔吐した。手足がしびれ、意識が薄れかけている。

「いかん。吐くだけ吐いてしまわんと助からんぞ。これはおそらく、コレラだ」

　コレラという言葉だけが耳に残った。が、悶え苦しんでいる順はもう、考える力も、コレラに怯える気力さえなかった。

象山は次に、吐根と吐酒石を混ぜたものをぬるま湯で呑ませた。さらに二度三度嘔吐する。

ようやく吐き気はおさまってきた。が、息が詰まり、全身がしびれて、目が開けられない。力強い腕に抱き上げられ、寝床へ横たえられたところまでは覚えているものの、それから先は記憶が失せた。

順は、川沿いの道を歩いていた。真夏のかんかん照りなので全身から汗が噴きだしている。それなのに息もできぬほどの強風が吹きつけていた。道は上がったり下がったり、かと思えば、小舟に乗っているのか、恐ろしくゆれて波をかぶる。水を飲み、息が詰まりそうになる。

目指すところは鶯谷の庵だ。こんなに遠いはずがない。一向にたどり着かないのはなぜだろう。それでも引き返す気にはなれなかった。なんとしても、庵へ行かねばならない。なぜ、と訊かれても、答えられなかった。ただ、庵になにかが待っていることだけは疑いようがない。

行きたい、庵へ。行かなければ、庵へ――。

足が、肩が、背中が重い。荷物がどんどん重くなる。つんのめったところが、だれかが手を差し伸べてくれた。左右から両手をにぎりしめられ、わずかながら足が軽くなる。

すっと肩の荷物が消えた。代わりに、額にぬれた手が置かれる。大きな手だ。

順は目を開けた。

不安と恐れを宿していてさえなお、落ちくぼんだ眼窩から放たれる炯々とした――といっても昔ほどの鋭さはない――眼光が、まっすぐに順の顔を見下ろしていた。

順は唇をふるわせた。歯の根が合わず、声をだす力もなかったが、その目に生気が戻っていることに、象山も気づいたようだ。異相がぱっと輝いた。

「おう、おうおうおう……」

感極まって、言葉が出ないのだろう。冷静沈着な象山とも思えない。両眼に涙が光っている。首っぴきで治療に当たっていたのか、かたわらには分厚い蘭医学書があった。

「見ろ。気づいたぞ。順、お順ッ」

順はかすかに目を動かした。もう一方の手をにぎりしめていたのは蝶だった。蝶も、自分が命拾いをしたように、安堵の色を浮かべている。

これはのちに知ったことだが、二人は何度となく芥子湯の湿布を取り替えながら、ひとときも手を休めず、昏睡している体を揉んだりさすったりしていたという。

まだ危機を脱したわけではない。呼吸は楽になったが、順は土気色の顔をして、小刻みに体をふるわせていた。

「案ずるな。必ず治してやる」

眠りなさい、と象山はやさしく言った。片手で長い顎鬚をしごく。もう一方の手はまだ順の手をにぎっている。

順は目を閉じた。もう安心だった。なぜなら、夫が治してやると約束してくれたのだから。象山は、宣言したことはどんなことであれ、全身全霊を傾けずにはいられない男である。象山ほどの男が全霊を傾けて、叶わぬことなどあろうか。

順は再び眠りに引き込まれた。今度は夢のない、安らかな眠りである。

翌日も死んだように眠った。吐き気や悪寒はないものの、骨という骨が溶けてしまったかのようにぐったりとして、独力では身を起こすことさえできない。午後、象山は自らの手で生姜を添えた粥を食べさせた。やっとのことでひと口呑み込む。

その翌日はまた発作がぶり返した。ひっきりなしに痙攣が襲う。四日目も食べ物を口にするたびに痙攣に見舞われる。五日目はまたもや嘔吐。六日目、ようやく発作が止んだ。七日、八日、九日と、順は少しずつ快方に向かった。九日目には入浴をする。十日目には食欲も戻り、独力で歩けるようになった。

コレラが完治したのである。

象山は十日間、つきっきりで妻の看病をした。病状の変化をみじんも見逃さず、薬や湿布、食べ物を選び、加減し、その結果をもらさず書き留める。

探求心旺盛な男にとって、病の正体を究明し克服することは、それ自体が最大の関心事だったにちがいない。だが、ろくに眠らず、食べることさえ忘れて看病に没頭するその顔には、年若い妻をなんとしても助けたいという切実な思いがあふれていた。

遠い夏の日、人けのない氷解塾の一隅で主君の死、愛息の死を悼んで泣いていた夫の姿を、順は思いだしていた。尊大な自惚れ屋の素顔は、情にもろく、無私無欲で、家族や弟子、いや、命あるものすべてに惜しむことなく愛を注ぐ、類まれな男だったのである。


「どうなさったのですか」

庭先にしゃがみこんでいる象山に、順は声をかけた。コレラ騒ぎから十日ほど経っている。体調はすっかり元に戻っていた。

「迷い猫だ。怪我をしておるゆえ、治療をしてやった」

片足に白い晒しを巻かれた三毛猫が、うずくまって手足や腹を舐めていた。全身がぬれそぼっている。

「池に落ちたのでしょうか」

「鯉でも狙うてうっかり足をすべらせたのではないか。腹が空いておるようだ」

振り向いて妻を見上げた象山は、まぶしそうに目を瞬いた。病み上がりのため、生来の白い肌が透き通るように輝いている。妻の美しさに感嘆したのか、それとも、妻の声にひそむ甘えを感じ取ったのか。

木挽町（こびきちょう）で祝言（しゅうげん）を挙げた夜から、子づくりに励んできた夫婦である。数えきれないほど肌を合わせ、象山は妻の体を知り尽くしていたはずだった。

順も、自分ほど夫がわかっている者はいないと自負していた。島田虎之助といるときのように胸をときめかせることはなくても、敬愛と信頼の念だけは嘘偽りがない。先生の足手まといにだけはなりたくない、なんとかお役に立たなければ……と必死だった。けれど、共に生死を乗り越えた今は、これまでとはちがう感情が生まれていた。髪（かみ）の毛の先から爪先（つまさき）まで、ことごとく夫の目にさらされてしまった。隠すものはなにもない。羞恥（しゅうち）を通り越して、開き直ってしまった開放感とでも言おうか。

順は自分が赤子になったような気がした。でなければ象山の体の一部になったような……。夫と自分との境が消え、切っても切れない絆（きずな）で結ばれた。その気安さが甘えになっている。

「薄着はいかんぞ」

「先生こそ、お風邪を召されますよ」

「風邪をひいたら、今度はおまえに不寝（ねず）の看病をしてもらおう」

「むろんです。お薬を、口移しで呑ませて差し上げます」

夫婦は目を合わせた。これまでも世間並みのむつまじい夫婦ではあったが、こんなふうに軽口を言い合うことはなかった。偉大すぎる夫と若すぎる妻が、ようやく釣り合いのとれた夫婦(めおと)になれたのかもしれない。

「こいつに食い物をやってくれ」

「居着いてしまいますよ。お飼いになられるのですか」

「飼わずばなるまい。頼って参ったのだ」

「ほほほ……さようですね。では、名前もつけてあげてくださいまし」

「ふむ、名か……。鈴、はどうだ？」

「鈴……まァ、愛らしい名ですこと」

他愛のないやりとりだった。けれど他愛のないやりとりは、病から生還したればこそ、象山のそばにいればこそ、できるのだ。平穏な幸せを、順は嚙(か)みしめていた。

良いことは重なるものである。

順の病平癒(やまいへいゆ)につづいて、この年の末、象山に相次いで幸運が舞い込んだ。

ひとつは、一昨年に書き上げた長大な漢詩『桜賦』が門弟の手で京へ運ばれ、三条実(さね)愛(なる)を仲介として、天覧に叙せられたのである。喜びのあまり、象山は感涙にむせんだ。

「この傑作が、埋もれるはずもなし」

自惚れの鼻がますます高くなったのは言うまでもない。

もうひとつは、暮れも押し詰まった十二月二十九日に藩より通達された吉報である。

「此度御免申し渡すべき旨……」

八年の長きにわたる蟄居が終わった。

実は、この通達は藩の意志ではない。老中の板倉勝静の指示によるものだった。蟄居が免ぜられるまでには、他藩を巻き込んでの紆余曲折があった。

桜田門外の変で大老の井伊直弼が暗殺されて、幕府の威信は大きくくずれた。薩摩の島津久光は寺田屋で密談をしていた家中の過激派を粛清、勅使を擁して江戸へ下り、将軍の後見職に一橋慶喜を、政事総裁職に松平春嶽を任命するよう圧力をかけた。この際、安政の大獄で囚われの身となっていた者たちの恩赦が行われ、吉田寅次郎ら刑死者の罪名も削除された。

象山が蟄居の身となったのは、吉田の密航事件に連座したからである。象山も恩赦すべしとの声は、松代藩の真田家ではなく、土佐藩と長州藩より上がった。

まずは長州が象山の赦免を訴えた。が、松代藩では、幕府の命に背くことはできぬとこれをつっぱねた。それを聞いた象山は、『桜賦』が天覧となった勢いを借りて、藩に挑戦状を叩きつけた。自分にだけ恩赦がないのはどういうことか、と烈しく追及した。

これに呼応するように、今度は土佐藩主の山内容堂が動いた。中岡慎太郎、衣斐小平、原四郎の三人を松代へ送って、象山を招聘したい旨を言上した。この年末には、他にも長州や土佐の藩士が、聚遠楼を訪れ、象山と意見を戦わせている。

——夷の術を以て夷を制す。

かねてよりの持論に固執する象山は、攘夷を主張する長州や土佐の藩士とは意見が合わず、結局は招聘を辞退したのだが……。

こうした動きが老中・板倉の耳に届いた。象山は晴れて自由の身となった。が、前途は多難だ。底なしの落とし穴が待ちかまえていることを、象山はまだ知らない。

文久三年の正月、象山はそれこそ天下をとったような顔で、意気揚々と登城した。

八年間も暮らしていながら、歩けなかった城下、会えなかった人々、そして、近くにありながら足を踏み入れることさえ許されなかった城……。

「感無量であられましょう」

「長うございましたね」

「ほんに。お姑さまがご存命なればどれほどお喜びになられたか……」

象山の登城を見送った順と蝶も、目頭をうるませる。

感激は当然だった。が、象山は己の置かれた立場を見誤っていた。『桜賦』が天覧になった。他藩から招聘された。自分の才はもはやだれもが認めるところである。返り咲いたからには粉骨砕身、主家のために身命を擲とうと勇んでいる。先代藩主・幸貫からご意見番のごとく重用されていたこともあり、これよりは政の中枢に座って、我こそ当主の幸教を教え導く心づもりになっていた。

自惚れ屋は周囲が見えない。八年間、蟄居の身だった男には、家中の勢力図の変化などわかるはずもない。

この日、象山は、土佐藩からの招聘を断る謝絶状を藩へ提出した。土佐藩とは攘夷についての考えが異なる。蟄居を免ぜられたからには他藩へは行かず、大恩ある真田家のために働きたい、という文面である。ところが藩はこの謝絶状を土佐へ渡さなかった。

——出しゃばり象山は目障りこの上なし。ちょうどよい、土佐へやってしまえ。

象山を嫌う重臣が藩主を焚きつけたのだ。

松代藩は象山を厄介払いする気でいた。だが幸か不幸か、この一件は土佐藩のほうの事情で延期になった。

なにも知らない象山はひとりはりきっていたのだが……。一向にお呼びはかからない。登城しても四面楚歌。これでは腕のふるいようがなかった。

そうこうしている間にも諸外国との開戦の危機は迫っている。治安も悪化の一途をたどっていた。象山は気が気でない。

一方、軍艦奉行並となった麟太郎は、軍艦に要人を乗せ、江戸・大坂間をひんぱんに行き来していた。四月には神戸海軍所・造船所取建及び摂海防御の御役を命じられている。今や、だれはばかることなく文通ができるようになったので、象山は麟太郎から幕府、朝廷、諸藩の動きを聞きだし、なおのこと焦燥を深めていた。

英国から前年の生麦事件の賠償を請求された幕府は、攘夷期限を五月十日と諸大名に通達した。いよいよ開戦か。江戸は騒然となった。結局、幕府は戦を回避して、英国に賠償金を支払うことになったのだが……。

五月十日、長州藩はこの通達に則って米国商船を砲撃した。さらに仏国軍艦と和蘭軍艦に相次いで砲撃をしかけた。だが、仏・米・英・蘭の四カ国の反撃にはひとたまりもなかった。七月には薩摩と英国も戦にもつれ込んでいる。ここへきてようやく、これまで攘夷一点張りだった朝廷も、今の日本の戦力で攘夷は不可能だと悟りつつある。

その朝廷が目をつけたのが、象山だった。


「おい。硯はどこだ?」

「お目の前にございますよ」

「あ、おう。墨を磨ってくれ」

「はい」

八月十三日の午後である。たった今、留守居役・玉川一学の使いが、城へ帰ったところだった。使いを見送り、二階へ上がってゆくと、象山はもう文机へ向かっている。

夫の顔が上気しているのを見て、順は吉報があったことに気づいた。

「よきお知らせがあったのですね」

「ようわかるの」

「わかりますとも。先生とこんなに長いことご一緒にいるのですもの」

象山の蟄居、加えて順の大病が、夫婦の絆を深めている。

「前々から言おう言おうと思うていたが、その先生というのは、おかしゅうはないか」

「いいえ。わたくしにとって、先生はいつまでも先生にございます。それより、なにがあったか、お教えくださいし」

象山は得意満面になった。

「天子さまより御招聘の栄を賜った」

どういうことか、順はすぐにはわからなかった。

「朝廷より招かれたのだ」

「では、京へ行かれるのですか」

「そういうことになるの。だが、玉川さまは御留守居役ゆえ、即断はできぬそうだ。江戸藩邸へ伺いを立ててからのことになるが、むろん、つつしんでお請けいたす」

昨年、松代を訪れ、象山と懇談をした長州藩士の久坂玄瑞らの推挙によるものだとか。

朝廷の伝奏、飛鳥井雅典の使者が松代へやって来て、象山を朝廷へ招きたい旨を伝えたという。

「土佐や長州とはちがう。朝廷だ。天子さまだ。これこそ佐久間象山、生涯の誉れ……」

ひと頃ほど強硬でないとはいえ、朝廷の姿勢は攘夷だった。象山の考えとは隔たりがある。そのあたりの不安はあったが、朝廷から招かれた誇らしさは、このところの象山の憂鬱を一気に吹き飛ばした。

「乗り込んで、説得してやる」

「先生にお出来にならぬことはありませぬ」

「わしもそう思う。ともあれ、早速、報せをやらねばの」

象山は子供のように目を輝かせた。うれしくて、だれかに手柄を話さずにはいられないのだ。内心おかしかったが、順は笑いをこらえ、神妙な顔で墨を磨った。

象山は真っ先に麟太郎へ文を書いた。

「赤松にも報せてやるか」

上田藩士の赤松小三郎も門弟である。

自慢相手が二人では物足りないのか、三人四人五人……と次から次へ文を認める。文を送る相手がいなくなってしまうと、恪二郎を呼び、こたびの快挙について滔々と語り聞かせた。

順と蝶は祝いの膳をあつらえる。

「京は危のうございますよ。毎日のように人が殺(あや)められておるそうです」

蝶だけはうれしそうな顔をしなかった。

「天子さまのお招きなのです。先生を害する者などおりますものか」

「さようでしょうか……」

「おまえは留守番をしていなさい。わたくしは京へ行って、先生をお守りします」

順はそのつもりだった。象山に反対されてもついて行こうと勝手に決めている。松代は長閑(のどか)で住みやすいところではあるものの、江戸で生まれ育った順には退屈だった。商店の数も少ないし、狭い城下はすぐに端まで行ってしまう。江戸の喧噪(けんそう)が恋しい、母や兄にも会いたい……。そう、京へ行けば兄に会えるかもしれない。

その夜は象山も順も有頂天だった。

翌朝から、象山は乗馬の稽古(けいこ)をはじめた。馬は、聚遠楼の持ち主である望月主水の厩舎(きゅうしゃ)から借りた。

京でどこへ住むにしても、登城は颯爽(さっそう)と馬で行きたい。江戸では藩邸の馬に乗っていたが、蟄居の身となってからは乗馬の機会も絶えた。歳も五十三、とあれば、今から体を鍛えておくほうがよい。

象山が早々に報せたので、江戸の勝家から、母の信の名で馬の鞍(くら)が贈られてきた。祝いと餞別(せんべつ)を兼ねた、見事な和蘭仕立ての鞍である。

表面は落ち着き払い、その実はうれしさに浮き足だって、象山は着々と京へ上る準備に取りかかった。ところが――。

この話は急遽、頓挫した。

八月十八日、政変が起こり、尊王攘夷派の七人の公卿と、象山の招聘を朝廷に進言した久坂玄瑞をはじめとする長州藩士が追放されてしまったのである。事を謀ったのは、長州の勢力増大を恐れた薩摩藩と京都守護職に就いていた会津藩、および中川宮をはじめとする朝廷内の公武合体派だった。

象山自身は、そもそも過激な攘夷派の久坂には同調していない。ただ自分なら朝廷を説き伏せることができる、やってみせようと意欲を燃やしていただけで、むしろ考えとしては、政変を起こした公武合体派のほうが近かった。そうはいっても、自分を招聘しようとした勢力が霧散してしまったのでは、京へ上る話も立ち消えである。

「なァに。はじめから、あやつらとは相容れなんだのよ。わしが行かんでも、天子さまは道を誤らなんだ。大安心、大安心」

象山は余裕のあるところを見せて、大安心を連発した。負け惜しみと思われぬよう気を配りつつ、先日、吉報を届けた者たちに計画中止の文を書く。

順は、象山が落胆していることに気づいていた。喜びが大きかっただけに打ちのめされている。わかっていても下手に慰めるのは禁物だった。自惚れ屋は同情を嫌う。

先生ほどのお人だもの、きっとまた、どこからか招聘されるはず——。

混迷の時節である。この殺伐とした世の中を平穏な世に戻すには、象山の知恵が必要である。夫の才能を、順は疑わなかった。


十月に入ったばかりの一日、順は象山に呼ばれた。二階の書斎ではなく、象山が清夏軒と名づけた階下の座敷である。

風が通る座敷はこの季節はもう寒い。だが象山は寒さなど感じないのか、障子を開け放ち、縁の近くであぐらをかいていた。猫の鈴が膝の上で丸くなっている。

「お呼びでしょうか」

順はかたわらに膝をそろえた。鈴が片耳をぴくりと動かす。

「義母上から頂戴した鞍だが……」

「和蘭の鞍ですね」

「うむ。お返ししたほうがよいかの」

象山は片手で鈴を撫でた。やるせなさそうな手つきである。

「お気に入らぬのですか」

「そうではない。上京が中止になった」

「なにを仰せになられますやら。せっかく母が贈ってきたものではありませぬか」

「近々、またいずこから招かれますよ。皆が先生を放っておくものですか」

象山は重い息を吐いた。

「先生らしゅうもありませぬ。まだこれからお子をもうけようというお方が……」

澄まして言うと、象山は目を白黒させた。

「八田家か」

「はい。京へいらしたら、世話をする女子がほしい。できれば若くて丈夫な女子に子を産ませたいが、京でどこか伝手はないかと八田家さんにお頼みになられましたそうで……」

象山は尻をもぞもぞ動かした。鈴が飛び起き、ミャアと鳴いて庭へ駆け下りる。

「あの番頭はおしゃべりでいかん。ま、戯れ言よ。それももう無うなった」

順は忍び笑いをもらした。

「わたくしのことならお気づかいなく。そうです、よろしければ、わたくしがよき女子をお探ししましょう」

「そうではない。京は物騒だ、おまえを連れては行けぬ。それゆえ、身のまわりの世話をする京の女子を……と思うたのだ」

「物騒でもかまいませぬ。女子を雇うても文句は申しませぬ。ですから、わたくしをお連れくださいまし」

「わかったわかった。どこぞへ招かれたときは連れて行こう。だがその前に、おまえは江戸へ行くがよい」

「江戸へ？」

思いがけない話に、順は目をみはった。

「どういうことでしょう」

「読みなさい」

象山はふところを探り、文を取りだした。麟太郎からの文である。

黙読して、順は案じ顔になった。

「わたくしにはなにも……」

「心配させまいと思うたのだろう。しかし義母上が病とあれば、こうしてもおれまい」

「兄さまはなぜ先生に……」

「そこだ。麟太郎どのは当分上方からお帰りになれぬ。それゆえ心配しておられるのだ。はっきりと書かれてはおらぬが、おまえに義母上の看病をしてほしいのだろう。だがおまえに知らせても、わしに遠慮して帰るとは言えない。それゆえ、わしに知らせた」

なるほどそのとおりだろう。親孝行をいちばんの美徳としている象山なら、すぐに帰れと言うにちがいない。聡明な麟太郎にはそれがわかっていたのだ。

「でも、先生も今、大事のときです」

いつ招聘が来るか。来なければ来ないで、落ち込んでいる象山を慰めるのは自分しかいないと、順は自負している。

「行ったきりになるわけではない。快方に向かわれるまで看病して差し上げ、ようなられたら帰って来ればよい」

「なれど……」

順に象山との結婚を勧めたのは信だった。順がまだ虎之助の死に打ちのめされていたときで、首をかしげる麟太郎を、信は強引に口説いた。はねかえりの娘には、象山のような男がふさわしい……と。

象山は信に感謝の念を抱き、日頃から文をやりとりして体調を気づかっていた。

「親には、会えるときに会っておくことだ」

順ははっと目を上げた。もとより頑健とは言えぬ母である。信は五十九。万にひとつ、母の病が治らなければ、看病さえできなかったことを生涯、悔やむにちがいない。

「まことに、よろしゅうございますか」

「よいとも。早々に発(た)つがよい」

「はい。ではそうさせていただきます」

心を決めると、喜びがあふれた。九年前、吉田寅次郎の下田密航事件に連座して入牢(じゅろう)

していた象山に「郷里にて蟄居」という処罰が申し渡された。あのときは、数日の内にもう旅立つというあわただしさだった。知人縁者に挨拶をする暇(いとま)もろくになく、母とも十分に別れを惜しむ余裕がなかった。

松代へ来た当初は、長くて一年、二、三年もすれば元の暮らしに戻れると、象山も順も信じていた。まさか八年間も蟄居がつづくとは思いもしなかった。

順はこの数年、江戸恋しさ母恋しさに遠い空を見上げることがままあった。コレラで死にかけたとき、ああ、これでもう母にも兄にも会えぬのか……と苦しい息の下で江戸をなつかしんだものだった。

「母の顔を見て、数日、看病をしたら、すぐに帰って参ります」

「つもる話もあろう。せっかく里帰りをするのだ。あわてることはない」

朝廷からの招聘が中止となったばかりだ。次にどこからか話があるにしても、年が明けてからだろう。

「久々に江戸で正月を過ごしなさい。正月明けにゆっくり帰って来ればよい」

ともあれ、母の病が気にかかる。順は即刻、母宛に文を認め、帰郷を知らせた。

ただちに仕度(したく)に取りかかる。

象山は自ら城下へ出かけ、義母への見舞いの品々を買い求めた。これは麟太郎夫婦へ、これは甥や姪へと気づかいも忘れない。

「母上、お気をつけて」

象山、蝶、恪二郎に見送られて、十月の初め、順は江戸へ出立(しゅったつ)した。

# 第四章　麟太郎の人たらし

## 一

九年ぶりの江戸である。

板橋宿へ入ったときからもう、順は走りだしたい衝動にかられていた。袷の裾をからげ、脚絆をはいた脛をむきだしにして、赤坂まで一目散に駆けてゆきたい。旗本の敷地内の借家で暮らしていた頃の怖いもの知らず、強面の武士を撃退したことさえある、お転婆娘に戻ったかのようだ。

「ここまでくればひと安心、あわてることはありませぬ」

象山から道中の護衛役を任じられ、荷をかつぐ人夫ともども随行してきた北山安世も、なつかしそうにあたりを見まわしている。

「ここまで参ったからこそ気が急くのです。ああ、とうとうお江戸へ帰ったのですね」

順の声ははずんでいた。

「拙者は先生から早々に引き返せと命じられています。ご新造さまが羨ましい。またあの片田舎へ戻るかと思うとぞっとしますよ」

安世は顔をしかめた。

象山の甥は評判の秀才で、象山が江戸の木挽町で私塾を開いていた頃は、弟子の一人として寄宿し、目をかけられていた。吉田寅次郎（松陰）にも可愛がられ、一時は幽閉中の寅次郎に会うために萩へ出かけたり、長崎へ遊学したりと精力的に動きまわった。蟄居の身となった象山の代筆役もつとめていたのだが、ここ数年は放蕩が目に余ると、象山からたびたび叱責をうけている。

無理もなかった。畏敬していた叔父が郷里へ帰され、蟄居させられた。とばっちりを食らい、安世も出世の夢が閉ざされた。万事に旧弊で偏見だらけの郷里に閉じこめられて、若者は苛立っている。

「今や旦那さまも蟄居を免ぜられたのです。これからは変わりますよ」

「そう上手くゆくとは思えませぬ。現に今だって……」

昨年、文久二年の師走二十九日に、象山はようやく自由の身となった。吉田寅次郎の密航事件に連座して小伝馬町の牢へ入れられ、囚われの身のまま郷里の松代へ送られた。以来八年間、不遇に苦しんだ末の解放である。しかも、復帰はしたが返り咲いたわけではなかった。登城したものの冷遇され、朝廷からの招聘も実現する前に潰えてしまった。

象山は今、落胆の最中にある。そんな叔父を見て、安世も鬱々としているのだろう。

安世の泣き言につきあう気はなかった。自分は今、江戸の土を踏んでいる。九年の間に引っ越しているから家こそ昔とはちがっているものの、ここには母や兄、兄の家族が住む屋敷があった。親戚の男谷家、父小吉が眠る清隆寺、愛しい島田虎之助の墓所、正定寺もある。鶯谷の庵では、父と二人、ありったけの着物をはおって、ふるえながら文机に向かったものだ。赤坂田町のあばら屋では、破れ畳の上で、兄が蘭和辞書を筆写していた。浅草新堀の島田道場では、表まで剣士たちの気合のこもった声がもれていたし、木挽町の象山塾には、明日の世に事なさんと目を輝かせた若者たちが多数、集っていた。

江戸には思い出がつまっている。

朝餉もそこそこに、順、安世、人夫の三人は宿を出た。板橋宿から日本橋までは二里余り、赤坂まで歩き通しても三里そこそこの道のりである。

真っ先に父と虎之助の墓参をして無沙汰を詫びたかった。が、まずは母である。そもそも今回の里帰りは病母の看病が目的だった。快方に向かっているとは聞くものの、中年を過ぎた頃から病で寝込む日が増えた母だけに、顔を見るまでは落ち着かない。

道端の庚申塚に両手を合わせ、巣鴨の宿場町をぬければ、見渡すかぎりの田畑である。いくらも行かないうちに、道の両側は大小の武家屋敷に変わった。右手に白山権現を見て森川宿の追分へ。中山道と岩槻街道が交わるあたりからは往来も増え、江戸の活気が流れてくる。本郷、湯島、神田と、昔と変わらぬ江戸のにぎわいに、順は早くも目頭を潤ませていた。

「地震だのコロリだの、すっかり変わってしまったんじゃないかと案じていました」

江戸は、やっぱり江戸である。

コロリといえば、松代にいた順もコレラに罹った。医術に心得のある象山が医学書と首っぴきで治療にあたり、撃退してくれた。とはいえ、高熱と吐き気で七転八倒していたときは、これでお終いかと覚悟した。生死の境で思いつづけたのは、ひと目でいいから江戸を見て死にたいという一念だった。

日本橋をぬけ、京橋を渡り、銀座町から尾張町へつづく道を通って土橋を渡る。象山と新婚時代を過ごした木挽町はこの道の左手にある。思い出が一気によみがえった。九年の歳月が消え去って、順は自分がまだ十八、九の若妻であるような錯覚を覚えた。

当時は黒船にわいていた。象山も兄の麟太郎も意気に燃え、我こそは国を救わんと飛びまわっていた。よくわかりもしない順でさえ、とてつもなく大きなことを成し遂げようとしている夫や兄が誇らしく、内助の功を尽くそうとはりきっていた。

汐見坂から榎坂へ出る。

勝家の転居先は元氷川。氷川神社の裏で、盛徳寺の隣の閑静な場所だという。同じ赤坂でも溜池に近い田町の家は、町屋に囲まれ、しかも旗本家の敷地内に建つ借家だったため狭くてごみごみしていた。移転先は敷地も広く、周囲も錚々たる武家屋敷ばかりだと聞いている。

豪壮な冠木門の前まで来て、順は思わず感嘆の吐息をもらした。

ここが、兄さまのお屋敷――。

正月に親戚へ餅をもらいにゆくのがなにより辛かったと話していた兄、天保の飢饉の際は土饅頭を食べたという。私塾をはじめて多少は人間らしい暮らしができるようになったものの、これまで兄と貧乏は切っても切れない仲だった。その兄が、こんなに立派な屋敷を拝領しようとは……。

順ばかりか、安世も気を呑まれたように突っ立っている。

「なんぞ用か」

門番に声をかけられて、二人は思わず飛びのいた。子供の頃、旗本の岡野家の敷地内に住んでいた。象山の木挽町の家もそこそこの広さがあって冠木門だったが、いずれも門番はいなかった。

驚いていると問いただされた。

「おぬしら、何者だ？」

「こちらの女人はご当主のお妹さまにあらせられる。松代からはるばるおいでじゃ」

安世が肩をそびやかして言うと、門番はとたんに小さくなった。

「これはご無礼をいたしました。どうぞお入りください」

たとえ事前に聞かされていたとしても、役高千俵、御目見得以上の布衣役をつとめる主の妹が、従者と人夫を伴っただけで、歩いて来るとは思わなかったのだろう。

丹精された前栽を眺めながら、敷石をたどって玄関へ赴く。磨きこまれた式台、雪月花が描かれた四双屏風、御影石の沓脱ぎ石……なにもかもが、かつての勝家からは想像もつかない設えだった。父の小吉が生きていたらどんなに得意満面だったかと、順はまたもや目頭を潤ませる。

門番が声をかけると、小柄で目鼻の整った女中が出て来て三つ指をついた。

「おいでなさいまし。どなたさまにございましょうか」

「お妹さまじゃ。早う奥へ知らせぃ」

門番に怒鳴られ、女中はあわてて奥へ行こうとする。が、その前に、嫂の民が小走りに駆けてきた。

「まあ、お順どの。知らせをくだされば板橋まで迎えをやりましたのに」

「たいした荷物もありませぬ。それに安世どのがおいでくださいましたから」

義妹がお世話になりましたと、民は安世に挨拶をした。九年会わない間に、民は武家の妻女の貫禄を身につけたようである。もともと人あしらいが得手で、きびきびした女だったが、今は留守の多い夫に代わって家内のいっさいを牛耳っていると聞く。

「母さまは……」

「だいぶよいようです。ひと頃は、このまま寝ついてしまわれるのではないかと案じておりましたが……。お順どののお顔をごらんになれば、病など吹き飛んでしまいますよ」

昔は風邪ひとつひかなかった母である。病に倒れたのは、小吉が押し込めになった冬、手あぶりさえない長屋でつきそっていたときだった。母は寒さがなにより苦手だ。今年も秋に風邪をひき、以来、寝たり起きたりがつづいているという。

「お寂しいのですよ。お順どのは松代、旦那さまもあのとおりご多忙で……ほとんど家にはおりませぬ」

この年、麟太郎は軍艦奉行として、正月を大坂で迎えた。十六日に品川へ入港、我が家へ帰ったものの、二十三日にはもう神戸へ向けて出航している。そのあと江戸へ帰ったのは六月十六日で、薩英戦争の報をうけてからはほとんど江戸城へ詰めきり、九月二日には順動丸に酒井雅楽頭を乗せ、門弟の坂本龍馬を伴って、再び品川を出航していた。

「では兄さまは、神戸におられるのですね」

「さあ、どうでしょう。大坂か京か……いつお帰りになられるか、わたくしどもにはとんとわかりませぬ」

世は乱れている。次々に事件が起こるので麟太郎もあっちへ呼ばれ、こっちへ招かれ、座の温まる暇がない。もっともそれだけひっぱりだこというこというわけで、民は苦笑しているが、象山の焦燥を目の当たりにしている順はむしろ羨ましかった。

ともあれ自分がほとんど家にいないため、麟太郎は、母の寂しさ心細さをおもんぱかって、順を里帰りさせるよう象山に直訴したのだろう。

「まずは母上のお顔を見なければ」

「さようですね。姑上もきっとお待ちかねでしょう。お糸、なにを眺めているのです。早う濯ぎを」

民に言われ、最初に出てきた女中があわてて席を立った。濯ぎの仕度をしにゆくのだろう。女中の姿が見えなくなると、民は順に目くばせをする。

「あの女子です、旦那さまのお留守に子を産んだのは……」

九年ぶりに再会した母の信は、ひとまわりどころかふたまわりは小さくなり、髪も真っ白になって、別れの際にまぶたに刻みつけた面影とは一変していた。五十九という年齢や病がちの身もさることながら、母を老けさせたものは他にもあるらしい。それはすぐにわかった。

「お順、許しておくれ」

顔を合わせるなり、信は頭を下げた。寝間に敷いた布団の上で膝をそろえている。

「母さまったら……なにを馬鹿なことを」

島田虎之助の急死に打ちのめされた娘に、信は象山との結婚を勧めた。天下一の男と見込んだからだ。ところが、いくらもたたぬうちに象山は罪人となり、郷里での蟄居を命じられた。九年前、松代へ発つ際、信は娘に謝り、順は母に、象山先生と結婚したことを悔やんではいない、自分のせいだとは決して思わぬようにと言葉を返した。その後の文のやりとりでは、一度もそんなことは書いてこなかったのに、信は胸の奥で、いつも娘に詫びていたのだろう。

順は、血管の浮き出た青白い母の手を取り、自分の両手で包み込んだ。

「母さま。わたくしは幸せに暮らしておりますよ。象山先生はおやさしいお人ですし、松代も、のどかでよいところです」

愛娘と再会した喜びに肩をふるわせているか細い体を、順は抱きしめる。

「まことのことを申しますとね、母さま、わたくし、自分たちを夫婦と思うたことがなかったのです。先生はお偉いお方。そのお方にお仕えするのは、ちっとも嫌ではなかった、教えていただくことばかりで楽しゅうございました。それでも、畏れ多くて夫とは思えず何年たっても先生先生と……」

ところが昨年、コレラに罹って死にかけたとき、象山は命がけで病を治してくれた。あのとき、二人はひとつになった、真の夫婦になったのだと、順は母に打ち明けた。

「先生がおられなければ、わたくしはこうして母さまに会うことも叶いませんでした」

信はようやく涙をおさめ、喜びをかみしめるように二度三度うなずいた。

「夫婦のことは、夫婦にしかわからぬものです。母も、おまえの父さまにはさんざん苦労をさせられました。なれど、一度として別れようなどと思うたことはありませぬ」

「あら、ありますよ。お忘れですか。わたくし、父さまにうかがいました」

小吉が人妻に横恋慕(よこれんぼ)した際、信は人妻の夫に談判、自分の命と引き替えにもらいうけに行くと言いだした。小吉は往生したという。

「おや、そうでしたっけ」

「母さまの武勇伝。父さまも、母さまにはかなわぬと笑うておられました」

「ホホホ……若かったのですねえ。それはきっと、そう言えばあきらめると思うたのでしょうよ。殿御(とのご)というものはね、いざ手に入るとなると尻込(しりご)みをするものです」

「母さまのほうが父さまより上手(うわて)ですね」

母と娘は声を合わせて笑う。明るい声に誘われたのか、十八になる長女の夢と十五になる次女の孝がつれだって挨拶にやって来た。

「まあ、これがあの夢ちゃん……孝ちゃんはまだこんなに小さかったのに」

順は座したまま、自分の頭の高さに片手を伸ばして見せた。

「弟たちは学問所へ出かけています」

長男の小鹿(ころく)は十二歳、次男の四郎は十になるという。夢の説明を聞いて、順は今さらながら、歳月の速さに嘆息した。順が松代へ向かったあの日、民は三つになった幼児の手を引いていた。あのとき次男の四郎は、民のお腹の中にいたのだ。

「さあ、逸どのもご挨拶をしましょうね」

そこへ民が三つ四つの女児を抱いて入ってきた。色白の愛らしい童女は、ひと目で、糸という女中の子だとわかった。順が生さぬ仲の恪二郎から母上と呼ばれているように、ここでも、逸と名づけられた幼女の母はあくまで民。おそらく糸と逸は、母子の名乗りをしないまま生涯を終えることになるのだろう。

勝家には五人の孫たちがいた。老いたとはいえ、出世した息子の屋敷に住み、孫に囲まれて、母は恵まれた晩年を過ごしている。ほっとすると同時に、順は象山を思った。厳格で静謐を好む男に見えながら、象山は人一倍、寂しがり屋である。落魄の今、それでなくてもひっそりした郷里の閑居で、口数の少ない蝶と一人きりの息子と三人、孤独を噛みしめているのではないか。

申し訳ないと思いつつも、久々に味わう江戸の活気や華やぎは順の心を浮き立たせた。自ずと笑顔がこぼれている。

夕方には小鹿や四郎も帰宅した。象山からの心づくしの土産を皆に配り、その夜は安世もまじえて、にぎやかな宴となった。

順は母の寝間の隣の座敷へおちついた。

翌朝、安世は謝礼をたっぷりもらい、早々に松代へ帰って行った。

「父が死んで十一年も経つのですよ」

眸を凝らしていれば島田虎之助の顔が見えてくるとでも言いたげに、菊は参拝を終えてもなお、墓石をじっと見つめている。

順は身ぶるいをした。寒風のせいではない。目に見えないなにかに怯えているわけでもなかった。松代ではじめて剣術道場の玄関に佇んだあのときと同じ、体の奥から異様な昂りがわきあがってくる。

島田先生……虎之助さま……。

これだけ月日が経ってもまだ、順は虎之助が恋しかった。それは、象山との夫婦の絆が強まったこととは別のもので、順にとってはどちらも比べようのない真実だった。なぜなら、夫を畏敬し、あふれんばかりの情愛を感じてはいても、決して「恋」にはなりえぬからだ。恋は、虎之助の亡骸と共に、墓石の下に眠っている。

もし虎之助と夫婦になっていたらどうだろう。順は想像してみようとした。できなかった。夫婦とは、相手を思っただけでこんなふうに動悸がしたり、胸がしめつけられたりするものだろうか。

「心ならずも、長いこと、ご無沙汰をしてしまいました」

とりとめのない思いを断ち切るように、順は片手を伸ばし、墓石を撫でた。

「島田先生、お許しください」

「許すなんて。父はきっとなにもかも存じておりますよ。お順さまがどんなにご苦労をされたか、今は象山先生がどれほどお順さまを頼りにしておられるか」

「いいえ。わたくしは、妻の役目を果たしてはおりませぬ」

順はあらためて菊を眺める。もともと大柄だったが、今やでっぷりとして、二重顎の顔も福々しい。これがあの人見知りだった菊かとしばし見とれた。

「お菊さまはお三人でしたかしら。象山先生はお子を望んでおられましたのに、わたくしは産んで差し上げられませんでした」

「あら、お順さまはまだ二十八でしょう。お子ならこれからだって産めますよ」

「無理ですわ。先生は五十三ですもの」

「まだまだ、三人も四人も」

菊に真顔で言われて、順は思わず噴きだした。

「ほんにさようでした。先生はね、お子をあきらめる気など毛頭なさそうです。ただし、お子の母親はわたくしではありませぬ。若い側妻を物色中なのですよ」

「まッ、なんてひどい。早速、父に言いつけてやりましょう。お順さまの代わりに先生を懲らしめてやるように、と」

「そういえば、島田先生はわたくしたちのお仲人をしてくださったのでしたね」

すでにこの世の者ではなかった虎之助をあえて名ばかりの仲人としたのは、虎之助に対する象山なりの感謝と敬意の表し方だった。

「先生は……主人は、島田先生を心底、敬愛しておりました」

「ね、ですから、ごつんと」

二人は楽しげに笑う。ここは墓所だと思いだして、十代の昔に戻ったように袖を引き合い、そのくせまた笑っている。

「それにしても、お順さまはちっともお変わりになりませぬ。羨ましいこと」

「羨ましいのはわたくしです。お菊さまの堂々たるご新造さまぶり、それに比べて、わたくしときたら……。先生はあの大兵でしょ、いつまで経っても父と娘のようです」

「父に招かれてはじめて江戸へ参ったときです。もしなにかのまちがいだったら、まことの父娘でなかったらどうしようかと不安でした。でもひと目で疑いは吹き飛びました。だって、体つきがそっくりでしたもの」

あのときは順も島田家へ赴き、父娘の仲をとりもった。といっても、順には菊の心をつかむことで虎之助の信頼を勝ち得ようという下心があったのだが……。父親によく似た菊と心をかよわせるのは、当然のなりゆきだった。

思い出話は尽きない。が、二人はこのあと小吉の墓参に、牛込赤城下の清隆寺へまわることにしていた。墓所の入り口では、勝家の下僕と菊が連れてきた女中が、寒そうに足踏みをしながら立ち話をしている。

順は虎之助の墓石に別れを告げた。

「また松代へ帰ってしまわれるのですか」

「年が明けたら。でも……」

菊に訊かれて、順は首をかしげる。

「京へ参るやもしれませぬ」

「京は危のうございますよ。天誅とやらで、次々にご要人が殺められております」

もちろん、順も聞いていた。

「さればこそ、先生は京へ行かねばならぬと仰せなのです。今こそ天子さまのお役に立ちたいと。もし願いが叶うて上京なさることになれば、むろん、わたくしも参ります」

案じ顔ではあったが、菊はうなずいた。佐久間象山は並の男ではない。その妻である順もしかり。この類まれな夫婦にはなにを言っても無駄だと思っているのだろう。

二人は住職に挨拶をして寺を出た。その足で牛込へ向かう。九年ぶりの墓参を前に、順は道々、父小吉の面影をたどっていた。

麟太郎は、順が江戸へ戻ってひと月ほど経った、十一月の初めに帰ってきた。九月二日に坂本龍馬を伴って品川を出航、神戸、大坂、京に滞在していたこの二か月、桂小五郎や松平容保、松平春嶽、そして一橋慶喜とも対談をしたという。

「おう、お順坊、よう参ったのう」

九年ぶりの再会に目を細めたのはよいが、「先生はご壮健か」と訊ねただけで、もうあわただしく自室へ入ってしまった。

「薩摩と英吉利が戦をしたのは、お順どのもご存じでしょう」

あっけにとられている順に、民が説明を加える。

「幕府が外国の力を借りて薩長を討伐するとの風説が流れたのです。それはもう大騒ぎ。旦那さまもご登城なさいましたが、だれもがあれこれ勝手なことを言い合うばかりで、たいそう腹を立てておられました。あれではとうてい戦はできぬ。戦は極秘に迅速に進めなければならぬ。命を棄てる覚悟もなく、空論ばかり戦わせてなんになるか……と」

民の前で愚痴をもらすくらいだから、麟太郎は幕府の無能ぶりにほとほとうんざりしたにちがいない。ところが八月十八日、京で政変が起こり、七卿が長州に逃亡した。

「そうなのです。それで先生のご上洛の話も無うなってしもうたのです」

「さようでしたね。旦那さまも急遽ご出航されました。こんな情勢ですから、あちらでは休む間もなかったのでしょう。またいつ出向かねばならぬか……」

民は夫を庇うつもりで言ったのかもしれないが、順は、引き下がるつもりはなかった。

兄に山ほど訊きたいことがある。

「兄さまとお話をして参ります」

腰を上げようとすると、民は両手を泳がせた。

「今は、おやめなさい。話ならまた、別のときに……」

「明日にもまたお出かけになられるやもしれませぬ。せめて少しでも」

「あ、お順どの。お待ちなさいッ」

順は屋敷内の間取りを知り尽くしている。民の制止には耳を貸さず、兄の部屋へ急いだ。

子供の頃は、せせこましい借家で、家族が身を寄せ合って暮らしていた。赤坂田町のあばら屋でも、兄はよく茶の間や塾用の離れでごろ寝をしていた。そっと夜具をかけてやったことも、ゆすぶって起こしたことも、丸くなって隣へ寝てしまったこともあった。兄妹のあいだに遠慮の壁はない。

眠っているかもしれないとそれだけは気づかって、順はそっと障子(しょうじ)を開けた。

糸がいた。

庭側に置かれた文机の前に正座をして、墨を磨(す)っている。が、はかどっているようには見えない。手を止めては体をくねらせ、忍び笑いをもらしている。

麟太郎のせいだった。兄は糸の斜め後ろに肘枕(ひじまくら)をつき、横になっていた。入り口に背中を向けている。

兄の片方の手が糸の太股(ふともも)をおおう着物の下に差しこまれているのを見て、順は息を呑んだ。はじかれたように目を逸(そ)らせる。

民が行くなと止めたのはこのことだったのか。しまったと思ったが、開けた障子をあわてて閉めれば、見ましたと教えているようなものである。声を失ったまま進退きわまっていると、真っ先に糸が気づいた。あッと声をもらすや、麟太郎の手をはねのけ、真っ赤になって裾を直した。もごもごと言い訳をする。順に一礼をしたと思うや、脱兎(だっと)のごとく逃げだしてしまった。

麟太郎はゆっくり身を起こした。妹のほうへ向き直り、悠然とあぐらをかいてにやりと笑いかける。

バツが悪いのは、むしろ順だった。

「急ぎの書状が山ほどあっての」

急いでいたようにも見えないが、麟太郎は何事もなかったかのように言う。

「お休みか、と思いました」

「休んでなどいられるか。と、えらそうに言うてはみたものの、このところ禁欲つづき、つい堪(こら)え性(しょう)が無うなった」

屈託のない笑顔には逆らえず、順も思わず忍び笑いをもらしている。

「兄さまはお城で戦の覚悟について説かれたそうですね。でも守りが甘うございます。わたくしの奇襲にやられました」

「ハハハ……いかにも撃沈だ。いつだって、おれはおめえにゃかなわねえヨ」

昔ながらの軽口が出た。二人は一足飛びに、貧しく、だからこそ寄り添って暮らしていた頃の兄妹に戻っていた。

「兄さまにお願いがあります」

「帰宅早々……相変わらず、せっかちなやつだ。ま、聞いてやる。言うてみろ」

はいッと順は膝を進めた。

「象山先生はこたび、京へ赴き、攘夷の愚を説かれるおつもりでした。今は異国と戦をしているときではない、薩摩だ長州だといがみ合っているときでもないと仰せで……。身を挺して朝廷へ乗り込み、過激な攘夷論を払拭して、公武が手をたずさえるための礎を築かんと……」

ところが八月十八日の政変で、計画は頓挫してしまった。

「公武一和はおれも願うところだ。先般、肥後守ともその話をしたが、公武は朝廷と幕府だけにあらず。諸大名、諸侯の有志が集うて知恵を出し合う。もはや、そうでもせねば世は鎮まらぬわ」

肥後守は松平容保、京都守護職である。

順はなおも身を乗りだした。

「先生はあのご気性です。過激な攘夷派の巣窟へ乗りこまずにすんで助かった、大安心と文にも書き、言いふらしてもおられますが、ご本心は悔しゅうてならぬのです。我こそは攘夷を覆さんと勇んでおられたのですから」

松代でも四面楚歌、象山は目下、落魄の身である。

「わたくし、先生の希みを叶えてさしあげとうございます。九年もご不自由な思いをされたのですもの。今こそ、思う存分に……」

なにか手段はないか、兄から推挙してはもらえぬかと、順は頼みこんだ。象山は有り余る才を持て余している。その才を発揮する場を与えてほしいというのが、順のたっての願いだった。それを言いたいがために、帰宅早々の兄のもとへ押しかけたのである。

麟太郎は思案顔になった。

「先生のお気持ちはわかる。先生なれば、朝廷を動かすこともお出来になられるやもしれぬ。だがな、お順、京は戦場のごときありさまだぞ。こたびの政変で、過激な攘夷派はなおのこと牙を剝いている。虎穴へ飛びこめば命がいくつあっても足りぬ」

麟太郎もこの三月、京の寺町で尊皇攘夷派の志士に襲われ、危うく命を落とすところだったという。

心配するから家人には話すなと釘を刺した上で、麟太郎は事件の顚末を語った。

「それで、いかように難を逃れたのですか」

「岡田以蔵という土佐の若者が護衛しておっての、これがめっぽう強い。おかげで命拾いをしたのサ。神戸操練所には、土佐や薩摩の若者が多数、学んでおる」

神戸操練所はそもそも麟太郎が開いた神戸海軍塾である。麟太郎は将軍家茂に進言、幕府公認の操練所として、直参だけでなく諸藩の若者を受け入れるよう認めさせた。

「嫂さまのお話では、ここへもずいぶん風変わりなお方が訪ねておいでだそうですね」

象山の木挽町の私塾にも、直参よりむしろ地方から江戸へ出てきた血気盛んな若者たちが集っていた。小林虎三郎や吉田寅次郎はとりわけ忘れがたい。松代の蟄居先も同様だった。高杉晋作をはじめ久坂玄瑞や中岡慎太郎など、長州や土佐の藩士が入れ替わり立ち替わり教えを請いにやって来た。

「兄さまは坂本龍馬さまを、連れ歩いておられるとか」

「うむ。龍馬はおめえが嫁ぐ前、先生の私塾にも通うたことがあるそうだ」

「存じております」

「昨年の、あれは十月だったかナ、越前さまの添書を持ってここへ訪ねてきた。礼儀知らずで大法螺吹きと思うたが、世界のことを知りたいという。話してやると熱心に耳を傾け、その場で入門したいと頭を下げた。で、土佐の山内容堂さまに談判して、脱藩のお咎めなきよう取りなしてやったのサ。あれは使える男だ。勘が鋭い。身が軽い。目線が広い。人の話をよく聞く。それに、人たらしだ」

「でしたら兄さまと一緒ですね」

順は笑みを浮かべる。幼い頃から、兄ほどの人たらしはいないと思っていた。象山も麟太郎もあふれんばかりの知識があり、志があり、努力の人でもある。ただひとつ、麟太郎にあって象山にないものが天性の明るさ、人の心を開かせる才だ。

「土佐や薩摩の連中はみな、身分こそ低いが熱意にあふれ、我こそ世を変えんと意気盛んだ。その筆頭が龍馬というわけサ。頭の堅い直参どもにも爪の垢を呑ませてェや」

麟太郎は龍馬をたいそう気に入っているようだった。

順は、愛弟子の吉田寅次郎の訃報を耳にしたときの、象山の悲嘆に沈む姿を思いだしていた。今、寅次郎がいたら、兄を救ったという岡田以蔵や龍馬のように、象山の片腕になってくれていたのではないか。世は移ろい、弟子も離れてゆく。八年の蟄居は長かった。

「お順坊。先生には、焦るなとお伝えせよ。先生の才を発揮する場は、これからいくらも出てくるサ。今は静観するときだ」

松代で蟄居していた象山は、井の中の蛙である。本人は居ながらにして世の情勢を知り尽くした気でいるが、たしかに、真田家中でさえ、象山は時代後れの厄介者扱いだった。兄が言うのもそのことだろう。それは、久々に江戸へ帰り、世の変化を見聞きした順なればこそ、うなずける話だ。

「先生にお伝えいたします」

江戸と松代に離れていても夫婦は文や季節の品を送り合っている。素直に礼を述べて、順は兄の部屋をあとにした。

二

雪深い松代ほどではないものの、十一月の江戸も寒さは厳しい。雪が降りはじめる前にと思い立って、順は本所の男谷家や、姉のはなの嫁ぎ先で今は清水家つきの御書院番に出世している山本家、本所から麴町へ転居した岡野家など、ゆかりの家々へ挨拶に出かけた。かつては勝家の下僕で、老いて寝たきりになっている辰吉を見舞い、菊とは日本橋で買い物……。

「わたくしが下関から出てきたときは、お順さまが江戸見物にお連れくださいましたね」

「今は反対。わたくしはすっかり田舎者になってしまいました」

などと言いながら、両国広小路の露店をひやかし、不忍池の辺を散策する。

順が里帰りをしたいちばんの目的は、病床にある母の看病である。母娘は会えなかった九年の歳月を埋めるかのように、一日の大半を共に過ごした。順が姪の琴を借りて弾くこともあり、信が得意の書を教えることもある。縫い物をしながら、小吉の思い出話に花を咲かせることもあった。

「それにしてもまァ、象山先生はよう気のつくお人ですこと」

江戸へ無事に到着したと知らせると、即刻、返書が届いた。順の小遣いと干し杏も送られてきた。筆まめな象山は、順に飼い猫の鈴の様子まで知らせてくる。ときには買い物を依頼してくることもあった。

「西洋馬具と鞭……どこで求めればいいかしら。そうだわ。母さまは和蘭鞍を贈ってくださいました。よきお店をご紹介ください」

十二月に入ると、象山からまた文がきて、青眼鏡の在処を訊ねてきた。雪道で乗馬をする際、象山は反射避けに青い眼鏡をかける。もしや、順が江戸へ持参した手箱の中に入っているのではないかと思ったらしい。

「他人のことだとよう気がつくお人なのに、ご自分の身のまわりのこととなると、とんと頼りないのですよ」

順は折り返し、「床の間の紫檀の糸目の硯箱の中にある」と知らせてやった。象山からは「御覚のよきには皆々かんじ入り申し候」と感謝の文が送られてきた。

「おまえも家刀自になったのですねえ」

母に言われて、順は苦笑する。

「あたりまえです。母さまはわたくしが嫁いで何年になるとお思いですか」

「今ようやく、おまえが言うたことに納得がいきましたよ」

信はしみじみつぶやいた。はねっかえりの娘が立派な家刀自になったことではない、象山と順がむつまじい夫婦で、娘の結婚がまちがいではなかったと確信できた安堵のつぶやきである。

由々しい知らせもあった。象山は甥の北山安世を破門したという。ここ数年、安世は素行の悪さゆえに、何度となく象山に叱られていた。それでも姉の愛息である。こたびも順を江戸へ送り届ける役を与えた。が、安世はまっすぐ松代へは帰らず、遊び歩いた末に路銀を使い果たして、母親にも象山にもさんざん迷惑をかけたという。

「松代がおいやなのです。頭のよいお人だけに、御役にもつけず、皆から白い目で見られているのが耐えがたいのでしょう」

順は安世に同情した。が、兄の苦難を思えば、安世の甘さに腹も立つ。無役の小吉は貧しく、しかも遊蕩三昧をしては家族を困らせた。不行跡がたたって押し込めになったこともある。それでも麟太郎は僻まず、自棄にもならず、独力で今の地位を築いた。不運を叔父のせいにして身をもちくずすのは、安世という人間の弱さだろう。象山が見限ったのも無理はない。

松代にいる頃から、順はときおり眼疾に悩まされていた。せっかく江戸へ戻ったのだから、この際、治療をしてはどうか。象山に勧められ、正月明けに帰る予定を春まで延ばすことにした。なんといっても江戸は慣れ親しんだ故郷である。思い出をたどり、新たな見聞を広め、和やかに暮らしているうちに、時は飛ぶようにすぎてゆく。

麟太郎のもとへは毎日のように客が訪ねてきた。象山からゆずられた「海舟書屋」の額が掲げられた書院には、見るからに由緒ありげな武士が威儀を正していることもあれば、どこの家中か、それとも浪人か、みすぼらしい風体ながら覇気に満ちた若者が無遠慮に左右を見まわしていることもある。

「あれは薩摩の吉井幸輔さまですよ」

「島津のご重役さまです。粗相なきよう」

民に耳打ちをされても、順には来客と兄がどのようなかかわりなのか、ましてや密談の中身など見当もつかない。幕府の要職に就いている兄のもとへなぜ島津家の重役が訪ねてくるのか、首をかしげるばかりだ。

麟太郎は、年の瀬も押し詰まった十二月の二十八日に品川を発ち、海路、大坂へ向かった。将軍家茂の上洛に随伴するためである。麟太郎の乗る翔鶴丸をはじめ幕府の軍艦が五隻、他にも越前、薩摩、加賀など、諸藩の軍艦が随航する大船団だという。

一行は大坂へ入港、将軍はいったん大坂城へ入り、その後、京の二条城へ入った。将軍後見職にあった一橋慶喜が禁裏守衛総督と摂海防御指揮に、京都守護職だった会津の松平容保が軍事総裁職に任命された。

　これは、前年の朝廷の政変につづき、公武合体を推進するための処遇である。江戸にいる順はまだ知らなかったが、のちに象山の命運にもかかわる人事だった。

　二月、麟太郎は摂海警備および神戸操練所の経営を命じられた。さらに米・仏・英・蘭の四国艦隊が下関を砲撃するとの噂を聞き、龍馬ら門弟を伴って長崎へ向かった。

　麟太郎はかつて長崎に滞在していた。その際に見初めた玖磨という美女が忘れがたく、このときも愛人として身近に置いた。もちろん留守宅の家族は知らない。この玖磨が子を宿したことを麟太郎が知るのも、翌正月、江戸へ帰ってからである。

　上方や西国の騒動をよそに、江戸の勝家は平穏な正月を迎えた。信も一進一退ながら快方に向かっている。

　象山から琴を習ってはどうかと勧められた順は、稽古を再開した。つれづれに爪弾くだけでなく、近所に師匠を見つけて、熱心に通いはじめる。

　最初に順に琴の手ほどきをしたのは、旗本、岡野家の奥方だった。当時の勝家は岡野家の敷地内の借家に住んでいた。放蕩に明け暮れる小吉と愚痴ひとつ言わない信、剣術に熱中する兄、姉のはなにかこまれて、貧しいながらも長閑な日々だった。今思えば、あの頃は悩みがなかった。安普請の借家も、粗末な着物や食べ物も、童女にはちっとも苦にならなかった。

岡野家の敷地内には風変わりな人々が住んでいた。ごろつきも似非易者もいた。今、どこで、どうしているのか。順は今でもときおり怪しげな易者、関川讃岐の顔を思いだす。讃岐は順を「男運が悪い」と看破した。惚れぬいた虎之助に死なれ、嫁いだとたんに象山は蟄居の身。讃岐の占いはまんざら出まかせではなかったのかもしれない。

「叔母さま。手ほどきをしてください」

麟太郎の次女の孝は物怖じしない娘で、順になついていた。琴の手ほどきかたがた、順は昔の自分とよく似た姪に幼い頃の思い出や松代での体験談を聞かせてやる。

一月、二月も飛ぶように過ぎて三月。そろそろ松代も雪解けの季節である。松代へ帰る日が近づいていた。

江戸の暮らしは快適である。麟太郎は不在だが、いつもだれかがそばにいて、和やかな時が流れてゆく。それに比べ、松代は寂しい。蝶は口が重いし、象山の姉の蕙には嫌われている。城下は人通りも少なく、活気が乏しかった。正直なところ、帰りたくない。病の心配はもうなさそうだが、母と離れるのがなにより辛かった。こたびこそ、今生の別れになるかもしれない。

それでも、順は帰ることにした。自分は象山の妻である。いつまでも家を空け、夫に迷惑をかけるわけにはいかない。

「半ばには発とうと思います」

墓参や挨拶まわりに出かけ、土産を買い集めた。ところがいよいよ帰り仕度をはじめたとき、象山から文が届いた。三月八日付の文である。昨夕、藩より通達をうけとったとの文面だった。

通達とは次のようなものだ。

――御用の品もこれ有り候間、早々上京申付く可き旨、公儀従御達これ有候に付き、上京仰付けられ候。早速出立有るべく候。

つまり、幕府から「御用」を申しつけられたので、早急に京へ赴くように……というのである。

十四、五日には出立すると、象山は順宛の文に書いていた。

「ずいぶん急なお話ですこと。どうしましょう、これでは間に合いませぬ」

順は当惑した。象山が京へ発ったあとに松代へ着いても意味がない。なぜ、今頃になって京へ呼びだされたのか。昨年の朝廷からの招聘は、とうに沙汰止みとなっている。

「どう思われますか」

嫂に文を見せた。

「象山先生以外に天子さまに開国を説く者がいないので、白羽の矢が立ったのでしょう」

民の言うとおりだった。昨年、象山を招聘しようとした朝廷方の勢力は、その後の政変で失墜してしまった。これは過激な攘夷派で、象山が要請に応じる決意をしたのは、あえて敵中に我が身を投じ、攘夷論をくつがえさんとの無謀な志によるものだった。自信過剰の象山ならではの覚悟である。

こたびはまったく反対の立場にある幕府方からの招聘だった。麟太郎はじめ幕府の要人を大挙したがえて入京した将軍家茂は、新たに禁裏守衛総督と軍事総裁職をもうけた。これに伴い、公武一和を推進するため、朝廷に開国を説く「御用」が必要になった。その御役に象山が抜擢されたのである。

京で為すべき御用は同じ開国——象山言うところの「御開明」——を説くことだ。が、入京する立場は逆……という奇妙な事態は、こうしたいきさつから生じた。

とにもかくにも象山の希みは叶った。さぞや歓喜し、意気に燃えているはずである。

順も少し前なら快哉を叫ぶはずだった。先年の招聘の際、わざわざ火中の栗を拾いにゆくことはないと反対する者が大多数を占める中で、順だけは賛成、自分も一緒に連れて行ってくれと懇願したのである。

今は喜べなかった。麟太郎から京の情勢を聞かされている。象山も自分も、九年という長い歳月、松代で蟄居していた。京の情勢も世の動きも、わかっているとは言えない。象山の自信過剰は、時代遅れの無謀な空回りになりはしないか。

順は即刻、返書を認めた。

——一度お目にかかりたいので、上京する前にぜひ江戸表へお立ち寄りください。

徒労だった。象山が順の返書を目にしたのは、まさに出立間際だ。今さら予定の変更などできようはずがない。

三月十七日、象山は京へ向けて出発した。一行は十七になる恪二郎と門弟を加えて十六人、馬上の象山は二十九日に京へ入った。烏丸三条の六角堂の近くの仮宿で旅装を解き、登城の通達を待つ。

順への返答は、四月三日付の文で江戸へ届いた。この中で象山は、江戸表へ立ち寄れなかった事情を記している。このときの象山は四日に登城せよとの通達をうけとったばかりで、いよいよ自分の出番がやって来たと、武者ぶるいをしている最中だった。

だが、象山はまたもや失望させられた。四月四日に二条城へ登城したものの、賜った御役は海陸御備向掛手附という一橋慶喜の補佐役で、禄高はわずか二十人扶持だった。二十人扶持は一年で三十六石、数日後に四十人扶持に加増されたものの、息子や弟子を引き連れて意気揚々と乗り込んだ象山には、馬鹿にされたとしか思えぬ微禄である。

――ううぬ、この象山をなんと思うてか。

このときは、松代へ逃げ帰ろうかと真剣に考えるほど腹を立てていた。かろうじて怒りを鎮めたのは、山階宮――伏見宮親王の子で公武合体派の中心人物、中川宮の長兄でもある――や、一橋慶喜から、手厚いもてなしをうけたことと、二人から象山の「御開明」の思想を高く評価されたためである。

順はこの話を、象山自身の文で知った。象山は順に、山階宮から煙草入れを拝領したことや、慶喜から「天下の治乱はおぬしの肩にかかっている」と頼まれた話を得々と書き送った。姉の嫁ぎ先の北山家に預けてきた蝶にも自信たっぷりの文を書き、京で妾(めかけ)を探す相談までしている。身のまわりの世話をする女がほしいというだけでなく、象山は五十四歳になってもまだ気概に燃え、自分の血を引く子孫を遺(のこ)すべく、子づくりに励もうとしていたのだった。

順は、いったん松代へ帰った上で、自分も京へ向かう決意をした。象山の妾が気になったからではない。長引いている里帰りに松代の義姉が不満をもらしていると、蝶の文で知ったからだ。順は象山に文で許しを請(こ)うた。が、象山は京の治安の悪さを理由に順の上京を禁じた。

麟太郎からも、江戸の留守宅に、しばしば近況を知らせる文が届いた。長崎へ赴いて外国船の船長や領事と交渉、下関砲撃の延期を約束させた麟太郎は、大坂へ戻るや一橋慶喜に面会して長崎の顚末(てんまつ)を報告、つづいて京へ上って二条城へ赴き、将軍にも経過報告をした。このあと象山と面談している。

煩雑(はんざつ)な動きはさておき、順は麟太郎と象山の双方から、この面談について知らされた。象山は麟太郎から世界地図を贈られて大喜び、蒸気船の模型も見せてほしいと頼んだと書いてきた。麟太郎も象山と大いに語り、計略を披瀝し合ったと書いてはいたが、海舟日記では、このときの象山を「卓識、感服すべきの論なし」と切り捨てている。長崎ばかりか米国まで渡り、諸藩に知己も多く、時流の中心を突き進む麟太郎の目には、象山が頭の中だけで考える「御開明」など、旧態依然として見えたのかもしれない。

麟太郎は五月、軍艦奉行を拝命、諸大夫に任じられて安房守を名乗ることになった。二十日に品川へ帰港、帰宅したものの、翌月十二日にはあわただしく大坂へ向けて出港している。

一方の象山は、慶喜や山階宮とひんぱんに面談、朝廷の懐柔策を練っていた。

象山は昔も今も一貫して朝廷と幕府の合体を説き、開国を唱えつづけている。ただし、麟太郎のように時流を見すえ、諸藩や諸侯も巻き込んで事を為す考えはなかった。

六月、主君の松代城主が京都警固を命じられた。象山は藩主の滞在先の大津を訪ね、天皇を騒乱の京から彦根へ移して幕府が擁護する計画を打ち明けた。その際の警備を依頼したのである。象山嫌いの松代方はこれを拒否、秘密裏の計画がもれた。

それでなくても、日本人離れした白い肌、彫りの深い目鼻、黒々とした鬚を生やした象山が、黒紋付を着こみ、西洋馬具を置いた馬に乗って、自信満々、京の町を闊歩する姿は人目をひく。

天子さまを彦根へ？　大奸め、殺してしまえ……。

地の底からわきあがった声は、本人が知らぬうちに、怨嗟の大音声と化していた。

順は、元治元年の七月という月をどうやってやりすごしたか、覚えていない。

割れた鏡の断片を拾い集めるように、いくつかの鮮烈な場面は、思いだしたくなくても浮かんでくる。拾いあげるたびに、胸の痛みや、嗅いだはずのない血臭までがよみがえるものの、一連の出来事を順序立てて説明しようとすると瘧のように全身がふるえだして、激しい吐き気にみまわれた。

順の夫、佐久間象山は、七月十一日の夕刻、山階宮を訪ねた帰り、木屋町三条上ルの高瀬川のかたわらの道を寓居へ向かっていたところを、物陰から飛びだした暴漢にいきなり斬りつけられた。そのまま駆けぬけようとしたところが、足を斬られて落馬。そこに数人がどっとばかりに駆け寄り、象山をめった斬りにした。傷は十三カ所、流れ出た鮮血が路上を染める。群がった人斬りどもが「斬奸斬奸、愉快愉快」と狂喜連呼しながら長い影法師を躍らせて逃げ去ったあと、象山は駆けつけた弟子や若党の手で寓居へ運ばれた。致命傷は左脇肋骨から肺まで達する刺し傷で、すでに虫の息だった象山は、同夜、手当ての甲斐なく息をひきとった。

第一報は京にいた恪二郎からの文だった。乱れた文面には、父を守れなかった慚愧の念とやり場のない怒り、悲嘆と動転がありありと浮き上がっていた。

象山はその日、若党二人と草履取り、馬の口取りの四人を伴って出かけたという。若党の一人は大切な地図を持たせて先に帰し、風邪気味だったもう一人の若党には草履取りをつきそわせて、ゆっくり帰るように後へ残した。というわけで、帰路は口取り一人きり。京は治安が悪いから来るなと妻の上京を禁じた象山も、まさか自分の身に危難がおよぶとは思いもしなかったのだろう。それにしても不用心きわまりない。

先生が、もう、この世にいない――。

恪二郎の文をつかんだまま、順は長いこと放心していた。頭だけでなく全身が、考えることを拒否している。と、突然、怒りがふつふつとわきあがった。毛穴という毛穴から噴（ふ）きだしてくる。順はくずれるように膝（ひざ）をつき、うずくまって畳に額を打ちつけた。自分のものとは思えぬ呻（うめ）き声をもらしている。

嫂（あによめ）と母が飛んできた。文に目を通しはしたが、慰（なぐさ）める言葉も出てこないのか、呆然と突っ立っている。

「どやつがこんな……酷（ひど）いことを……なぜなの？　先生がなにをしたの？　なぜ、先生がこんな目にあわなくちゃならないの？」

順の悲痛な問いかけに、答えられる者はいなかった。

象山のもとへ嫁ぐ前、順は許婚（いいなずけ）の島田虎之助と死別している。虎之助が急死したときも、悲嘆は大きかった。だが、虎之助は持病を抱えていた。順は認めようとしなかったが、麟太郎をはじめ、だれもが快癒（かいゆ）を危（あや）ぶんでいた。病死は、たとえようもない悲劇にはちがいないが、虎之助自身が背負った宿命である。だれを怨むこともできない。
けれど、象山の場合はちがった。象山は世のために、朝廷のため幕府のため国のために身を賭して働こうとしていた。まったくの無私無欲だった。志途上で、それも「奸」と嘲られ、ひとことの釈明すら許されぬまま闇討ちにされたのである。これほど無惨な末路があろうか。

虎之助の死はただ悲しかった。半身をもぎとられたようで、このまま死んでしまえたらどんなに楽かと思った。

今は、悲しみより憤りのほうが大きかった。象山の無念を思うとじっとしてはいられない。

「京へ参ります」

行ったところでどうなるのか。真夏である。亡骸をそのままにはしておけない。即刻、江戸を発っても、順が京へ着いたときは、茶毘に付したあとだろう。

象山は幕府の御用で京へ赴いた。が、いまだ松代藩真田家の家臣だった。どこへどう葬るかは、藩の役人が恪二郎と計って決めるはずだ。今、このときにもう葬儀が執り行われているかもしれない。

亡骸に別れはできない。葬儀にも間に合わない。それでも、順は京へ行くつもりだった。象山が落命した場所にひざまずいて、名も知れぬ人斬りどもを呪い、無慈悲な天に恨み辛みをぶつけたい……。

　血相を変えて旅仕度をはじめた順に、民はとりすがった。

「今、動いてはなりませぬ。諸方から知らせが届きましょう。旦那さまからもお指図があるはずです。出立するなら、それを待ってからになさい」

「待ってなどいられませぬ。夫が殺められたのですよ。妻のわたくしが、江戸でじっとしていられましょうか」

「いいえ。闇雲に動いては、お順どのまで危難にあうやもしれませぬ」

「おうてもかまいませぬ。わたくしの命など、もはやどうなろうと知ったことですか」

　錯乱した順を正気に戻したのは、病み上がりの信だった。信は娘を自分の前に座らせ、いつになく険しい目を向けた。

「そなたは家刀自ではなかったのですか」

　順は首をかしげる。

「象山先生は、なんのために、そなたを佐久間家へ迎えたとお思いですか」

「それは……」

「そなたの役目は、佐久間の家名を守ることです。そのためにどうしたらよいか、それを考えなさい。今、京へ出向いたとて、できることは知れています」

　信の言うとおりだった。埋葬が終わったあとにのこのこ出かけて行っても、かえって護衛だ道案内だとまわりを煩わせるだけだろう。そこでまた順までが血祭りにあげられたとなれば、佐久間家は笑いものになる。

「とにかく、知らせを待つことです」

母に諭され、順はようやくうなずいた。

象山が斬殺されたとき、麟太郎は大坂にいた。麟太郎も、事件の二日後の七月十三日付で、江戸の留守宅へ急報を送ってきた。

――誠に気の毒の事と存候。自分にも早速見舞度候へども当地御用多にて心にまかせ不申一人早速遣し置候。

公務繁多で見舞いに駆けつけられず、代わりに人を遣わしたと、麟太郎は書いていた。恪二郎の身を案じ、大坂へ避難するよう遣いの者に伝言させたという。血のつながりこそないものの、恪二郎は麟太郎の甥だった。妹のためにも自分が身柄を預かることにしたのだろう。

同十三日、象山は京、洛西にある花園妙心寺の塔頭、大法院に埋葬された。大法院は松代藩祖、真田信之以来、真田家とはゆかりが深い。とにもかくにも象山の遺骸を葬り、我こそは父の遺志を継がんと、恪二郎は気負い立っていたはずだ。

ところが、事態は急展開した。それも、悪いほうに。

麟太郎が留守宅に文を認め、象山の遺骸が埋葬された翌日、松代藩真田家は恪二郎に、佐久間家の断絶——知行ならびに屋敷の召し上げ——と蟄居の沙汰を言い渡した。理由は象山が後ろ疵をうけて死んだためだった。多勢に無勢でやむをえぬ状況にあったことはまったく考慮されず、武士にあるまじき醜態だと決めつけられた。これは、真田家中に象山を嫌う家臣がいかに多いかという証とも言える。自藩にとばっちりが降りかからぬよう、素早い沙汰を下したのである。

恪二郎は父を失った。同時に禄も家も失った。途方に暮れた若者に残されたのは、失望と悲嘆、それに、燃えたぎるような憤りだけだった。父の仇を討ちたい。といっても、京は物騒で剣術の稽古もままならない。この上はいったん郷里へ帰り、時節を見て武者修行の旅に出る。腕を磨き、生涯を賭けて敵を捜しだし、討ち果たす覚悟である。

恪二郎は涙を拭い、歯ぎしりをしながら、江戸の母へ二通目の文を認めた。

順は仏間にいた。

これほどの恥辱に耐えられようか。豪気と八方破れで終生まわりを翻弄した小吉の娘は、父に似て剛胆である。

順は地紋入りの白帷子に白無地の羅紗帯をしめ、両足首を紐で縛っていた。乱れた姿を人目にさらさぬためである。

両手に握りしめている短刀は、勝家の納戸から勝手に持ちだしたものだった。武家の娘のたしなみとして佐久間家へ嫁ぐ際に持参した懐剣は、まだ松代にある。松代には、象山のあの青眼鏡をはじめ、身のまわりの品々や、おびただしい書物、愛用の琴も置かれたままだ。本来なら松代へ戻って、後始末をすべきところだったが――。

「先生。お伴いたします」

順は膝元の短刀に手を伸ばした。ひと思いに喉を突くのは、恥辱に対する無言の抗議でもあった。

柄をつかんだとき、背後で絶叫が聞こえた。細い腕に抱きつかれる。

「叔母さまッ、なにをなさるのッ。母さまーッ祖母さまーッ。早く来てッ。叔母さまが、叔母さまが……」

姪の孝だった。抱きつかれた勢いで一緒に畳にころがりながら、順は孝の腕を振りほどこうとあがいた。

「放してッ、死なせてッ」

「だめよ、叔母さま、死なないで」

もみあっているうちに他の家人が駆けつけ、短刀を取りあげられた。

「母さまも仰せでした。佐久間家のために尽くせと。でも、佐久間家はお家断絶となりました。あんなにも……あんなにも先生が誇りとしておられたお家が無うなってしもうたのです。わたくしにはもうなすすべがない。せめて、先生のおそばへ参って、お慰めしとうございます」

順は涙ながらに訴えた。

民も、孝も、小鹿も、糸までが肩をふるわせている。けれど信だけは、このときも涙を見せなかった。

「お順。そなたの気持ちはようわかります。覚悟も見事。なれど早まってはなりませぬ。死ねば楽にはなりましょうが、それは逃げることですよ。なにをすることが先生の御為になるか、じっくり考えてごらんなさい」

死ぬのはそれからでも遅くないと言われて順はうなだれた。昂っていた心が鎮まった今、死ぬことへの恐怖が芽生えている。

「わたくしは先生のお後を追うこともできぬ不甲斐なき妻です。この上は、髪を下ろして菩提を弔おうと思います」

「それがよいでしょう。今後のことは、そなたの兄上とよう相談なさい。恪二郎どののこと、お蝶どののことも、そなたがはかろうてやらねばなりませぬ」

蝶は、順が嫁ぐ前から象山に仕えていた。三人の子を産み、三人とも失ってなお、生さぬ仲の恪二郎を育てた。正妻の順にも従順に仕えた。悔しいことや辛いことは数限りなくあったはずなのに、愚痴や泣きごとを言ったことはない。粛々と己が宿命をうけいれてきたのは、生来の性格もあろうが、象山への一途な愛によるものだろう。

蝶は江戸の生まれだった。実家は芝西久保で鰹節問屋を営んでいる。実家へ戻るにしろ、独りで生きるにせよ、蝶の行く末を案じてやるのは順のつとめである。

そう。死ぬのはまだ早い。

順が殉死を断念したので、勝家の家人も胸を撫で下ろした。

この一件は、どこでどう伝わったか、勝家ゆかりの人々の耳にも届いた。麟太郎を引き立て、出世の後押しをした上に、今や一番の相談相手となっている大久保越中守一翁は、順の覚悟を聞いて胸を打たれ、その日のうちに順宛の書状を送ってきた。くれぐれも短慮は禁物、気を永くもって養生につとめるように……とのやさしい文面である。

順は落飾した。髪を桐箱へ納め、自分の身代わりに先生の棺の中へ入れてほしいと文を添えて、京の恪二郎に送った。尼そぎ髪となった順は、名を瑞枝とあらため、念仏と写経三昧の日々を送ることになった。

順は諸方へも文を認めた。象山と知遇のあった松代の豪商、八田家には、蝶の後見を頼んだ。蝶は松代に留まって、佐久間家の荷物の後始末に追われていた。象山の私物の仕分けは辛い仕事だが、象山を愛し、子までなした女なら、他人任せにはしたくないはず。形見分けは任せると書き添えてやると、案の定、蝶から感謝の返書が届いた。順とちがって、蝶は象山の姉に気に入られている。心配はいらない。

象山の弟子や若党、事件の際、同行していたという馬の口取り、検死の役人や真田家中の知人にも、順は片っ端から文を送った。下手人はだれか、なぜ象山は殺されたのか、なんとしても知りたい。

佐久間家断絶を知らせてきた恪二郎の文には、浪人になって仇を討つと書かれていた。殉死を断念した順の心も、今は仇討ちに傾いている。表向きは仏行三昧でも、胸のうちには烈しい思いがうずまいていた。

江戸の勝家が象山の横死に動転していた同じ頃、京では新たな騒乱が勃発していた。七月十九日、京の蛤御門近辺で、長州軍が御門を守る会津・桑名藩の軍勢に攻撃をしかけた。昨年の八月十八日の政変で会津・薩摩藩に京から追放され、藩主父子が謹慎となっている長州藩は、この六月の池田屋騒動でも新撰組に多数の藩士を殺されていた。長州軍は、藩主父子の謹慎取り下げを求めて反撃に出たのである。

神戸で開戦を知った麟太郎は大坂へ急行。京へ偵察に赴き、流れ弾が笠を貫通する危難にあうも命拾い。長州勢は乾門から援軍に駆けつけた薩摩軍の反撃にあって敗走した。

長州は朝敵なり。幕府は長州征伐の意を固める。幕府軍が動く前に、米・英・仏・蘭の軍艦が下関で長州勢を砲撃した。この攻撃は幕府が裏でけしかけたものだとの噂を耳にした麟太郎は、老中、阿部豊後守と面談。九月十一日には、大坂で薩摩藩の西郷吉之助らと会い、もはや幕府が一枚岩ではないこと、長州を含めた雄藩連合をつくって政を合意制で動かすべきであるとの私案を語った。

順はこうした話を、後日、兄から教えられた。

麟太郎は十一月のはじめに江戸へ帰ってきた。同月十日、役職を免ぜられ、軍艦奉行も罷免となる。この日から一年半余り、麟太郎は謹慎生活を余儀なくされることになった。これは、池田屋騒動で幕府方に殺された者の中に神戸操練所の弟子がいたことが発端となり、諸藩との密談を疑われた麟太郎が、幕府内で反発を買ったためだった。

恪二郎はどうしていたか。

恪二郎は松代で時節を待つつもりでいた。ところが荷物をまとめていると、象山門下で会津藩士の山本覚馬が訪ねて来た。仇を討つなら京にいたほうがよい。帰国すれば卑怯者と笑われる。覚馬はそう忠告して、恪二郎を新撰組の局長、近藤勇にひきあわせた。

順は恪二郎から、九月十二日付の文をうけとった。恪二郎は、棺に納める機会がないまま、順の髪をお守りとして肌身離さず持っているという。帰国を取り止め、新撰組の食客となった旨も知らせてきた。近藤や土方歳三の助太刀を得て父の仇を討たんと、若者は気負っている。

三

写経の手を休め、順はため息をついた。佐久間象山の後室と呼ばれて半年の余、表向きは仏行三昧の日々を送っているものの、念仏にも写経にももうすっかり飽きている。

毎日、退屈でやりきれない。

なぜ男に生まれなかったかと、順はうらめしかった。恪二郎は新撰組の本拠地、壬生の屯所に身を置いて、剣術の稽古に励んでいるという。男なら自分も加わっていた。兄の麟太郎は新撰組が引き起こした池田屋襲撃に腹を立て、以来、新撰組には懐疑的になっているようだった。一応、幕府の公認だから、副長の土方歳三から恪二郎を預かると知らせがきたときは礼を尽くして応対したというが、本心では、できることなら呼び戻したいと考えているらしい。

新撰組は、京だけでなく、江戸でも評判が悪かった。強請まがいの横暴なやり口、公儀を笠に着た残虐非道ぶりに衆人が眉をひそめている。

それでも順は声援を送りたかった。白昼、京の真ん中で、なんの罪もない、無防備な人間が惨殺されるご時世なのだ。きれい事を言っていれば、こちらが殺られてしまう。象山を斬った暴漢の中に、肥後の人斬り、河上彦斎がいたとも聞いていた。真偽のほどはわからない。それ以外の名前はまだ不明だが、長州藩の桂小五郎や久坂玄瑞あたりが裏で糸を引いていたのではないかとの噂も流れていた。

河上彦斎は居合抜きの達人で、土佐の岡田以蔵や薩摩の田中新兵衛と並ぶ名うての人斬りとして知られている。そんな男が相手では、恪二郎独りで仇討ちなどできようはずがない。新撰組が後ろ盾になってくれるというなら、これほどありがたい話はなかった。

それにしても……と、順は顔をしかめる。久坂玄瑞は松代へ象山を招聘に来た。いくらもたたぬうちに殺戮の側にまわるとは許せない。もっとも、蛤御門の変で自害したというから、天が順や恪二郎に代わって仇討ちをしてくれたということだろう。

　長州なんか、そうよ、攻め滅ぼしてしまえばいいんだわ――。

こみ上げてきた怒りにまかせて、順は勢いよく筆を硯に叩きつけた。墨が跳ねて、写経が台無しになる。いっそ真っ黒にしてしまえと筆を振り上げたところで、吉田寅次郎の痘痕面を思いだした。

　寅次郎も長州藩士だった。象山は弟子の中のだれよりも寅次郎を慈しんでいた。寅次郎も象山を慕っていた。師弟は今、彼岸でなにを語り合っているのだろうか。

　先生は決して、長州を怨んではいないだろう。土佐も肥後も薩摩も怨んではいないはずだ。だったらなぜ、殺されたのか。自問しながらも、やはり仇を討ちたいという思いは変わらなかった。順は激しく首を振りたて、仇討ち以外のいっさいの思いを振り捨てようとする。

「おう、入るぞ」

　襖越しに、兄の声がした。

　順は筆を置き、墨の跡が点々と飛び散った紙をあわてて丸めた。

「写経なんぞいいかげんにして、たまには外へ出たらどうだ？　紅でも買うてきナ」

鱗太郎はつかつかと縁に歩みよると、障子を引き開けた。風はまだ冷たいが、庭には紅梅白梅が咲き誇っている。

「ほれ、梅見としゃれようぜ。お順坊、琴でも弾いてくれ」

「いいえ、わたくしは尼となった身、それに順ではのうて瑞枝です」

「まァまァ、おれにまで無理するなって」

「無理などしておりませぬ」

「へえ、そうかい」

鱗太郎はひょいとかがんで、文机の上の丸めた紙をとりあげた。順もあッと手を伸ばしたが後れをとる。

「筆がすべったにしちゃあ、盛大に跳ねを飛ばしたもんだぜ」

「飛ばそうとしたわけでは……」

「ウン。鼻の頭にもついとるナ」

顔をのぞき込まれ、順は真っ赤になって両手で鼻を隠した。

「ハハハ。嘘だヨ」

鱗太郎はごろりと横になる。肘枕で、庭と順を等分に眺めた。

「いったいなんの御用ですか」

からかわれたと知って、順は頬をふくらませる。

「お互い、暇を持て余す身だからナ。ま、たまには無聊を慰め合おうと思ったのサ」
「たまにはって……兄さまはいつも忙しそうですよ。寝ながら本ばかり読んで……」
「寝学問は、都甲先生に教わったおれの流儀サ。こういうときこそ、好きなことをしておかんとナ」

都甲斧太郎は幕府の馬医者で、若い頃の麟太郎の蘭学の教授だった。

昨年の十一月にお役御免になってから、麟太郎は一歩も外へ出ていない。むろん謹慎の身だから勝手に出歩くわけにはいかないが、はじめのうちこそしょげかえっていたものの「われもはや世を切り捨てん鈴鹿山……」などと嘯いて、悠々自適な毎日を送っている。知友である大久保越前守一翁の忠告に従って粛々と身をひいたのが幸いしたのか、長州征伐で手一杯の幕府は麟太郎を謹慎処分にしただけで、重罪にはしなかった。麟太郎は喜々として読書に勤しんでいる。

麟太郎の知識欲は留まるところを知らない。午前は西洋書、午後は漢書、夜は和書を読みまくり、かと思えば、耳のそばで自分の名を呼ばれても聞き逃すほど熱心に、文机に向かってなにかを書きつけている。そんな兄を見るたびに、順は、赤坂田町のあばら屋に住んでいた頃の兄を思いだした。寝もやらで『ヅーフ・ハルマ』の写本に専心していた頃の姿である。

その上、来客もひっきりなしだった。一翁や松平春嶽からの使いや、各藩からの入門者がひんぱんにやって来る。西郷吉之助はじめ文通相手にも事欠かなかった。人たらしの麟太郎は人気者で、返書を書くのも忙しい。

「おれは謹慎の身だが、まわりが放っといちゃくれねえ。ま、謹慎なんざ、今さら驚くことでもねえしナ」

父の小吉は不行跡(ふぎょうせき)がたたってしょっちゅう謹慎させられていた。その都度、家族も身をひそめて暮らしたものである。

「今思えば、なつかしゅうございますね」

順もやっと笑顔になった。

「ウン。おめえの尼だって謹慎みてェなもんサ。もうそろそろいいだろう。こもってばかりいねえで、好きなことをしちゃあどうだ」

順はなにやらこそばゆかった。兄は妹の気性を知りぬいている。潔く(いさぎよ)落飾(らくしょく)したのはたしかに順らしいが、順に仏行三昧の暮らしができないこともとうにわかっているのだろう。

見ぬかれているならしかたがない。

「兄さまのおっしゃるとおりです。では、好きなことをいたします。わたくしが今いちばんしたいことがなにか、おわかりですか」

真顔に戻って言い返すと、麟太郎は眉をひそめた。

「おれは、無辜を殺すのは嫌いだ」

「無辜ではありませぬッ」

順は即座に返した。声が尖っている。

「なんであれ、殺生は嫌いだ」

麟太郎は言い直した。

「長崎でナ、和蘭人に猟に連れて行かれた。おれは中らんように、わざと獲物のおらんほうに撃っていたヨ」

順はまだ眉をつり上げている。

「動物は無辜です。でも、やつらは、向こうから斬りかかってきた。兄さまは、斬りつけられても斬り返さぬおつもりですか」

「ウン。斬らんナ」

刀がぬけないよう、鍔を紙縒で縛っていると聞いて、順は心底あきれた。

「斬られて、死んでしまいますよ」

「そうなったら、そこまでの命運サ」

麟太郎はむくりと身を起こした。あぐらをかき、順に鋭い目を向ける。

「おめえは念仏なんぞ唱えちゃいねえ。写経だって心ここにあらずだ。その頭ン中じゃ、仇討ちのことばかし考えてる。だが、あきらめるんだナ。やつらは、おめえや恪二郎が仇を討てるような相手じゃねえヨ」

「恪二郎どのもわたくしも、相討ちになってもよいと覚悟しています。わたくしは尼の身ですが、いつかきっと……」

「河上彦斎なら、相討ちどころか、かすり傷ひとつ負わせられねえうちにこっちの首が飛ぶ。桂小五郎は使える。殺(や)るにゃあ惜しい」

「なら、先生は惜しくなかったのですかッ」

「そんなことは言ってねえヨ」

「言ってます。兄さまは仇の肩ばかり……先生がお気の毒です」

「おいおい、なにもそんな……」

「あっちへ行ってッ。兄さまの顔なんか、金輪際(こんりんざい)、見たくないッ」

「まァまァ、お順坊……」

「出てってッ。出てかないと……」

順は筆をつかんだ。

口達者な麟太郎をやりこめられるのは順くらいのものである。

麟太郎は泡を食って——食ったふりをして——退散した。

花が散る頃、蝶から文(ふみ)が届いた。

蝶はまだ松代にいる。象山の姉の嫁ぎ先の北山家にいったん預けられ、江戸にいる順や、新撰組の隊士として京に滞在している恪二郎に代わって、佐久間家を守っていた。といっても、浦町にある佐久間家代々の屋敷はすでに召し上げられている。聚遠楼から運びだした佐久間家の荷物は、北山家や八田家の蔵にいったん納められ、少しずつ仕分けをされているという。これまでにも何度か、蝶は順の持ち物や象山の遺品を江戸の勝家へ送り届けていた。

本来なら正妻の順が為すべき仕事を、蝶が独りでさばいている。里へ帰ったきりの順には非難の声もあるらしい。

その筆頭が義姉の北山蕙であることは、順も承知していた。蕙は賢夫人で、礼節にはことのほか厳しい。藩医の夫を亡くしたあとは、女手で子を育て、手習いの師匠などして生計の足しにしていた。

蕙は、象山が幕臣の妹、それも二十五歳も年下の順を娶ったために悪運にみまわれたと思っているようだった。実際、象山が吉田寅次郎の密航事件に連座して蟄居の身となったのは順と夫婦になったわずか二年後で、象山を捕らえたのは幕府である。

蕙はおそらく、麟太郎のめざましい出世にも不愉快な思いをしているはずだ。こたび、象山は幕府の御用で呼びだされた。最後まで上京には反対していたというから、象山の横死は、蕙の幕府への怨みを倍増させたにちがいない。

弟が幕府のせいで惨死させられたというのに、その妻は、幕臣の兄の江戸の豪邸でのうのうと暮らしている。後始末どころか挨拶にも訪れない。となれば、蕙が順を非難するのは無理もなかった。

あからさまには書かれていないが、蝶の文からもそんな松代の様子は如実に伝わってくる。だからといって、今さら松代へ飛んで行く気にも、蕙に弁明の文を書く気にもなれなかった。生来、順は人見知りである。顔立ちは愛らしいのに愛嬌がないと、幼い頃から言われていた。人たらしの兄のように、八方美人にはなれない。

蝶は、今は八田家に寄寓していると書いていた。北山家から八田家に移った理由についてはふれていなかったが、近々、医師をしている象山の門弟を頼って、長野へ移ることにしたとも認めてあった。江戸の芝西久保にある実家へは戻らず、松代の近辺を転々としているのは、恪二郎が父の仇を討ち果たして再び真田家へ迎えられる日を心待ちにしているのだろう。

順という母ができる前から、蝶は恪二郎の母親役をつとめてきた。礼節に厳しい佐久間家では、あくまで正妻の順が母親で、恪二郎は順を「御母上様」と呼び、蝶のことは「お蝶」と呼びつけにしていた。けれど、呼び方がどうあれ、蝶と恪二郎には実の母子にも優る堅固な絆があるはずだ。

それを言うなら、象山も同様である。京で妾を選ぶ際も蝶に相談していたらしい。やはり幕臣の勝麟太郎の妹より、十三のときからそばに仕えている蝶のほうが、何事も相談しやすかったのだろう。

象山が京へ赴くまでの半年近く、聚遠楼では象山、恪二郎、そして蝶が水入らずで暮らしていた。あのときはなんとも思わなかったが、今にして思えば、象山が順にゆっくり里帰りをするよう、さかんに勧めたのは、まんざら順のためばかりではなかったのかもしれない。そう思うと、当の象山が死んでしまった今頃になって、かえって順は蝶に嫉妬を覚えた。

仇討ちといい、嫉妬といい、こんなことで御仏に仕えられようか。

こういうとき、順は決断が早い。小吉の娘は、他人の顔色を見て、ぐずぐず悩んだりしない。兄にからかわれるのも承知の上で被衣を脱いだ。髪は伸ばして髷を結うことにした。朝夕、夫の菩提を弔い、仇討ちの成就祈願するのはむろんとして、写経はぴたりとやめた。けげんな顔の家人を尻目に、順はまた外出をするようになった。姉のはなや菊とつれだって、父の小吉や島田虎之助の墓参に出かける。ついでに芝西久保へも出向いて、蝶の実家の様子も調べた。もし蝶が望むなら、ゆくゆくは実家の近くで小商いでもさせてやるつもりである。

順は松代の八田家に文を書いて、近況を知らせてくれるよう頼んだ。折り返し、八田家の当主から返書が届いた。

一読して、順は目をみはる。

北山家では、嫡男の安世のことで大騒動があったという。安世は昨年、象山から破門された。ふてくされて、ますます放蕩がひどくなっていたというが、そこへもってきて象山の横死である。佐久間家は断絶、縁戚の北山家の将来もおぼつかない。衝撃の激しさと落胆の深さから、さらなる絶望の淵に沈んでしまったのだろう。安世は気が狂れた。北山家では困り果て、座敷牢へ閉じこめたという。

順は唖然とした。ここ数年、乱行で象山を悩ませてはいたものの、安世は秀才の誉れ高く、かつては象山の愛弟子だった。吉田寅次郎からも一目置かれ、ひと頃は象山の片腕として働いていたのだ。一昨年の秋は江戸まで順を送り届けてくれた。あの安世が発狂してしまうとは……。

安世の人生は、象山と相討ちになったようなものだった。あまりにも偉大で異能の人を叔父に持ったがための悲劇とも言える。

ちがえばちがうもので、謹慎中のこの夏、麟太郎の長男の小鹿は、幕府より洋書調所の数学世話心得という御役を賜った。まだ十四歳なので見習いだが、歴とした幕府の御役についたのである。生涯を無役のまま終え、それゆえに世をすねて不行跡を重ねた小吉の孫としては上出来だろう。

小鹿と安世の明暗はそのまま、謹慎とはいえ最悪の事態を免れた麟太郎の強運と、惨殺された上にお家断絶の憂き目をみた象山の運のなさの相違でもあった。人の有為転変に、順は今さらながら感慨を覚えた。

春とは名ばかり。氷川神社の境内は冷え冷えとして、石灯籠の陰や大銀杏の根元には雪がうっすらと残っている。

こんな季節にそぞろ歩くのはよほどの物好きだが、寒さなど、順はものともしなかった。雪深い松代で九回、冬を越している。

この一年、三日にあげず氷川神社を訪れていた。参拝するよりむしろ、あてどなく歩きまわるために。

もっとも、訪れるといっても、勝家の屋敷は神社の真裏にあるので、我が家の庭を散策するようなものである。

ここへくると心が落ち着く。

歩いていれば頭が冴えわたって、気持ちがしゃんとしてくる。

兄の屋敷は昔の勝家からは想像もつかないほど豪壮で、部屋数も十分にあった。象山の横死という悲劇にみまわれた順をだれもが気づかってくれるので、出戻りでも居づらくない。

とはいえ、屋敷内には人の目があった。おととしの十一月以来、麟太郎は謹慎している。従僕も小者も外出する用事がなくなった。女中の数も増えている。

長女の夢と次女の孝は、幕臣の内田家、疋田家に相次いで嫁いでいたが、長男の小鹿、次男の四郎、女中の糸が産んだ三女の逸、それに嫂の民と母の信、使用人まで入れれば十四、五名が暮らしている。

順がひとりになれるのは自分の部屋しかなかった。が、部屋にこもっていると、皆が心配してのぞきにくる。ありがたいと思う反面うっとうしくもあった。

順はもともと人なつこいほうではない。象山の蟄居で閑居（かんきょ）にも馴れてしまった。神社を歩きまわるのは独りになりたいためでもある。

独りになって、考えたい。これからどうしたらよいのか。

佐久間家はとりつぶされてしまった。松代には戻れない。といって、このままずっと兄の家に居候（いそうろう）になっているのも本意ではなかった。どこでどう暮らすにしても、まずは象山の汚名をすすぐことがだいいちだろう。できることなら自ら京へ赴き、我が手で仇討ちをしたい。

順は欅（けやき）の木陰で足を止め、ふところから折りたたんだ紙をとりだした。「御母上様」と宛名が書かれた、恪二郎からの文である。

恪二郎は新撰組の隊士になった。局長の近藤勇や副長の土方歳三から目をかけられているようで、三浦啓之助という偽名をつかい、父を殺（あや）めた下手人を探っているという。

下手人か、でなければ長州藩主を暗殺するつもりだと、恪二郎の文面は過激になる一方だった。そのくせ、どことなく悲壮感がただよい、助けを求めているように思うのは、気のまわしすぎだろうか。

「……かならずかならず御身（おんみ）を大切に御用心なさるべく候。事により申候はば首尾よく本望とげ、またまた御目（おめ）もじやと、存じ念じ居（お）り参らせ候」

恪二郎は最後に書いていた。

殊勝（しゅしょう）な息子である。いや、武士なら当然か。

一年半になるのになにをぐずぐずしているのかと、じれったくなることもある。その一方で不安も大きくなっていた。

新撰組の評判はさんざんだという。もれ聞くところによると、恪二郎も大酒を飲み、粗暴な行いをすることがあるらしい。

朱に交われば赤くなる。

武より文を好み、礼儀正しく、やさしい目をしていた若者の変貌ぶりを想像して、順は眉を曇らせた。このまま、恪二郎に仇討ちを任せ、新撰組へ身柄をあずけておいてよいものか。

何度となく読み返した文をたたんで、ふところへ戻した。

あれこれ考えながらも堂々めぐりになってしまうのは、世の中が混沌としているせいかもしれない。

松代へ逼塞する前、そう、十年前までは、だれもが一本道を全力で駆けているように見えた。放蕩のあげく押し込めをくらった父の小吉も、不眠不休で『ヅーフ・ハルマ』を書写した兄も、高野長英も吉田寅次郎も象山も、そしてもちろん、剣に命をかけた島田虎之助も、自身の求めるものを喜々として追いかけていた……。

どうと訊かれても答えられないが、だれもが変わってしまったことだけは順にもわかった。それは、ふさいでもふさいでも耳に入ってくる血腥い事件だけでなく、謹慎中の兄がもらす言葉や、そんな兄のもとを訪ねてくる男たち——松平春嶽の使いや西郷吉之助の弟をはじめ諸藩の家臣——の多彩な顔ぶれを見てもわかる。

先日も兄はちらりともらした。薩長が手を結んだ……と。先の蛤御門の変では、薩摩が大いに働き、長州を京から撤退させたと聞いていた。敵味方だった両国が手を結ぶとは、どういうことか。

順は兄に問いただした。

——おれが教えてやったのサ。喧嘩なんぞしてるときじゃないヨ、とナ。

教えてやるといっても、兄はすでに一年以上も謹慎の身だ。軍艦奉行に任じられ、安房守となった兄が、半年後には御役御免。

——安房国ってのはいちばんちっこい国だ。だから安房守って名乗ることにしたんだが、安房は「アホウ」とも読める。ほれみろ、やっぱりアホウの守だったナ。

　などと自嘲する姿を見ている順には、兄の言うことがどこまで本当か、判断がつかない。実際、偉いのか阿呆なのか。

　それにしても、麟太郎のあまりの浮き沈みの激しさに、家族はもうだれひとり、ついてゆけなくなっていた。ただ、じっと眺めているだけだ。

「あーあ、虎之助さまさえ生きていてくださったら……」

　思わずもらした自分の声に、順ははっと身をすくめた。

　先生さえ生きていてくださったら、と言うつもりが、知らぬ間に虎之助になっている。混沌としているのは自分も同じだろう。

　もうひとつ、ため息をついて、順は歩きはじめた。参道へ出たところでおやと立ち止まる。

　石段を上がってくる女がいた。かねという女中である。

　麟太郎が終日、家にいるようになったので、糸だけでは身のまわりの世話をするのに手不足になった。妻の民には家刀自（いえとじ）としての仕事があるし、糸が産んだ逸も我が子として育てている。

　そこで、新たに雇い入れたのがかねだった。色白で楚々（そそ）とした糸とちがって、かねは健康そのものといった娘だ。純朴な働き者で、賄い（まかない）が得意である。

鳥居をくぐったところで、かねは順に気づいた。棒立ちになる。

別に驚くことはない。狼狽ぶりが、かえって順の目をひいた。

「お参りですか」

深々と辞儀をした娘に、順は訊ねた。

「は、はい。申し訳ありません」

かねは息をはずませている。

「なにも謝ることはないでしょう。参拝するのは奇特なことです」

「はい……すみません」

かねは真っ赤だった。襟元からのぞく肌もほんのり桜色にそまっている。胸の隆起が上下して、まだ小娘だと思って目にも留めなかった女中が、急に女に見えてきた。

順はじっと見つめる。

「感心だこと。旦那さまの謹慎が早う解かれるよう、お参りをしているのですね」

氷川神社は厄除け、開運、良縁に功徳があるといわれていた。

「はい。あの……大奥さまのことや、お坊ちゃまのことも……」

信も四郎も病弱だ。

それにしても、かねはどことなくぎこちなかった。なにか隠しているような……。

「旦那さまも、おまえがきてくれて、さぞや安堵しておられましょう。旦那さまのお世話を頼みますよ」

順が言うと、かねはますます困惑顔になった。探るような目で順を見る。

「殿さまが、なにか……」

「なにか、とは？」

「い、いえ……」

「さ、お参りをしておいでなさい」

「はい。それでは……」

かねはもう一度、辞儀をした。ためらうそぶりを見せたものの、社殿へ向かって歩きだそうとする。

順は呼び止めた。

「なにか困ったことがあったら相談にのりますよ。気がねのう、話してくださいね」

三度目のいちばん深くて長い辞儀をしているかねに、順は背を向けた。鳥居をくぐり、阿吽の顔を見合わせている狛犬の間を通って石段を下る。

「あ」と言えば「うん」は狛犬。女の勘は、かねが言葉にできなかった事実をもう探り当てていた。

麟太郎はこのところ自室にこもりきりである。顔を見かけるのは客がきているときだけだ。

民の話では、本を書いているらしい。ひとつ事に熱中しているときの兄には、順でさえ近づきがたい。

その本が出来上がった。本屋が届けてきたのは三月二十四日である。

蘭書をもとに、自らの渡米経験もふまえて和蘭海軍の人員組織をまとめた、本文四十四枚の和綴単行本、『海軍括要』だ。

麟太郎は、謹慎中の月日もむだにはしなかった。かねてから計画していた仕事を成し遂げて、大満足の体である。

「入ってもよろしゅうございますか」

その日、順は兄の部屋を訪ねた。

麟太郎と女中の糸がたわむれているところを見てしまった気まずい経験があるので、あれ以来、襖を開ける前に必ず声をかけるようにしている。

「おう、入れ」

糸はいなかった。

麟太郎は、出来上がったばかりの本を手にしてためつすがめつしている。文机の上にも数十冊の本が積み上げられていた。

「見たか」

「はい」

「どうだ」

「むずかしゅうて読めませぬ」

「ふむ。こいつはナ、海軍でどういう組織をつくり、どう役割分担をすればよいかというハナシをだな……」

「本のお話はけっこうです」

順はつっけんどんに言う。

「あいかわらず可愛げのないやつだ」

麟太郎は苦笑した。

「本の完成を寿ぎにきたのでないとすると、用件はなんだ？」

「おかねのことです」

麟太郎は目を白黒させた。

「いかがなさるおつもりですか」

「いかが、とは……」

「兄さまの子を孕んでいます」

「そうか」

「嫂さまはご存じですか」

「そろそろ話しておかねばと思うとった。そうだ、おまえから話してくれ」

「お糸には？」

「いや……」

「兄さまッ」

　順が目をつり上げるのを見て、麟太郎はおお怖……と首をすくめた。

「なにもそんな顔をせんでもよかろう。おかねにはきちんと話してある。ややこは勝家の子だ。民が育てる」

「わたくしが言うのは、そういうことではありませぬ」

　順は思わず声を荒らげた。

「兄さまは偉そうなことばかり仰せですが、女子の気持ちをなにもわかってはおられませぬ。そのようなことでは、兄さまがよう言われる万民の心など、つかめませぬよ」

「おいおい、待ってくれ。武家の子は多いにこしたことはない。それは民もわかっている。おめえだってそうだろうが。象山先生も側妻にお子を産ませた」

「あれは家名存続のために、わたくしとも相談の上で側妻を求められたのです。なれど兄さまは行き当たりばったり、女中に手をだすなど、もってのほかにございます」

「行き当たりばったり、か……」

　麟太郎はあっさりうなずいた。

「そうかもしれんナ。ウン。お順坊はよいことを言う」

「兄さまッ」

麟太郎は順にぐいと膝を寄せてきた。順は身をよける。兄がいやだからではなく、こういうときは決まって丸めこまれてしまうので、用心のためである。

「今はナ、お順坊、なにがどうなるか、予想のつかぬ世の中だ。行き当たりばったり、けっこう。予想外の事態が起こったときいかに舵をとるか、そこが大切なのサ」

「世の中のことを言っているのではありません。わたくしはおかねのことを……」

「わかっとるサ。なら訊くが、おかねがおめえに泣いて訴えたのかい」

「そういうわけでは……」

氷川神社で出会って以来、かねは順になにかと相談をするようになった。かねが麟太郎に肌身を許したことはとうにわかっていたが、懐妊したと打ち明けられたのはつい先日である。

たしかにかねは、泣いて訴えたわけではなかった。むしろ誇らしそうだった。けれどそれは、まだ女中が主の子を産むことがどういうことか、よくわかってはいないからだと順は思う。

腹を痛めた我が子に、終生、母の名乗りができない。それがどんなに辛いか。実子として育てる民、同じ日陰の身に甘んじている糸にも、少なからぬ動揺を与えるはずである。

長年、側妻の蝶とひとつ屋根の下で暮らした。側妻が産んだ子の母となった順だからこそ、実感としてわかることだ。

「泣いてはおりませぬ。でも、それはおかねがなにも知らぬからです」

言わずにはいられない。

「兄さまはずるい。人たらしです」

ウン、と、麟太郎はうなずいた。

「おめえの言うとおりだ。しかしナ、お順、おれは無理強いをしたわけじゃねえヨ。お糸もおかねも、それでいいと言ったヨ。民は賢いから、一歩ひいて城を守る」

「城……」

「そうサ。お糸とおかねが薩長なら、民は徳川だ。まったくナ、老中どもにも、民の爪の垢を煎じて飲ませてェや」

順はまた、兄に丸めこまれてしまった。

## 四

氷川神社と盛徳寺に囲まれ樹木の匂いがたちこめていた勝家の庭も、雨の季節を迎えてしっとりと物寂しげな佇まいを見せている。木の下に群れ咲く紫陽花だけがひときわ艶やかだ。

「玖磨どのと言われるのですよ」

運針の手を休めて、民は声をひそめた。

順と二人、おしゃべりをしながら縫い物をしている。

「おいくつだったのですか」

順は訊き返した。

「二十六とか」

「まあ、お若いのに……」

「蒲柳の質でいらしたのでしょう。病であっけのう、亡うなられたそうです」

先日、長崎から麟太郎に文が届いた。目をとおすなり、麟太郎は絶句して、自室へひきこもってしまった。

腹を立てたり落胆したり、子供のように喜怒哀楽をかくせない麟太郎だが、生来が明朗な男なので、悲嘆にくれて何日も物が喉をとおらないことなどめったになかった。それがこたびは食欲も失せている。

順も気にかかっていた。ちょうどよい機会だと民に訊ねたところが、麟太郎の長崎時代の愛人、玖磨の訃報を告げられた。

玖磨が病没したのは一月二十八日で、遅れに遅れて、今頃になって知らせが届いたのだという。ちょうど、かねの懐妊が明らかになったばかりだ。こたびも民は動じることなく、腹帯の準備など世話をやきはじめたところだった。

吉凶がつれだってやってくるのは、麟太郎の宿命らしい。

「嫂さまは知っておられたのですか、兄さまにそのような女子がおられたことを」

「当時は存じませんでした。でもね、お順どの、三十半ばの男が三年余りも長崎に滞在していたのです。身のまわりのお世話をする女子がいないと思うほうがおかしいでしょう。ましてや、あの旦那さまですもの」

言われてみれば、そのとおりだ。

玖磨は麟太郎が行き来をしていた素封家の娘だとか。美人でしとやかな上に、和歌を詠む賢女でもあったらしい。

「旦那さまは長崎からお帰りになられるのがおいやだったそうです。よほど、お心を奪われておられたのでしょう」

それが証拠に、六年後に長崎を訪れたときも、麟太郎は玖磨と再会、愛をたしかめあっている。

「なぜ、わかったかと申しますとね……」

民は順に目くばせをした。

「一昨年、子が生まれたのです」

　順は目をみはった。

「男児だそうです。それで旦那さまはわたくしに打ち明けられました。ゆくゆくは母子(おやこ)を呼びよせるおつもりでいらしたのです」

　運悪く、麟太郎は謹慎中だった。いずれにしても、まだ三歳の幼子(おさなご)では旅をさせるわけにはいかない。そうこうしているうちに、幼子を遺(のこ)して、玖磨は彼岸(ひがん)へ旅立ってしまった。

「まあ、なんてお気の毒なのでしょう」

「ほんにねえ、旦那さまのお悲しみはいかばかりか……ですからね、お順どの、わたくしは、お糸やおかねが旦那さまのお心を癒(い)やしてくれればよいと思うているのですよ」

　順はうなずいた。

　ふっと、昔の記憶がよみがえる。

　同じ赤坂でも、麟太郎がまだ田町のあばら屋で氷解塾を開いていた頃である。

　だれもいない塾の片隅で、象山がむせび泣いていた。幼い我が子を亡くしたという。傲慢(ごうまん)で自惚(うぬぼ)れ屋と噂される異相の人の、思わぬ弱さ優しさに、順は胸を打たれた。もし、あのときの出会いがなかったら、象山の妻になっていたかどうか。

　その先生も死んでしまった——。

　そう思ったとき、順は兄に、かつてないほどの親近感を覚えた。愛する人を失った悲しみなら自分も味わったばかりだ。

「寺に詣でて玖磨どののご冥福をお祈りいたします。兄さまのお苦しみが、一日も早う、和らぎますように」

「お順どのこそお辛い目にあわれたのです。それがこうして気丈にしておられる。旦那さまも気力をとり戻されましょう」

民はそこで、順の目を見つめた。

「人には定命があります。悔しゅうても、定命と思うてあきらめるよりありませぬ。象山先生のことも……」

順は目を逸らした。

「定命なればあきらめもしましょうが……」

「まだ仇討ちをしようと考えているなら、わたくしも旦那さまと同じ、おやめなさいと申しますよ」

「嫂さま……」

「旦那さまは殺生がお嫌いです。殺し合いほど無意味なものはない、なにがあっても、命を奪うことだけはならぬと常々仰せです」

「それはわたくしとて……なれど、それでは先生は浮かばれませぬ」

唇を嚙みしめる義妹を見て、民は労りの笑みを浮かべた。

「お気持ちはようわかります。でもね、先生は仇討ちなど望んではおられませぬよ。お順どのが幸せになられることが、なによりのご供養です」

「わたくしは、もう幸せにはなれませぬ」

「いいえ、まだお若いのです、再嫁なさることだって……」

　順は心底、驚いた。

「とんでもないッ。わたくしは髪を下ろしました。名前も瑞枝と改めました」

「ええ、そのとおり。ですが出家して尼寺へ入ったわけではないのです。良縁があれば、そのときはまた……」

「おやめくださいッ」

　順は思わず叫んでいた。

「わたくしは佐久間象山の妻です。先生以外のお人に、いったい、どんな顔をして嫁げばよいのですか」

　民は順の抗議をさらりと受け流した。

　なにごともなかったかのように、縫いかけの襦袢をとりあげる。

「女はね、変わるものですよ」

　麟太郎は鬱々としていた。が、それも長くはつづかなかった。

五月二十七日、「明日、登城せよ」との奉書が届いた。

翌日、礼服で登城。帰宅した麟太郎は狐に化かされたような顔だった。

「驚いたのなんの……また軍艦奉行に任じられたヨ。大坂へ行け、だとサ」

昨日まで謹慎の身だった。これには家人も皆、あっけにとられた。

「おれを毛嫌いしていたやつらが、幽霊でも見るように、ぎょっとした顔をしておるのサ」

「どういう風の吹きまわしでしょう」

「さあナ。なぜおれが呼びだされたか、だれに訊いてもわからんのサ。大坂から、至急、おれをよこせと言ってきたそうでの、よほど人がおらんのだナ」

「大坂の、どなたが旦那さまをお呼びになられたのですか」

民に訊かれ、麟太郎は得意そうに小鼻をうごめかせる。

「上様にあらせられる。安房を呼べと直々に仰せられたそうだ」

麟太郎は無役の小普請から軍艦奉行まで、めざましい出世を遂げた。それだけでも妬み僻みはさけられない。臆することなく、ずけずけ物を言うところも目ざわりなのか、幕府の重臣たちからは総じて嫌われていた。

だが将軍家茂公には重用され、親しくお声をかけられた。こたびの一年半におよぶ謹慎では、だれかの讒言を真にうけて家茂公までが自分を嫌うようになったのではないかと、内心、気に病んでいたのだ。

将軍から再びお声がかかったので、麟太郎はうれしくてならない。

「いつご出発になられるのですか」

「三日四日のうちに発たねばならぬ」

「ずいぶん急にございますね」

「ようわからぬが、事は急を要するらしい。小栗さまはまた長州征伐がはじまると仰せでの、長州につづいて薩摩も征伐すると意気ごんでおられたが……。あのご仁も物が見えておらぬナ」

　小栗上野介は外国通で知られる、やり手の重臣である。

「戦になるのですか」順は拳をにぎりしめた。「長州など、叩きつぶしてください」

　象山を惨殺したのは長州の過激派だという流言が聞こえている。長州と聞いただけで、心おだやかではいられない。

　麟太郎は苦笑した。

「長州も厄介なことをしたものよ。女由良之助を敵にまわすとはナ」

　大星由良之助は大石内蔵助、『仮名手本忠臣蔵』では主君の怨みを晴らす役である。

　軽口を返したところで、麟太郎は真顔になった。

「戦はしない」と、きっぱりと言う。

「おれはしない。どうせまた、薩摩と会津がごねておるのサ。会津の殿さまも困り者だが薩摩にも大久保一蔵がおる。こいつがまた手強いやつでの、ご老中も手に余って、おれを呼ぶしかなくなったのだろうヨ」

ともあれ、麟太郎は大坂へ出かけることになった。こたびは陸路である。なにやかやと仕度をととのえ、実際に江戸を発ったのは、六月十日だった。

「謹慎が解けてようございました」

「あのまま終わる子ではないと、思うておりましたよ」

民と信は晴れやかな顔である。

順は複雑な心境だった。やっぱり兄さまだと感心する一方で、少々批判的な気持ちになっている。

兄は昔から言っていた。大切なのは忍耐だと。世の中はめまぐるしく動いている。もう少しがまんしていたら、高野長英は無傷で出牢できたかもしれない。吉田寅次郎は大手を振って渡米していたかもしれない。急いて事をし損じた者たちを身近で見て、ああはなるまいと肝に銘じたのだろう。

謹慎させられれば即座に頭を切り換え、時間をむだにしないよう、勉学に励んで本を書きあげる。出仕せよと言われれば、畏まりましたと出かけてゆく。なにごとにも抗わず、与えられた場所で全力を尽くそうとするのが兄の生き方だった。生涯、無役を嘆きつづけるあまり自棄になって放蕩三昧に明け暮れた父、小吉のあやまちをくりかえすまいとして、自ずと身につけた処世術だろう。

そう、兄さまは臆病なのだわ――。

新たな発見だった。

明朗で多弁で人たらし、怖いもの知らずで、傍若無人に見えながら、本当は兄ほど小心で用心深い男はいない。

文机に向かって『ヅーフ・ハルマ』の一字一句を丹念に書写していた兄の姿を、順は思いだしていた。あれこそが兄だ、と思う。そしてそんな兄は、わたしとは正反対だ、とも思った。

小吉ゆずりの剛胆さが信条の順には、兄のがまん強さや小賢しさがじれったい。兄は大好きだけれど、今はもう、昔のように兄を大人物だとは思わなかった。

順が心魅かれるのは、虎之助や象山のように圧倒的な力と一途なまなざし、無私の心をもった男である。

二度とは出会えまい――。

順は今さらながら嘆息した。

民がなんと言おうと、むろん再婚など、もってのほかである。

大坂へ赴いた麟太郎は、老中の板倉勝静（かつきよ）から、いがみあっている会津と薩摩が事を起こさぬよう、説き伏せる役割を命じられた。すぐさま上京する。

薩摩はこのときすでに長州と薩長同盟を結んでいた。幕府から長州征伐へ参戦せよと言われても、諾とは言えない。

そもそも薩長同盟にひと役買ったのは、麟太郎の愛弟子（まなでし）の坂本龍馬だった。弱体化した幕府の内情を教え、諸藩の喚起をうながしたのは麟太郎である。

謹慎していたはずの麟太郎が再登場したので、薩摩の大久保一蔵はやむなく幕府に恭順の意を示した。わからず屋ぞろいの会津の家臣たちも、麟太郎の舌戦（ぜっせん）に圧倒されて、一応は矛（ほこ）をおさめた。

危機は回避した。家茂公の期待に応えて、麟太郎は己の役割を果たしたが——。

よくよく浮き沈みの激しい人生を送るように生まれついているらしい。

上京してひと月にもならない七月二十日、家茂公が脚気衝心で急死した。まだ二十一歳の若さだった。

八月、一橋慶喜（よしのぶ）が徳川家の当主となった。

慶喜公は第二次長州征伐に意欲を示し、自ら出陣する気がまえを見せた。が、高杉晋作ひきいる奇兵隊にあえなく小倉城を落とされ戦局が不利になったと見るや一変、麟太郎を長州側との停戦交渉の密使に立てた。

麟太郎はたった独り、決死の覚悟で広島へ赴く。

困ったときの勝頼み……はよいけれど、麟太郎がひっぱりだされるのは、薩長をはじめとする諸藩の若者たちに慕われているからだ。それは一方で、幕府の重臣たちから嫌われる原因ともなり、疑いの目を向けられる根拠ともなっていた。

慶喜公も、麟太郎が大嫌いだ。

麟太郎を長州へ送り込んだのは、万が一、暗殺されたらそれもよいと思っていたからかもしれない。長州側との話し合いを終えて京へ帰った麟太郎に、慶喜公は「安房、大儀大儀」と言っただけ。報告を聞こうともせず、追い払ってしまった。幕府は麟太郎を無視して、すでに征伐軍の派遣をみあわせ、占領地からの撤退を命じていたのである。

——小拙、近年、怠けぐせがついて、この後、世に出る望みもありそうになく、願うところは閑な生活で、心事の研究をしたいのですが、これも又、思うように任せず、さてさて世の中は不安定なものでございます。ご一笑ください。

麟太郎は薩摩の大久保一蔵に文を遺して、十月五日、帰路についた。

相性の悪い慶喜公が将軍となれば、もはや自分には出番がない。麟太郎はここでまた、宮仕えの悲哀を味わうことになる。

思えば少年時代もそうだった。大奥を訪ねた際、大御所家斉に見初められ、孫の初之丞の学友に抜擢された。初之丞が一橋家を嗣ぐことになり、麟太郎も召しだされることになった。

だが、父の小吉が狂喜したこの話は、初之丞の病死という悲劇で泡と消えた。

順風満帆と思った寸前に逆風が吹くのは、今にはじまったことではない。

もちろん留守宅の家人はそんな事情までは知らなかった。このときの兄の九死に一生を得た働きとそのあとの落胆を順が知るのは、後年になってからである。

「旦那さまがお帰りになられるそうですよ」

「では、お役目を果たされたのですね」

知らせを聞いた家人は皆、安堵（あんど）の胸を撫（な）で下ろした。

「このぶんなら出産に間に合うやもしれませぬ。おかねも喜びましょう」

ところが麟太郎が帰宅するまでに、留守宅でも異変が起こった。

幸の前に不幸が訪れたのである。


勝家には目下、長男の小鹿（ころく）と次男の四郎、三女で糸が産んだ逸の三人の子供たちがいた。長女の夢と次女の孝は嫁いでいる。

十五歳の小鹿は、洋書調所の数学世話心得という御役（おやく）についていた。四郎は十三、逸は七つになる。

この他、長崎には三男が、かねの腹には七番目のややこが宿っていた。

兄さまはお幸せだわ——。

臨月に入ったかねを見るたびに、順の口から羨望の吐息がもれる。

象山は四人の子のうち三人を失い、成長したのは恪二郎がただ一人。子供ほしさから十七歳の順を妻に迎えたのに、子はできなかった。それにしても、なぜ懐妊しなかったのか。

順はまだ赤子を抱いたことがない。

「嫂さまがうらやましゅうございます」

民はかねの子も我が子として育てることになっていた。民をうらやむのは、象山に死なれ、恪二郎も京へ行ききりで、世話をやく家族のいない寂しさが身にしみているからだろう。

もっとも、寂しがっている暇はなさそうだった。かねの子が生まれればにぎやかになる。麟太郎も帰ってくる。民や糸だけでは手いっぱいで、順も手伝うことはいくらもあるはずだ。

十月九日の夕刻、かねのややこのために順は産着を縫っていた。

そこへ、小鹿が呼びに来た。

「叔母上。母に少し休むよう、言うてくださいませぬか」

数日前から四郎が病で寝こんでいる。しょっちゅう風邪をひいたり腹痛を起こしたりしている病弱な子供なので、順も家人もさほど心配してはいなかった。民も姑や小姑に心配をかけまいと遠慮しているのだろう。出産間近の妊婦もいるので四郎の病についてはあまり話さず、独りで看病をしている。

「まだお熱があるのですか」

休んでいないのなら、民は不寝の看病をしているのか。そんなに悪いとは思わなかった。

「お医者さまは首をかしげているそうです」

「まァ、早うおっしゃってくだされればよろしいのに」

順はあわてて腰を上げた。四郎が寝ている座敷へ駆けつける。

四郎は目を閉じていた。高熱のために赤い顔をして、苦しげに息を吐いている。病が重くなっているのはひと目でわかった。

民もやつれた顔をしていた。女中たちには任せず、つきっきりで看病していたのだろう。

「嫂さま。わたくしがおそばについております。少しお休みください」

順は民のかたわらへにじりよった。

うなずいたものの、民はその場を離れようとしない。

「嫂さまが倒れてしまっては、四郎どのがお困りになられますよ」

民は順に目を向けた。

「この子は今、闘うているのです。わたくしだけ休むわけには参りませぬ」

順はなにも言えなかった。松代でコレラに罹(かか)って死にかけたときのことを思いだしている。

象山先生も不眠不休で看病してくれた。先生の知識と献身、強い意志がなければ、自分は今、この世にはいない。

「お医者さまはなんと……」

「さきほどお帰りになられました。でもね、また呼びにやったところです」

医者が帰ってから容態が悪化した、ということらしい。

「お姑(かあ)さまに言うてはなりませぬよ。おかねにも……」

民は念を押した。

その夜、順は民と四郎の看病をした。医者から今晩が峠だと言われたからである。うつる心配があるので、子供たちやかねはよせつけなかったが、信は一緒につきそうと言って聞かなかった。

女三人はなすすべもなく神仏に祈る。

今、このときも、麟太郎はなにも知らずに旅をつづけているはずだ。

兄さまが帰宅するまで、どうか幼い命の炎が消えませんように——。

順は祈った。

祈りは叶わなかった。明け方、四郎は息をひきとった。

わずか十三年の短い命だった。

失意の旅を終えて帰宅した麟太郎は、追い打ちをかけるように、我が子の死という悲劇に直面した。

長崎の愛人、玖磨の死去につづく将軍家茂の急死、そして愛息、四郎の死……。

けれど四郎の亡骸と対面した麟太郎は、玖磨の死を知らされたときのように悲痛な顔は見せなかった。麟太郎のふるえる拳を目にしたのは順だけだろう。我が子の死にうちひしがれている民や、ややこを産んだばかりのかねの手前、けんめいに悲しみを見せまいとしていたにちがいない。

かねのややこは男児だった。四郎とちがって丸々と太った、元気な赤子である。

麟太郎は七郎と名づけた。

年が押し詰まった頃、順と麟太郎はつれだって外出をした。従者がいるとはいえ、兄妹が二人で出かけるのは十余年ぶりだ。

行き先は、深川の増林寺である。

増林寺には兄妹の従兄にあたる男谷精一郎信友と妻女の鶴の墓があった。

順や麟太郎が人生の荒波に翻弄されていたあいだに、男谷家では当主の精一郎と鶴が死去していた。

鶴が死んだのは松代にいるときだったので、順は江戸へ移り住んでから、姉のはなと何度か墓参に訪れている。

講武所奉行をつとめ、剣聖としても人格者としても名をなした精一郎は、妻女の死後も側妻をおかず、独り身をとおして、おととしの元治元年七月十六日に死去していた。奇しくもこのとき、順は象山の横死を知らされたばかりだった。殉死か出家か、いや仇討ちを……と取り込み中だったので、葬儀どころではなかった。

一方、麟太郎は上方にいた。その年の暮れに帰ってきたときは謹慎の身で、それから一年半は外出ができなかった。謹慎が解けたと思えばまた呼びつけられ、帰ったところが我が子の死に遭遇した。

こたびは御役を免ぜられたわけではない。ただじゃまにされて帰された。謹慎ではないので外出も自由だった。

そこで、ようやく兄妹で墓参にやってきたのである。

寺社のまわりは年の市でにぎわっていた。京で要人の暗殺が相次ごうが、長州で戦がはじまろうが、将軍が家茂公から慶喜公に代わろうが、江戸の活気は変わらない。庶民の最大の関心事は、年越しと正月仕度にある。

「兄さまは今の上様がお嫌いでしたね」

道々、順は兄に話しかけた。

今の上様とは慶喜である。十二月五日に慶喜は将軍宣下をうけていた。

「こっちが嫌う前に、あっちに嫌われてるのサ。おれは薩摩のまわし者だと思われてるからナ。亡き家茂さまや天璋院さまに目をかけられていたのも気にくわんのか」

「天璋院さま……」

「先々代の家定さまの御後室サ。薩摩の姫さまで、なかなかおもしろいお人だヨ」

これでは薩摩贔屓と思われてもしかたがない。順は眉をひそめる。

「わたくし、薩摩は好きませぬ」

「おめえは長州嫌いじゃなかったのかい」

「どちらも好きませぬ。兄さまも徳川さまの御直参なのですから、それらしゅう、ふるもうてください」

「ふるまいとうてもナ、ふるまえんのだ。もののわかるやつがおらんのサ。おまけにあの上様だ。おれはもう、二度と日の目は見れんだろうナ」

麟太郎は端正な顔をゆがめた。と、まんざらでもなさそうな笑みを浮かべる。

「ま、いいや。親父から見ればこれでも大出世だ。あとは小鹿に託すサ」

「託すって?」

「留学願いをだした」

「また、ですか」

前年にも、麟太郎は幕府に小鹿の留学願いを提出している。昨今は子息を留学させたいと願う幕臣が続出していた。小鹿が官費留学の選考にもれたのは自分が嫌われているからだと、麟太郎は腹を立てている。

「今度は自費だ。自費ならだれも文句は言えんだろう」

麟太郎はそこで、言おうか言うまいか、というように目を泳がせた。

「実は、こっちへ帰る前だが、おまえの倅にも、仇討ちなんぞうっちゃって学業に励んではどうかと言ってやった。費用ならおれがだしてやるとも……」

順は眉をつり上げた。

「そんな、余計なことをッ」

「まァ聞け。新撰組は悪評まみれだ。京じゃ忌み嫌われている。恪二郎も困惑してるらしい。今になって、こいつはまずいと思いはじめたんだろうナ。小林虎三郎にも相談したんだとサ。虎三郎も、象山先生は私怨のためではなく、国家的観念が異なっていたために殺されたのだから、それを私怨で仇討ちをするのはよろしくない……と諭されたそうだ」

小林虎三郎は象山の門人で、吉田寅次郎とともに両虎と呼ばれた男である。象山に可愛がられて塾頭もつとめ、江戸にいた頃は恪二郎も「虎どの」「虎どの」と慕っていた。

その虎三郎が仇討ちをやめよ、とは――。

なんとしても仇討ちを、と順は心に決めている。それだけが目下の生きる支えでもあった。仇討ちを中止するなど、もってのほかである。

「小林さままで先生の御恩をお忘れになられるとは、情けのうございます。仇討ちもせぬまま、泣き寝入りをするなんて……」

「泣き寝入りではないヨ。いいか、お順、先生は御開明のために殉死されたのだ」

「いいえ。ちがいます。先生は惨殺された。後ろから斬られたのは武士の恥だと佐久間家はとりつぶされました。恪二郎どのが仇討ちをせねば、お家再興もなりませぬ」

「お家再興など、つまらぬことだ。それより学問に励み、留学をして、自分で新たな道を見つけることサ」

「つまらぬことですって？　兄さまッ。兄さまはそれでも武士ですかッ。勝家の当主として、ようもそんなことが言えますね」

順の剣幕に、麟太郎は両手を挙げて降参の意を示した。

「おいおい、大声を出さんでくれ。人が見てらァナ。ま、恪二郎がどうするかは自分で決めることだ。どうしても仇討ちをしたけりゃすればいい。新撰組にいたけりゃいればいい」

順はようやく怒りを鎮めた。

臆病だけならまだしも、兄さまは武士の気概までなくしてしまわれたのか——。

小林虎三郎も虎三郎だと、胸の中ではまだ不満が渦巻いている。

象山先生や島田先生がここにいたら、きっと腹を立てるにちがいない。そう。だれより慨嘆するのは、これから墓参をする男谷精一郎だろう。従兄は、武士の中の武士だったのだから。

二人は寺門をくぐった。

増林寺は深川の富岡八幡宮と浄心寺のあいだの一画に建ち並ぶ寺社のひとつで、曹洞宗の寺である。

奥まった墓所にある男谷家の墓石の前で、兄妹は両手を合わせた。

「おれはいつだって、従兄上のようになりたいと思っていたヨ」

合わせていた手をほどいたところで、麟太郎はぽつりとつぶやいた。

男谷家は、精一郎の養父の彦四郎燕斎の時代から歴とした旗本で、弟の小吉が婿養子となった勝家とは格段の差があった。順も、男谷家へ出かけるたびに、なぜこうもちがうのかと驚いたものだ。

それだけではない。精一郎は麟太郎の剣術の師であり心の師でもあった。蘭学に熱中する以前の兄は、剣術で身を立てようと、男谷道場や島田道場へ入り浸っていたものだ。

島田道場――。

そう。順が島田虎之助と出会ったのも、本所の男谷家だった。

「なられたではありませぬか。今は勝家も、男谷家に負けぬお旗本です」

嫌味で言ったわけではなかった。が、麟太郎は顔をしかめた。

「従兄上はだれからも敬愛されていた」

「人格者でしたもの」

「堅物ではあったがの」

「お鶴さまはお幸せでした。どこぞの奥さまとちがって、生さぬ子を何人も育てずにすみましたもの」

今度は皮肉をこめて言った。今や二千石の旗本、しかも将軍や老中から扱いにくいやつだと敬遠されている麟太郎にずけずけ皮肉を言えるのは、順くらいのものだろう。

「おめえにゃ、かなわねえな。さてと、お順坊、帰るか」

「わたくしは瑞枝です」

「わかったわかった。お、そうだ、それより瑞枝どの、せっかくの深川だ、翁蕎麦でも食うていこうではないか」

熊井町の翁蕎麦は帰り道である。

順はとたんに笑顔になった。

「そういえばお腹が空きました」

「おれも腹ぺこだヨ」

兄妹は足早に墓所をあとにする。

五

明けて慶応三年三月、麟太郎は海軍伝習掛に任じられた。伝習掛とは、読んで字のごとく、若き幕臣たちに軍艦の操縦法や海軍の知識を伝授する係である。麟太郎はかつても神戸操練所をとりしきっていた。

といっても、麟太郎自身は教官採用のために奔走（ほんそう）することになった。最新式の軍艦を注文した和蘭（オランダ）と、かねてより親交のある英国がどちらも一歩も譲らず、教官を送りこんできたからである。

結局、英公使パークスの抗議に逆らえず、和蘭の回航士官を帰国させたのだが、麟太郎はこのあとも両国との交渉にかかりきりになってしまった。

体（てい）よく放りだされた――。

謹慎でこそないものの、麟太郎は内心、疎外感にさいなまれている。それならそれでいいサ、と開きなおっていた。

七月二十五日に、小鹿（ころく）が横浜からコロラド号に乗って米国へ留学の途についた。

小鹿一人では心許ないと、麟太郎は学友を同行させた。仙台藩の富田鉄之助と庄内藩の高木三郎で、いずれも氷解塾の弟子である。藩からはわずかな援助しか出ないため、麟太郎は二人の旅費や生活費も自前で用意した。四、五千両という自費を費やして、それでも我が子を外国へ留学させたいと願う親心である。

兄の狂奔ぶりを、順は半ばあきれ、半ば批判的な目で眺めていた。

「兄さまッ、教えてください。大政奉還とはどういうことですか」

順は麟太郎に追いすがった。

麟太郎は、糸の介添えで、英吉利公使館へ出かける仕度をしたところだ。

「天下の政を帝へお返し奉るのサ」

「そんなことをして、徳川家はどうなるのですか。兄さまたちご家臣は……」

「上様は将軍、徳川家は変わらんサ。ただ、帝の御前で諸大名が集って政を話し合う、諸侯会議場ができる、ということだ」

順は首をかしげた。

「なにゆえ、さような場をもうけねばならぬのですか」

「君上のご卓見にあらせられる」

君上とは将軍のことだ。

　慶喜が大政奉還を行ったのは、十月十四日だった。

　麟太郎はこの日、灯台の建設地を選ぶために、米・英・仏三国の艦長とともに富士山艦で横浜を出航、悪天候にみまわれて館山で船を下り、馬だ宿だと大騒ぎをしていた。江戸へ戻ってからも、英吉利公使館へ日参している。

　そんなあわただしい最中に、京より大政奉還の知らせが届いた。大政奉還自体は、麟太郎もかねてより理想としていた。「慶喜公お見事」と賛嘆を惜しまなかった。

　とはいえ、麟太郎にしてみれば、自分を江戸へ追い返して雑用を押しつけた連中が勝手にやったことだ。好きにしやがれと、投げやりな気持ちにもなっている。

　江戸市中は大政奉還の噂でもちきりとなった。勝家でも大久保一翁(いちおう)はじめ来客が押しかけ、緊迫した毎日がつづいている。

「では、兄さまは、大政奉還はよきことだとお思いなのですか」

　順はなおも問いただした。わからぬことをわからぬままにしておくのはがまんできない。

　麟太郎はうなずいた。妹のしつこさには辟易(へきえき)していたが、だからといって、いいかげんなことを言って逃げる気はない。

「よいことサ。おれは前々から言っている。米国も英国も、大国はみんな話し合いで政を行う。徳川に人がおらぬなら、諸藩からすぐれた人材を集めればよい」

麟太郎は、すでにこの考えを大久保一蔵や西郷吉之助、坂本龍馬らに説いていた。

しかし、麟太郎の教えに喚起された大久保一蔵が、公卿の岩倉具視と謀って「討幕の密勅」なる偽の勅命を手に入れ、いざ天下に示さんとしたことや、その同じ日に慶喜が大政を奉還して、まさに危機一髪で難を逃れたことまでは、麟太郎もまだ知らない。

「なれば、徳川家は安泰なのですね」

「むろん」

「兄さまも変わらぬのですね」

「万が一、将軍職まで返上となれば、徳川も黙ってはおるまい。そうなれば戦、ということもありえるが……」

「薩摩や長州と戦をするのですか」

噂によれば、薩摩や長州、土佐からも続々と兵が京へ押しかけているという。

「おいおい。もうかんべんしてくれ」

麟太郎は音を上げた。

「たとえ戦になろうが、おれは即刻、公使館へ行かねばならぬ。遅刻してみナ、パークスに首をひねられる」

十一月に入ると、きな臭い噂が飛び交うようになった。

万一の場合にそなえて、幕府は京へ軍隊を送る準備をはじめているという。一方、諸藩の過激派は、京ばかりか江戸へも多数、入りこんでいるらしい。

薩長にとっては幕府方、幕府の重臣からは薩長のまわし者――麟太郎は微妙な立場に立たされていた。異国との交渉事に奔走していたのは、むしろ幸運だった。

もちろん麟太郎びいきの幕臣もいた。京の情勢は次々に送られてくる。

順は坂本龍馬の暗殺を、麟太郎ではなく民から聞いた。

「十五日だそうです。京のお宿におられたところを暴漢に襲われ……めった斬りにされたとか。吉田さまというお人も一緒に斬殺されたそうですよ」

民が吉田と言ったのは中岡慎太郎で、事件があった場所は河原町通りの近江屋だった。

順は木挽町（こびきちょう）にあった象山の私塾で、坂本と会っていた。あの明るい眸（め）をした、のびやかな若者に、これほど悲惨な宿命（さだめ）が待っていようとは……。坂本は麟太郎のお気に入りでもあり、ひと頃はよく連れ歩いていた。

「兄さまは……」

「文（ふみ）をお見せくださっただけで、なにも仰（おお）せになられませぬ。よほどお辛（つら）いのでしょう」

麟太郎は、順には言うなと口止めしたという。いずれは聞こえてくることかもしれないが、龍馬暗殺を知って象山の一件を思いだせば、癒（い）えかけた傷がまたうずきだすのではないかと案じたのだ。

順の思いは別のところにあった。

「坂本さまは、だれに殺められたのですか」

「わかりませぬ。京では見廻組だ新撰組だと噂が飛び交っておるそうですよ」

「新撰組ッ」

順は息を呑む。

新撰組には恪二郎がいた。そのこともあって、麟太郎は事件を順の耳に入れたくなかったのかもしれない。

見廻組も新撰組も佐幕、つまり幕府方の用心棒的な役割を果たしていた。

象山を暗殺した人物は、はっきりわかっているわけではないが、「人斬り彦斎」と異名をとる河上彦斎の一味で、命を下したのは長州の過激派だと噂されている。龍馬は長州藩士ではない。が、幕府方に招聘された象山が攘夷派の藩士に殺され、兄によれば薩長を結びつけるために尽力したという龍馬が幕府方に殺されたわけで、ふたつの事件は根っこのところでつながっていた。憎悪が怨みを呼び、暗殺が暗殺を招く。

「このようなことがいつまでもつづくようではおしまいです。旦那さまはなによりそれを憂えておられます、志のある若者が、無為に死んでゆくことを……」

吉田寅次郎に先立たれた象山、坂本龍馬に死なれた麟太郎……愛弟子の非業の死は、どんなに悔やんでも足りない。

順が返す言葉を失っていると、民はなおもつづけた。

「こたびのことで、旦那さまは恪二郎どのの御身（おんみ）を案じておられます」

もし、仮に龍馬を暗殺したのが新撰組だったとしたら、今度は恪二郎が報復の刃（やいば）を浴びるかもしれない。それでなくても、新撰組は多くの怨みを買っているのだ。

恪二郎は以前から新撰組に疑問を感じていたようだった。麟太郎や小林虎三郎にゆれ動く心のうちを打ち明けていたらしい。

こうなると、順も恪二郎に、仇討（かたきう）ちのためになにがなんでも新撰組に残るようにとは言えなかった。恪二郎は、象山先生のたった一人の忘れ形見である。

「恪二郎どのに文を書きます。とにかく一度、会（お）うて話がしたいと……」

「それがよいでしょう。恪二郎どのは、お順どのと約束をした手前、身動きがとれぬのやもしれませぬ。お順どのからもお声をかけておあげなさい」

順はうなずいた。早速、恪二郎に文を認（したた）める。

新撰組とは、たしかに距離をおいたほうがよいかもしれない。恪二郎の身の安全をだいいちに考えるべきだろう。

とはいえ、順はまだ仇討ちをあきらめたわけではなかった。恪二郎一人に大任を押しつけた。そこにむりがあったのだと思う。なにか他に、先生の怨みを晴らす手段はないものか。

順は恪二郎の返事を心待ちにしていた。恪二郎から京の様子も聞いておきたかった。だが返事はこなかった。というより、返事が届く前に、歴史をゆるがす大事件が勃発してしまった。鳥羽・伏見の戦いである。

順は江戸にいたので、戦にいたる詳しいいきさつについてはわからない。いや、順でなくても、ほとんどの人々はわからなかったはずである。大政奉還にはじまる一連の出来事——陰謀、密約、裏切り、扇動、そして暗殺——は、複雑にからまりあいつつ鳥羽・伏見の戦いへとなだれこんでゆく。

後日、明らかになったことを、かいつまんで説明しておくと——。

慶喜が大政を奉還したために、倒幕を企てていた薩摩（を中心とする倒幕派の諸藩）は戦をはじめる大義が失せてしまった。そこで京や江戸で暴挙をくりかえして幕府方を怒らせ、戦の火蓋を切らせようと画策する。

一方の慶喜は御前会議を開こうとしたが難航、思うように事が進まず焦っているうちに、会津をはじめとする強硬派が薩摩打倒を掲げて京へ乗り込んできた。

一触即発の殺気だった気配がたちこめるなか、十二月九日に慶喜不在の小御所会議が開かれた。ここで、慶喜の辞官と領地返上が議決される。これを聞いた幕府方は激怒、市中で薩摩藩士と会津藩士が激突して死傷者までだす混乱にいたる。慶喜は暴発寸前の家臣を諫め、二条城から大坂城へ退去した。

ここで踏みとどまり、なんとか徳川の権力を維持しようと考えた慶喜は、朝廷との妥協策を模索する。首尾よく事は運びそうに見えたのだが……。

この機会になんとしても徳川をつぶしてしまいたい薩摩は、かねてより江戸へ忍ばせていた者たちに狼藉を働かせる。強請、押し込み、略奪、暴動、庄内藩の警備屯所に銃弾を撃ち込み、江戸城二ノ丸に放火……。

堪忍袋の緒が切れた庄内藩は、幕府内の過激派、小栗上野介らと謀って十二月二十五日、薩摩藩邸を焼き討ちにする。

この薩摩藩邸焼き討ちが、幕府方と薩摩との大戦を誘発する導火線になった。薩摩は戦をはじめる大義名分ができたので大喜び。幕府内の主戦派もこれを機に、薩摩を叩きつぶそうと勇み立つ。すでに慶喜の意志では止められないほど、事態は切迫していた。

幕府方と薩摩方との攻防の詳細はむろんわからなかったが、順は、兄が憤慨して拳で文机を叩いたり、憂慮に満ちた顔で庭を忙しく歩きまわる姿を不安の目で眺めていた。兄に話しかけて返事をもらえぬことはこれまでなかったが、こたびは上の空である。

「馬鹿者どもがッ。乗せられておるのがわからんかッ」

兄が吐き捨てる声も耳にした。民の話によると、麟太郎は江戸城における評定で、江戸町奉行らと声を合わせ、慶喜の許可なく勝手なことをしてはならぬと薩摩藩邸焼き討ちに反対したという。

だが、主戦派の勢いにはかなわなかった。それどころか、言えば言うほど、薩摩のまわし者ではないかと白い目で見られる。

「とうとう焼き討ちと決まって……旦那さまは辞表を提出されたそうです」

「辞表ッ」

「うけとってはもらえなかったようですが」

ならば勝手にしろと開きなおるしかない。どのみち海軍伝習掛は、雑用に追われるだけで、言わば左遷されたようなものだった。小鹿は目下、留学中である。送金もしなければならないから、与えられた仕事を黙々とこなすのみ。麟太郎はこれまでどおり、馬に乗って、浜御殿にある海軍局へ通っている。

順は、心情的には、主戦派だった。

天下の徳川である。なぜ外様(とざま)の薩摩に手をやいて右往左往しているのか。持てる力を総動員すれば、簡単にひねりつぶしてしまえるはずではないか。

しかも、嘘か真か、仏国(フランス)が幕府に協力を申し出ているとの噂も聞こえていた。

兄は常々、異国とは誠意を持ってつきあうべし、ただし対等に……と言っている。たとえ戦となっても、決して力を借りてはならぬとも言っていた。

これも順には不可解だった。息子を留学させ、伝習の場に外人教師を招いた兄なら、仏国の援助を借りて薩長をやっつけてしまえという話になぜ賛同しないのか。

それでも順は、自分の思いを口にはださなかった。だせば反論される。口達者な兄に言いくるめられるのがわかっていたからだ。

薩摩藩邸焼き討ちという物騒な事件はあったものの、江戸は例年どおりの、のどかな正月を迎えた。

三が日の勝家は、毎年のことながら年賀の客の応対に追われた。幕府の重臣からは嫌われている麟太郎だが、伝習所の生徒をはじめ直参(じきさん)や諸藩を問わず若者たちには敬慕されている。麟太郎の飾らない人柄に惚(ほ)れ込んだ商人も次々に挨拶にやってきた。

順も民の手伝いをしたり、はなや菊と初詣(はつもうで)に出かけたり……。

象山の横死(おうし)から四度目の正月ともなれば、胸の内はともあれ、正月を笑顔で過ごす心の余裕をとり戻している。

麟太郎は元旦に登城。二日からは早くも海軍局へ出かけた。帰宅後は来客の応対というあわただしい正月だ。五日には伝習もはじまり、城と海軍局を忙しく行き来している。

鳥羽・伏見の第一報が届いたのは、九日だった。が、正式な知らせではない。

「三日に京で異変があったらしい」

麟太郎も首をかしげている。

異変とは戦のようだが、どこでどういう戦があったのか、勝敗はどうなったのか、まだつづいているのかどうか、くわしいことはなにもわからなかった。

恪二郎は無事か。

順にとってはいちばんの気がかりだ。だが安否を知る手立てはない。耳をそばだて、不安に胸を詰まらせながら報せを待つ。

十一日の早朝、急使がやってきた。気配を聞きつけ、順も玄関へ飛んでゆく。もしや恪二郎になにかあったのではないかと思ったのだが……。

「使いなら、たった今、帰したとこだ」

玄関へ出る前に、兄から声をかけられた。麟太郎は懐手をしている。

「恪二郎のことかと思いました」

「いや。軍艦が品川へ着いたそうだ。えらく騒いでいるからすぐに来い、と言われたヨ」

「お行きにならなくてよろしいのですか」

「おれはどうせ役立たずだ。いつ辞職になるかと待ってるとこだから、行かんと言って追い返した」

ところが、立ち話をしているうちにも、また別の急使がやってきた。応対に出た家司がひきつった顔で飛んでくる。

「上様がお帰りあそばされたそうにございます。至急、おいでいただきたいと」

「おれの出る幕じゃないと言ってやれ」

「いえ。上様が直々に、安房を呼べ、と仰せになられたそうにて……」

となれば、いくら強情な麟太郎でも行かぬわけにはいかない。即刻、馬に飛び乗る。

京で戦があったと聞いてはいたが――。

「妙ですね。なにゆえ慶喜公が江戸におられるのでしょう」

順も家人もけげんな顔で見送る。

怒濤の日々のはじまりだった。

## 六

これほどまでに暗い顔をしている兄、麟太郎を、順は見たことがない。

我が子の四郎や長崎の愛人・玖磨が死去した際の悲しみ、謹慎になったときの落胆ともちがう。目の前で沈没してゆく船をなすすべもなく眺めているような、それは絶望と慚愧のにじむ顔だった。

鳥羽・伏見の戦いに敗れ、正月十一日に慶喜が海路、逃げ帰ってからというもの、麟太郎はほとんど毎日のように登城していた。城に詰めきりで帰宅しない日もある。

勝家も、緊迫した気配につつまれていた。家人は皆、息をひそめている。

いつもなら言いたいことを言わずにはいられない順も、兄に声をかけられなかった。

が、兄に訊かなくても、驚くような事実が聞こえてきた。

城中では毎日、抗戦派と恭順派が烈しくやりあっているという。激昂した重臣の一人が狂乱状態になり、喉を突いて自害したとか、同じく抗戦派の小栗上野介が執拗に戦を迫って慶喜から罷免されたとか……。

なぜ、抗戦派の意見がいれられないのか。皆、弱気になっているのか。そもそも鳥羽・伏見の戦いで徳川方が敗退したことが、順には信じられなかった。

「嫂さま。どういうことでしょう」

「敵軍に錦の御旗があったのです」

錦の御旗は、天皇が御自ら正当と認めた軍にのみ与えられる。

「では、帝は薩摩のお味方なのですか。悪いのは徳川だと……」

「そういうことになります。御旗を見ただけで、皆、徳川から離れてゆく。帝に対して、弓を引き奉るわけには参りませんから」

なるほど、それなら薩摩方が勢いづくのもよくわかった。

「でも、薩摩はどうして御旗をいただくことができたのでしょう。わたくしにはわかりませぬ。大政を奉還したのです。なにゆえ徳川が悪者にされなければならぬのか……」

「わたくしにもわかりませぬ。けれど事実は変えられませぬ。今は、これからどうするかを考えることです」

女二人は目を合わせる。

民の目の中にも、これまで見たことのない烈しい炎が燃えていた。

「わたくしはね、お順どの、旦那さまの仰せどおり、戦は断固、さけるべきだと思うておりました。なれどこうなってしまった以上、徳川は武士らしゅう、最後まで意地をとおして戦うべきだと思います」

旦那さまには反対されましょうが……と、民は目くばせをした。

これまで夫唱婦随、一度も麟太郎に逆らったことのない嫂である。若いころ芸者だった女の潔さに、順は目をみはった。

もとより、順も同意見である。

「むろんです。いざとなれば城を枕に死ぬるまで。そのときが参ったら、わたくしも一戦交えて死にとうございます」

ちょうどよい、長州藩士を見つけて相討ちとなれば、象山先生の仇討ちができる。

順の胸はにわかに昂ってきた。

十七日、麟太郎は海軍奉行並に昇進した。

錦の御旗の威力を見せつけられ、いよいよ追いつめられた徳川方は、抗戦派を放逐、薩長にウケのよい麟太郎をひっぱりだして事態の収拾を図ろうとしたのだ。

ところが、数日後、静寛院宮――家茂夫人であった和宮――を京へ帰還させるよう、京都御所から麟太郎と大久保一翁宛に嘆願の文が届いた。京都御所ということは、当然ながら公卿の岩倉具視、薩摩の西郷吉之助や大久保一蔵の意でもある。徳川の重臣ではなく、麟太郎と一翁を名指ししてきたことに、徳川方は活路を見いだした。

即刻、麟太郎は陸軍総裁、若年寄格に、大久保一翁は会計総裁に任命された。わずか四十一石の無役の御家人の倅が、ついに徳川の命運をその手ににぎったのである。

もっとも、傾きかけた大船の舵とり役を、麟太郎はなにも好きこのんでひきうけたわけではない。

江戸城は大混乱だった。伏見から敗走してきた軍兵が大挙して江戸へやってくる。もとより急な対応では満足な待遇もできない。脱走する者は数知れず。

麟太郎は「薩長のまわし者」と嫌われていた。抗戦派は勝憎しの一念で「暗殺すべし」と息巻く者さえ出るしまつ。

勝家の家人でさえ、我が子に絶対的な信頼を抱いている信を除けば、だれもが恭順より潔い決戦を望んでいた。徳川の家臣が恭順に不満をつのらせるのは当然だった。

麟太郎自身も、やみくもに白旗を掲げようとしたわけではない。慶喜があくまで戦うというなら、意に従うつもりだった。戦術も立てている。

ただし麟太郎には、ひとつだけ、他の多くの者たちにはない信念があった。徳川より国を優先する、という考えである。

そもそも当時、国という考えを持つ者は、敵味方を通じてもほとんどいなかった。まずは家名ありき、である。

慶喜はじめ徳川の重臣は仏国びいきだった。薩英戦争のあと薩摩と英国が接近、長州まで英国に近づくのを見て、徳川方は対抗上ますます仏国を頼りにするようになった。仏国の援助を得て薩摩を叩きつぶそうというのが、主戦派の考えだったのだ。

徳川と薩摩が、それぞれ仏国と英国を後ろ盾にして戦えばどうなるか。中国や印度の例を見るまでもない。国土は荒らされ、悪くすれば乗っとられてしまいかねない。

麟太郎は渡米した。蘭学にも軍艦にも海軍にも通じている。外国の威力を痛感している麟太郎は、その危険をだれよりも知っていた。

国を守るためにはどう外国とつき合えばよいか。誠意と礼節をもって、しかし対等であること、決して借りをつくらぬことだ。

麟太郎は真っ先に仏国と手を切った。薩摩と戦うなら、自力で挑むしかない。

慶喜はどうしたか。

二月十二日、江戸城を出て、上野寛永寺の大慈院の一室に退いた。

今や徳川は朝敵である。慶喜は朝敵という事実の重さに押しひしがれて、自らの意志で謹慎恭順の道を選んだのである。

麟太郎は非難の矢面へ立たされた。諸悪の根元は勝麟太郎であるとの声しきり。

順でさえ、黙ってはいられなかった。

「なんと情けないッ。兄さまはいくじなしです。父さまが生きておられたら、どんなにお怒りになられるか……」

亡父の小吉は剛胆だった。

とはいっても、面と向かって兄をなじったわけではない。そうしたいのは山々だったが、妹の相手をしているほど、麟太郎は暇ではなかった。

城と大慈院を日に何度となく往復する。家に帰れば帰ったで、ひっきりなしの来客である。多い日には四十人、五十人とやってきた。しかも、夜は寝る間も惜しんで書状を認めている。海外の例をあげて、今は国内で争っているときではない、慶喜公が謹慎恭順の意を示しているのに江戸城を攻撃するのは理に合わぬと、薩摩の西郷吉之助はじめ、各所に文をだして、討伐の中止を訴えた。

近々、今や官軍と称する討伐軍が錦の御旗を掲げ、大総督に有栖川宮を立てて、江戸へ下ってくるとの噂が聞こえている。なんとしても合戦だけはさけたいというのが麟太郎の願いだった。ところが――。

いまだに抗戦を望む輩も後をたたない。

三月一日には近藤勇ひきいる甲陽鎮撫隊が甲府城へ出陣した。なにをするかわからない新撰組は、今や徳川のお荷物になっている。江戸から出て行ってくれたのは助かった

が、

「勝手なことをしゃがって。和平工作をぶっつぶす気か」

麟太郎は追いつめられた。

翌二日の夕刻である。

裏門のあたりがにわかに騒がしくなった。

様子を見に行こうとした順は、民に引き留められた。

「お客人だそうです。当分、裏の離れにご滞在なさるとか。旦那さまは離れへは近づかぬようにと仰せです」

客なら珍しくもない。居心地がよいのか、何日も滞在する者もいる。人が出たり入ったりは勝家の日常茶飯事で、これでよく暗殺者がまぎれ込まないものだと、だれもが感心しているほどだ。

それにしても、離れへ近づくな、とはどういうことか。

「どんなお人なのですか」

「わたくしも存じませぬ」

自室へ戻るふりをして、順はこっそり裏手へまわり込んだ。離れを囲むように、槍を手にした物々しいいでたちの武士が数人、見張りをしている。

時が時だ。順はますます好奇心がおさえられなくなった。こんなときは、かねに訊ねるのがいちばんである。

かねが産んだ七郎は、勝家の四男として民が育てていた。かねは乳母役をつとめながら、本来の仕事に戻っている。といっても麟太郎の身のまわりの世話をするのはお気に入りの糸で、かねは女衆をつかって麟太郎をはじめ家人の賄いの采配をするのが主な役目になっていた。

客にだす食事も、かねが決める。

この日も、かねは台所にいた。女衆たちは夕餉の仕度に取りかかっている。

「おかね、ちょっと……」

離れの客の夕餉の献立を訊ねると、これがなかなか豪勢なもので、酒もたっぷりつけるようにと言われているという。

順は首をかしげた。

「いったいどんなお客なのですか」

「薩摩のお人らしゅうございますよ。それもお三人……」

「薩摩ッ」

「先ほど茶菓をお持ちいたしましたが、お三人で話していらっしゃると、なにを仰せか、ようわかりませんでした」

「なにゆえ薩摩のお人が……」

「ここだけにしておいてくださいましね」

かねの話では、三人は小伝馬町（こでんまちょう）の牢（ろう）にいたらしい。総髪は伸び放題、髭（ひげ）もぼうぼうで髪（ひげ）もぼうぼうで垢（あか）じみていたそうで、麟太郎の指図で、今、風呂を焚（た）いているところだという。

江戸へ入り込んだ薩摩の伏兵が、辻斬りや押し込み、強請（ゆすり）、放火……と狼藉（ろうぜき）をくり返して江戸の治安を乱していた話なら、順も聞いていた。昨年の暮れの薩摩藩邸焼き討ちの際にも、逃げ遅れた薩摩藩士が何人か捕らえられている。

まさか、あのときの——。

兄は、なにを企（たくら）んでいるのか。囚人、それも敵方の薩摩藩士を牢からひきだし、屋敷へ連れ帰って歓待するとは、いったいどういうことなのか。

薩摩藩士が我が家にいる、というだけで順の胸はざわめいた。じっとしてはいられない。

「おやめください。瑞枝（みずえ）さまがお膳（ぜん）を運ぶなどめっそうもない」

家族からは順と呼ばれているが、象山の後室となってからは瑞枝と名を改めている。

「いいえ。これからはなにが起こるかわからぬ世の中です。わたくしとてのんびり座ってはいられませぬ」

かねや女衆は困惑したものの、順は夕餉の仕度を手伝い、かねと一緒に離れへ膳を運んだ。

離れでは麟太郎が三人の薩摩藩士と談笑していた。こんなときに……と、順はそれだけでもう眉をひそめる。

髭をそり、さっぱりと身なりをととのえた三人は、いずれも人品骨柄卑しからぬ武士だった。薩摩と聞いてさえいなければ、好感の持てそうな男たちだ。

が、順はにこりともしない。

順の顔を見て、麟太郎はぎょっとした。

薩摩は長州ではない。この場で仇討ちにおよぶことはいくらなんでもないとしても、事あれば一戦を辞さない妹の気性は知りぬいている。

麟太郎は、順が男たちの顔を見ただけで満足して、膳を置いて立ち去ると思っていたようだった。そうあってほしいと願っていたにちがいない。

そうはいかなかった。

「妹の瑞枝にございます。お見知りおきを」

順は上目づかいに、三人の顔を順ぐりに見つめた。決して忘れないぞ、というような強い目の色だ。

「拙者は益満休之助にござる。この者は南部弥八郎、こちらは肥後七左衛門。こたびは思いもかけぬ手厚いもてなし、安房守さまには礼の言葉もござらぬ。お妹御にも厄介をかけるがなにとぞよろしゅう」
訛りはなかった。心のこもった挨拶に、順は出鼻をくじかれた。思わず表情が和らいだのは自分でも予想外である。

離れを出て、自室へ戻りながら、順は考え込んでいた。

象山の愛弟子、吉田寅次郎は長州。

兄のお気に入り、坂本龍馬は土佐。

薩摩の益満休之助も凜々しい若者だ。一概に敵と決めつけてよいものか。

官軍が攻めてくるというので、江戸は大混乱を来していた。荷車に家財道具を積み込んで、早くも逃げだす者もいる。その荷物を奪う賊もいて、治安はかつてないほど悪化していた。

麟太郎は、銚子の豪族の倅で、元幕臣、男谷道場の兄弟子でもあった信太歌之助に二百両を渡して、もし江戸が戦火につつまれたら隅田川へ漁船を結集させ、女子供を木更津へ逃してくれるよう頼み込んだ。

「逸は祖母さまをお守りせよ。おかねは七郎を連れて逃げよ。民とお糸、それにお順は町々の女子供を集めて船に乗せる役だ。よいな、最後の一人まで命を賭して助けだすのだぞ」

三月四日、麟太郎は家人に申し渡した。

というわけで五日、順は襷鉢巻きの勇ましい姿で庭へ出て、木刀を振りまわしていた。兄がかつて剣術修行をしていたときの木刀である。

女だからといって手をこまぬいてはいられない。民や糸は荷づくりをしていた。自分たちは着の身着のままでも、老女や赤子はそうはいかない。

「エイ、ヤッ、トウ」

昔、島田道場で小太刀を習った。剣術ではないものの、男谷精一郎の従妹で島田虎之助の許婚でもあった順は、剣術もまったくの門外漢ではない。

「うおッと、こいつは驚いた」

ふいに、男の声がした。順は声のしたほうへ目を向ける。

「あッ」と言ったきり、凍りついた。

「島田先生……」

半開きになった木戸の向こうは大木におおわれて薄暗い。が、鞘をしたままの刀を無造作につかんでぬくっと立っている男は、島田虎之助にそっくりだった。なぜ、死んだはずの虎之助がここにいるのか。

順は目を瞬く。

「なかなかの太刀筋とお見受けした。近頃は剣術を習う女子も増えたが、さまになる者はそうはおらぬ」

男はずかずかと近づいてきた。

「あなたさまは……」

順はあとずさりをした。

むろん、島田虎之助ではなかった。歳は三十前後か。大柄な体つきは近くで見てもよく似ている。けれど武骨を絵に描いたような虎之助の顔とちがって、この男の顔には甘さがあった。くっきりした二重の目も、鼻梁の高い鼻も、幅広だが薄い唇も、かたちそのものは申し分ない。

それでいて、なぜかすさんだ感じがした。眼光にちらちらと値踏みするような色が浮かんでいるからか。唇の端にからかうような微笑が貼りついているからか。

麟太郎は命を狙われている。見知らぬ者が勝手に入り込んだのだ、怯えて当然なのに、順は怖くはなかった。ただ、気圧されている。

島田虎之助と佐久間象山以外に順が男に気圧されたのは、これがはじめてだった。

「拙者は村上俊五郎。剣術指南をしている、というても、しがない町道場だがの」

「剣術……指南」

粗末な木綿物にぼさぼさの総髪、浅黒い顔にはうっすらと髭が伸びていた。剣術指南と聞いて、順はもう一度、まじまじと男の顔を見る。

「どういったご用件にございますか」

「安房守さまに……」

村上俊五郎が言いかけたとき、「村上ッ」と男の呼び声がした。

「なにをしとる。早うせんか」

声と同時に現れたのは、村上にも増して隆々たる体つきの男だった。歳は村上と同じか、少し上だろう。こざっぱりとした身なりで、侍髷を結っている。広い額や炯々としたまなざしもさることながら、凜とした立ち姿に風格がただよっていた。

男は順を見て考える顔になった。ひと呼吸おき、軽く会釈をする。

「安房守さまのお妹御にござるの」

村上ははっと目をみはった。

「おお、これはご無礼をいたした。こちらはお旗本の山岡鉄太郎先生にあらせられる。上様の精鋭隊頭をつとめておられる」

上様と聞いて、順はあわてて襷鉢巻きをはずした。自ずと姿勢を正している。

「かような格好で、わたくしこそご無礼をいたしました。お恥ずかしゅうございます」

順は山岡に目を向けた。

「それにしましてもようご存じでいらっしゃいますね。どこぞでお会いいたしましたか」

「十年以上も前になるが、松代へ出立なさるお姿を人垣より拝見つかまつった」

「まァ、さようでしたか……」

「安房守さまはご在宅かな」

「はい。来客が参っておりますが……」

「大事な相談がある。待たせていただく」

「知らせて参ります。どうぞこちらへ」

　順は二人をうながした。

　ここは旗本屋敷である。門番がいるはずなのに、なぜ二人は見咎められず庭まで入り込んだのか。裏の離れに囚人がいるので、表の警備が手薄になったのかもしれない。物騒な昨今である。門番に注意をしなければと眉をひそめつつ、順は二人を玄関まで案内をした。かねに濯ぎの用意をさせる。

　ひと足先に式台へ上がって兄に知らせに行こうとすると、村上が呼び止めた。

「お妹御。不躾ながら、そこもとのお名をお教えくださらぬか」

「順、いえ、瑞枝にございます」

　言いおいて奥へ入る。それだけのことなのに、なぜか胸が昂っていた。

　村上俊五郎を島田虎之助と見まちがえたのはなぜだろう。剣術指南だからか。木刀を手にした虎之助の面影に村上の姿が重なって、順は思わず頰に手を当てた。

この日、山岡鉄太郎が勝家を訪ねたのは、囚人の益満休之助を伴って駿府の総督府へ赴く許可を得るためだった。山岡は総督府にいる西郷吉之助に慶喜が謹慎恭順している旨を伝え、討伐の中止を談判する使者の役を、慶喜から直々に賜ったのだ。

山岡が選ばれたのは、慶喜の身辺警護をつとめている義兄の高橋伊勢守（泥舟）の推挙によるものだという。

山岡鉄太郎は、御蔵奉行をつとめた小野朝右衛門の五男で、北辰一刀流の剣士として名をなし、一時は清川八郎らと尊皇攘夷党を結成していた。今は義兄ともども慶喜の警固役をつとめている。

麟太郎は、初対面の山岡にひと目で惚れ込み、日記にそう書いた。

「一見、その人となりに感ず」

麟太郎が囚人を牢から連れ帰ったのは、いざというときの切り札にするためだ。一方の山岡も、尊皇攘夷党を結成していた頃、益満と親交があった。山岡は山岡で、益満を交渉の切り札にしようと考えたのである。

益満は薩摩の謀の推進役だった。幕府のほうから戦をしかけさせるために、数々の悪事を働いた張本人である。

これしかない――。

益満という弱味をつきつけて、薩摩を交渉の場につかせる。考えは同じだった。

麟太郎はその場で西郷吉之助宛の書状を認め、山岡に託した。

「事は急を要します。明日にも出立いたしたいが、いかがにございましょうか」

「承知した。くれぐれもご油断なきよう」

「安房守さまこそ、ご身辺にはご用心召されませ」

ところで……と山岡は表情を和らげた。

「お妹さまを驚かせてしまいました」

麟太郎は笑った。

「なんの、薩摩が五十、百、押しよせてきても、あいつはびくともしないサ」

「たしかに気丈なお妹さまにございます」

「男でのうてよかった。あいつが男なら、益満どののお命はもうなかったろうヨ」

「ハハハ、益満は運のよい男だ」

軽口を言い合って別れたものの、思えば、山岡は捕虜をつれ、敵の陣営へ単身、乗り込もうというのだ。生きて帰れる保証はない。ないどころか、西郷吉之助に面会する前に殺される可能性も大である。

「肝のすわったお人よ」

山岡を見送った麟太郎は、珍しく順を呼んで感想を述べた。

「徳川にもああいう男がおったとはナ。今頃になって頭角をあらわすとはまことに惜しい」

「警固の兵もつけずに行かれるのですか」

「あいつは北辰一刀流の使い手だ。それも並ではないらしい」

「ではあの……ご一緒にいらした村上さまというお人も……」

「こたびは行かぬ。が、あの男も相当な手練れだそうな。徳島の生まれとか。今は食うために町道場で教えておるが、尊皇攘夷党では清川どのや山岡どのと互角な働きをしとったそうだ」

そうそう……と、麟太郎は首をかしげた。

「おれの身を案じて、山岡どのはあの村上を護衛役につけてはどうかと言ってたナ」

順は膝を乗りだした。

「兄さまは、なんと？」

「ま、考えてみようと返事をしておいたヨ」

「山岡さまがおっしゃるとおりです。兄さまは敵からも味方からもお命を狙われております。用心棒が必要です」

象山は、無謀にも、殺気だった京の町を馬の口取り一人、伴っただけで帰宅するところを襲われた。当節の江戸は京以上に治安が悪化している。同じことが、兄の身に起こらぬともかぎらない。

兄の身を守りたい――。

それもある。が、それだけではなかった。

たった一度会っただけだが、順は虎之助と背格好のよく似た男、同じ剣術の使い手である村上俊五郎に強く魅(ひ)かれていた。

ひと目惚れではない。恋のなんのという柔(やわ)なものではなかった。もっと切実なもの……もしや、天が自分のために送り込んでくれたのではないか、虎之助に代わって仇討ちを成(な)し遂(と)げるために……。順はそう思っている。

「山岡さまが勧めてくださったのです。ぜひとも、あのお人を用心棒になさいませ」

「考えてみよう。いずれにせよ、山岡が無事帰ってからだ。江戸が戦火につつまれれば用心棒などつけても意味はなくなる。まずは江戸を戦場にせぬことだヨ」

順は今でも、徳川は武士らしく最後まで戦うべきだと思っていた。戦わずして逃げるべからず。そうでないなら、なぜ、後ろ疵(うしろきず)があったというだけで佐久間家はとりつぶされなければならなかったのか。

けれど一方では、兄が言わんとすることも、今ならわかる。

――江戸が焦土と化すのだぞ。おぬしらはそれでよいのか。

江戸にはおびただしい人間がいた。武士だけではない。商人も職人もいる。女子供もいる。皆が路頭に迷い、生きるすべを失う。

順は、松代から江戸へ帰ってきたときの胸のはずみを思った。江戸には思い出の場所がたくさんある。戦火になれば、父や虎之助の墓所さえ失われてしまうかもしれないのだ。

「お順坊……」

兄の声で我にかえった。目を上げると、麟太郎がいつもとはちがう、真面目な顔で見つめていた。

「島田先生は『剣は心なり』とよく言っていた。覚えてるかい」

「はい……」

「政（まつりごと）も同じだ。カッとなったり、意地になったり、見栄をはったり……心がどこにあるかつい忘れてしまう。だがナ、最後は心だヨ」

山岡は無事に帰ってきた。九日に駿府で西郷吉之助と面談したという。しかも、総督府からの七カ条の降伏条件を記した書状を持ち帰った。

徳川方は即刻、交渉に入ろうとした。が、麟太郎はこれを抑え、西郷と直談判することにした。

西郷は、駿府から早駕籠（はやかご）で江戸へ向かい、十二日に官軍の本営、池上本門寺へ入った。

十三日、麟太郎は山岡とともに芝高輪の薩摩屋敷を訪ね、西郷と面談した。

さらに翌十四日は田町の薩摩蔵屋敷にて、降伏条件について交渉する。このときは山岡ではなく大久保一翁が同行した。

麟太郎はのちに『氷川清話』の中で西郷のことを「胆量の大きいことは、いわゆる天空海濶」と誉めあげている。西郷も「賊軍には智将もこれあり」と、はじめから大久保一翁と麟太郎の名をあげていた。麟太郎と西郷にはよほど通じるものがあったのだろう。

この面談が江戸を救った。

翌十五日、予定されていた江戸城総攻撃は中止された。まさに危機一髪である。

ここからは、徳川の処分をいかにするかという丁々発止の駆け引きがつづく。麟太郎は慶喜の命の保証と家臣を養うに足る禄高を断固として主張、西郷は寛大な処分を図るために上京してこれに応じた。

四月四日、西郷は、徳川家処分を伝達するため、勅使一行をひきいて江戸城へ入った。西の丸の大広間で、徳川方の代表、田安慶頼が勅使の御書付をうけとった。

処分は、四月十一日に江戸城明け渡し、慶喜は水戸にて謹慎、というものだった。

禄高や明け渡しの手続きなどについては、翌日から麟太郎と大久保一翁が池上の官軍本営へ出向いて、西郷と話し合う。

「ますます危のうございますね」

民は案じ顔になった。

江戸城総攻撃が中止されたので、勢いづいていた官軍は力のもって行き場がなくなってしまった。すべては勝安房守の奸計によるものだと、怒りの矛先は麟太郎に向けられている。暗殺の危険は倍増した。

「村上さまを雇うてください」

順は懇願した。が、その前に、慶喜が五名の武士を送り込んできた。麟太郎が外出する際は五人で前後左右を警固する。

「なァに、五人おれば十分だ。ぞろぞろつれて行けば目立っていかん。ありがた迷惑サ」

そんな最中の、ある夜のことである。

眠れぬままに寝返りを打ったとき、順は人の気配を感じた。庭をだれかが歩いているらしい。あわてて飛び起き、短剣をにぎりしめて雨戸を細く開けた。気丈な順も、さすがに膝頭ががくがくしている。

庭先に黒い影がうずくまっていた。

「しッ。怪しい者ではござらぬ。安房守さまにお知らせしたき事があって参った。おとりつぎ願えぬか」

男は元新撰組の副長で、甲陽鎮撫隊の土方歳三だと名乗った。

土方さま――。

恪二郎が長年、世話になった男だ。暗いからよくは見えないが、血臭がしている。

鎮撫隊が甲府城入城に失敗したことは順も聞いていた。鎮撫隊にも、それ以前の鳥羽・伏見の戦いにも、恪二郎は加わっていなかった。直前に新撰組から脱走したらしい。風の噂で聞いただけで、居所は不明だ。

もし脱走していなければ、恪二郎はまだこの男と行動をともにしていたにちがいない。もうこの世にはいないかもしれない。

脱走してよかったという思いと、土方への後ろめたい思いとが胸の中で交叉して、順は狼狽していた。

「奥方さま、なにとぞ安房守さまに……」

土方は、順を民と思いこんでいるようだ。それならいっそ、そのほうがいい。

「お待ちください。呼んで参ります」

順はそそくさとその場をあとにした。

土方は、下総流山で官軍に包囲され、鎮撫隊が壊滅して、隊長の近藤勇が捕らえられたことを知らせにきたのだった。

敗者はとことん悲惨である。

土方が去ってゆくのを見送った麟太郎は、長いこと、その場を動かなかった。庭の暗がりをじっと見つめている。兄の顔を見るのが辛くて雨戸の隙間からこっそり眺めていた順は、あわてて床へ逃げ込んだ。

鱗太郎はそのあと、もう一度だけ、感情をあらわにした。江戸城明け渡しを翌日にひかえた十日、大慈院から帰った夜である。

順は、鱗太郎が書院の刀掛けの前に座っているのを見た。その日、慶喜公より贈られたという銘刀を抱き、男泣きしている。

兄が号泣するのをはじめて見た。胸の奥から熱いものがこみ上げて、順も思わず嗚咽をもらしそうになった。

幼い頃のように兄のそばへ駆けより、背中に抱きついて泣きたい。けれど、それをしてはならぬこともわかっていた。

忍び足でその場を離れる。

もう、兄を臆病だとは思わなかった。武士の気概がないとも思わない。人知れず主君のために泣く兄を、立派だと思った。

翌早朝、慶喜は水戸へ向けて出立した。黒木綿の羽織、小倉袴、麻裏の草履といういでたちで、高橋伊勢守や山岡鉄太郎に守られて去ってゆく姿は、沿道の人々の涙を誘った。

家康以来二百七十八年間、徳川の居城であった江戸城は官軍の手にひき渡され、徳川の時代は静かに幕を閉じた。

# 第五章　俊五郎の無頼

## 一

とんでもない男がいたものだ。

順は心底、あきれていた。とんでもない男とはもちろん、村上俊五郎である。はじめて会ったとき——ひと月余り前に山岡鉄太郎と一緒に訪ねてきたとき——順は島田虎之助が生き返ったかと思った。

大柄な体つきが似ている。顔立ちはともかく気迫に満ちたまなざしと全身からたちのぼる豪気、身なりにかまわぬところや町道場で剣術指南をしているところも似ていた。生涯ただ一度の恋……と思い定めていた男の再来に、どうして平静でいられよう。

あれからというもの、なんとかもう一度会いたいと願っていた。それとなく兄に訊ねたり、聞き耳を立てたり、いっそ町道場を訪ねてみようかとも考えた。

願いが通じたか、月が変わった閏四月初めのこの日、俊五郎がやって来た。山岡から託された麟太郎への伝言を届けて帰ろうとした俊五郎を、順はあわてて追いかける。

「村上さま。お待ちください」

門を出る前に追いついた。

「おう、お妹御か」

順の声に振り向くや、俊五郎は口元をほころばせた。堅物の虎之助がついぞ見せたことのない、人なつこい笑みである。

順は息をはずませた。小走りに駆けてきたからではない。三十三になるというのに、小娘のようにどぎまぎしている。

それでも、勝小吉の娘は恥じらいを見せるつもりはなかった。頬を染めたりもじもじしたり、しおらしいことを言うのは性に合わない。

「お頼みしたきことがあります」

切り口上で言った。

「なんなりと」

俊五郎の目の中にからかうような色を見つけて、顔をこわばらせる。

「兄はこのたび、総督府より、江戸の治安をまかされました」

総督府というときだけは、あたかも唾棄すべきものであるかのような、ぞんざいな口調になった。順の立場からすればいたしかたない。順は官軍も総督府も、とりわけ象山を斬殺した長州が大きらいである。

「今まで以上に命が危うなりましょう。おざなりの護衛などあてにはなりませぬ。村上さまは剣術指南をされておられます。勇猛なお人とうかがいました。兄の身辺警護をお願いしとうございます」

一気に言って、上目づかいに見る。

俊五郎は片手で顎を撫でまわしていた。値踏みするような目で見返しているのは、思案しているのか。

ふいに手を止めると、その手を伸ばして順の顎をつかんだ。

驚きのあまり、とっさには振り払うことさえできず、順は目を瞬く。

「それよりどうだ」

俊五郎はぐいと顔を寄せた。

「おれの女になれ。仇をとってやる」

「ぶ、無礼なッ」

頭を振り立てて、順は俊五郎の手から逃れた。キッとにらんだところで首をかしげる。

「仇……」

「安房守さまのお妹御はご夫君の仇を討ちたがっておられると聞いたが……」

「さようです」

順は目を輝かせた。

「討ってくださるのですかッ」

「討たんこともない」

「仇の一人、肥後の河上彦斎は、当代一の使い手だそうです。兄は会ったことがあるそうで、全身が殺気のかたまり、あれほど恐ろしい男はおらぬと言うておりました」

ふん、と俊五郎は鼻を鳴らした。

「おれも斬ったわ。一人ならず」

得々と言う。

順は、俊五郎が清川八郎ひきいる幕府浪士組の一員であったことも、山岡鉄太郎に心酔して弟子になる前は尊皇攘夷のために駆けまわっていたことも、すでに聞いていた。

清川八郎は幕府に刃向かおうとしたため、五年前の文久三年に江戸一の橋にて幕府方に暗殺されている。清川の浪士組は、治安を守るという大義のもとに荒っぽい所業を重ねていたようだ。浪士を騙って商人から金子を強奪した男たちを捕らえ、即刻、首を刎ねて両国橋にさらしたというおぞましい噂も、耳にしたことがあった。

俊五郎が人を斬ったと言ったのは、はったりではなく、事実にちがいない。

順は虎之助を思った。

虎之助の剣は己の心を磨くためのもので、人を殺戮するためのものではなかった。が、己の大切な人のためとあらば、躊躇（ちゅうちょ）なく、仇討ちをひきうけるのではないか。

「まことに討ってくださるなら、できるかぎりのお礼はいたします。兄の家に居候（いそうろう）の身ゆえ、すぐに、というわけには参りませぬが、持ち物のすべて売り払うても……」

「聞こえなんだか。おれは銭（ぜに）で雇われるつもりはない。三度は言わぬ。今一度だけ言うてやる。おれの女になれ」

あとずさろうとして、順はよろめいた。

「わ、わたくしは……」

順の腕をつかもうとしたのか、俊五郎は出しかけた手をひっこめた。

「仇討ちは命がけだ。ちょっとやそっとの銭では動けぬ。が、己の女のためとあれば、やらずばなるまい」

言われてみれば、もっともだと順は思った。俊五郎は自分のために命をさしだそうというのだ。これ以上の求愛があろうか。

とはいえ、出会ってまだ二度目、それも立ち話をしただけの相手である。女になれと言われて、はい、なりますとは言えない。

「わたくしは夫の菩提（ぼだい）を弔（とむら）うために髪（かみ）を下ろし、瑞枝（みずえ）と名をあらためました」

「どう見ても、尼には見えんがの」

「それは……」

「そもそも、仇討ちをしたいという願いは、俗人のものではないか」

そのとおりだ。順は言葉を返せない。

「おれは偽善が嫌いだ。瑞枝どのが尼だろうが俗人だろうが、いっこうにかまわぬ。欲しいものは欲しい、そのどこが悪い？」

それだけ言うと、俊五郎は背中を向けた。振り返りもせずに遠ざかってゆく。

後ろ姿が木立の陰に消え、門番と話す声が聞こえ、再び静寂が戻るまで、順は高鳴る胸を抑えつつ、その場に佇んでいた。

「あァ……」

我知らず吐息をもらしている。

順は両の腕で自分の体を抱きしめた。そうでもしなければ、生まれてはじめて体の奥からわきあがってきた疼きを止められそうにない。


江戸は大混乱の最中だった。

官軍の総攻撃が中止となり、おかげで、万が一の場合にそなえて画策されていた江戸焦土作戦も回避されて、とりあえずの平穏は保たれた。が、いざ戦をせんとはりきっていた官軍の兵たちの興奮は鎮まらない。

一方、旧幕府方にも不穏な動きがあった。閏四月に徳川の家督は六歳の田安亀之助が継承することとなり、五月には知行が駿河一円と遠州、陸奥の七十万石と決まったからだ。これでは旧幕臣の多くは路頭に迷ってしまう。

一触即発の危うさに加え、治安も最悪で、乱暴狼藉を働く輩も数知れず。麟太郎は大久保一翁や田安慶頼とともに総督府より治安をまかされたが、実際、手のつけようがないありさまだった。

「めったな者を入れてはなりませぬ。よくよく身元をあらためるよう」

民は門番に何度となく言い聞かせたが、そう簡単にはいかなかった。勝家には来客がひっきりなしにやって来る。

旧幕臣で、海軍副総裁をつとめていた榎本武揚が麟太郎を訪ねてきたのも、閏四月の下旬だった。四月に榎本が兵を率いて脱走した際、麟太郎は説得して連れ戻している。

麟太郎の悲願は、水戸へ追いやられた徳川慶喜を江戸へ帰還させること。そのためにも事を荒立てたくない。あちこちへ嘆願書を送りつけ、説いてまわっている。

「護衛の数を増やされてはいかがですか」

気丈な民もさすがに案じ顔である。

四月の末のある日、順は独りで出かけようとした。麟太郎は不在である。

「用心棒でしたら、わたくしに心当たりがあります。お願いして参ります」

民はけげんな顔をした。

「どこへ行くのですか」

「元鳥越町へ」

菊に調べてもらったところでは、俊五郎は浅草の元鳥越町の道場でもときおり代稽古をしているらしい。

俊五郎から、おれの女になれと言われた。そのことを、順は今もって、どう考えたらよいかわからずにいた。

あれは本気か。女になれとはどういうことだろう。ひと目惚れをしたようにも見えなかったが、もしそうだとして、俊五郎はどうなることを望んでいるのか。

自分は勝麟太郎の妹である。幕府が瓦解して旗本も浪人もなくなったとはいえ、佐久間象山という先覚者の後家でもあった。弄んだらどうなるか、承知しているはずである。

それとも、すべてをわかった上で、夫婦になりたいとでもいうのだろうか。

馬鹿な……と順は首を横に振った。そんなことをしたら世間がなんというか。象山先生にも申しわけが立たない。

そう思う一方で胸がざわめいていた。俊五郎が島田虎之助の再来なら、これはもしや、天の導き、ということも……。

ともあれ、俊五郎には仇討ちをしてもらいたい。仇討ちを遂げたそのときは、俊五郎の女になってもいい。いえ、喜んでこの身を捧げよう。そうなれば、だれも文句を言えぬはずである。

それが、このひと月ほど、眠れぬ夜々に考えあぐねた末の結論だった。ほんとうは、俊五郎があっさり背中を向けたあのときから、すっかりとりこになっている。それも、心だけではなく、女の五感のすべてが俊五郎を求めていた。そのことを、順自身は断じて認めるつもりはなかった。

「村上さまなれば、手練のご門弟を何人かおつれくださいましょう」

「山岡さまのお仲間です。兄さまもご存じのお人ゆえ、心配はいりませぬ」

「では、旦那さまがお戻りになられたら、お話ししてみましょう。お順どのが行くのはそれからになさい」

「兄さまはいつものらりくらり。ですから、わたくしが……」

「なりませぬ。ひとりで浅草まで出かけるのはおやめなさい。官軍に捕らわれたら、なんとするのです？」

「嫂さままで官軍などと……。あれは蛮軍、よせ集めの雑兵です。山賊とおなじです。あんなやつらに捕らわれるものですか。万が一、捕らわれたら、ちょうどようございます、片っ端から小太刀で首を刎ねてやります」

「お順どのッ」

二人が言い合っているときだった。

門のあたりがにわかに騒がしくなった。何事かと、二人は顔を見合わせる。

「奥方さまーッ。大変です。旦那さまがお怪我をッ」

「兄さまがッ」

「あァ、どうしましょう」

順と民は先を争い、玄関へ向かった。叫び声を聞きつけて、母の信、糸やかね、女衆たちも駆けて来る。

下駄を履くのももどかしく、順は素足のまま玄関を飛びだした。門まで行く前に、向こうから数人の男たちが近づいてきた。

麟太郎は戸板に寝かされている。

「旦那さまッ」

「殿さまッ、どうなさいましたか」

「兄さまッ、兄さまッ、しっかりしてッ」

女たちは麟太郎を取り囲んだ。

麟太郎は真っ赤な顔で「痛ェ痛ェ」とうめきながらも、女たちをぐるりと見まわした。

「やつらが襲ってくるやもしれぬ。いつでも逃げられるように、民、お順……」

「やつら？」

　麟太郎は唇をゆがめた。

「銃で狙うてきたのサ。あの程度の腕でわしを斃そうとは笑止千万」

　弾ははずれたが、驚いた馬が暴れたので麟太郎は落馬した。腰をしたたかに打ち、足をひねって、身動きがとれなくなったという。

「御足が折れていないとよいのですが……」

「たとえ折れていようが、この大事なときに休んでなどおれぬわ」

「お気持ちはわかりますが、用心が肝要。死んでは元も子もありませぬよ」

　民は下僕に医者を呼びに行かせ、てきぱきと寝床の用意をした。順もやむなく外出をとりやめ、兄の看病をする。

　麟太郎の怪我は打撲とねんざで、幸い足の骨は折れていなかった。数日、安静にしていれば治ると言われて、家人は安堵の顔を見合わせる。

　麟太郎が言うように、徳川家は今、最大の危機に直面していた。これ以上むだな血を流してはならぬ、なんとしても徳川を存続させねば……と、麟太郎は必死だ。一日もじっとはしていられない。

「兄さまッ、なりませぬ」

　怪我をした翌日、もう起きだそうとした麟太郎を見つけ、順は強引に床へ寝かせた。

「そんなお体でお出かけになれば、今度こそ息の根を止められてしまいます」

麟太郎は不服そうな顔だ。

「京で狙撃されたときも、陣笠を弾が貫通して助かった。こたびも危ういところで弾がそれた。おれは強運なのサ」

「でも、二度あることは三度ある、と言いますよ。お気をつけにならないと」

順の言葉に、麟太郎は耳をそばだてた。探るような目になる。

「お順、おめえも三度目には気をつけろヨ」

「三度目……」

順は首をかしげた。

「男の話サ。島田先生は立派なお人だった。夫婦になったら、おめえも幸せに暮らしていたろうヨ。象山先生も……ま、立派といや立派だが……亭主にはどうかナ。おれはおめえがなんだかかわいそうだったが……」

「わたくしは幸せでした。先生と夫婦になれてよかったと思うています」

「まァまァ、ムキになるなイ」

麟太郎は苦笑した。

「おめえがよかったんなら、それでいいサ。だがナ、三度目は慎重に、焦らぬことだ」

順は狼狽した。狼狽を隠そうとして、なおのことムキになる。

「焦るだなんて……わたくしをなんとお思いですか。三度目など、断じてありませぬ」

「そうかナ」

「そうかなって、兄さまッ」

麟太郎は大仰に首をすくめた。

「ないならいいサ。けど、二度あることは三度あると言ったのはおめえだヨ」

「それは……兄さまの……」

「ひとつ、忠告しておこう」

麟太郎はそこで真顔になった。

「山岡どのの愛弟子だが、村上俊五郎は評判がよくない。奇矯な上に粗暴で傲岸、銭もないくせに酒ばかり飲んでろくに働かぬ。女の噂も絶えぬそうだ」

——危うきに近よるな。

処世術に長けた麟太郎らしい忠告である。

けれど、順は兄より、奔放で怖いもの知らずの父、小吉に似ていた。やめろと言われるとかえって突き進むあまのじゃくも父ゆずりだ。火に水をかけられたがために順の中で村上俊五郎の存在が大きくなったのは、皮肉な成り行きだった。

それでも順は、俊五郎が代稽古をしているという町道場へは行かなかった。行かれる状況ではなくなってしまったからだ。

もとより治安は最悪、女が出歩くのは危ない。そこへもってきて、麟太郎が狙撃される事件があったので、勝家のまわりは、警備の人員に加え、噂を聞いて駆けつけた旧幕臣でざわついていた。騒ぎが鎮まるまでは、おいそれと出かけられない。

家にこもっているので、なおのこと俊五郎恋しさがつのった。荒っぽい仕草で顎を持ち上げられたときの感触を思いだすたびに、胸がざわめき、体が疼く。

一方で、気にかかることもあった。奇矯、粗暴……そんなことはかまわない。傲岸も、象山の妻であった順はものともしない。ただし、女癖が悪いというのは……。

兄は俊五郎の女癖の、どんな話を知っているのか。知りたい。けれど訊けない。

思い悩む順をよそに、上野では、いよいよ戦の火蓋が切られようとしていた。

二

上野の寛永寺は、三代将軍家光を開基、天海和尚を開山とする天台宗の東の総本山で、徳川家の菩提寺のひとつである。江戸城を退き、寺内の大慈院にて謹慎していた慶喜はすでに水戸へ退隠してしまったが、官軍にあくまで抵抗しようという旧幕臣がここに集い、陣をかまえて、気勢を上げていた。

彰義隊である。

そもそも彰義隊は、謹慎中の慶喜を警固するために集められた。我も我もと集まって、今では三千余りになっているものの、意気は軒昂ながら確固たる組織のない烏合の衆だった。錦切れ（官軍）狩りと称して暴れまわるのが精一杯だ。

「やっとのことで戦をやめさせたってェのになにもわかっとらん。アホウどもめが」

徳川家存続のために駆けまわっている麟太郎にしてみれば、足をすくわれたようなものである。

「寝てなどおれるかッ」

痛む足腰をひきずりながら、大久保一翁宅へ、田安家へ、総督府の西郷のもとへと出かけて行く。またもや合戦がはじまるやもしれぬとあれば、家人もひきとめるわけにはいかない。

麟太郎の意を受けた山岡鉄太郎も、寛永寺へ駆けつけて必死の説得をした。が、血気にはやる群れを鎮めることはできなかった。

好戦派の暴走に手を焼いているのは、旧幕臣方ばかりではない。官軍方も一枚岩ではなかった。麟太郎の命を狙い、実際に狙撃をした一派は、旧幕府方と手打ちをした西郷ら薩摩を怨み、できることなら彰義隊と一緒に葬ってしまいたいほどの憎悪に燃えていた。その筆頭である長州藩士、軍防事務局判事の大村益次郎の軍勢が寛永寺を囲んでいる。もはや留めようがないと悟った薩摩の軍勢も加わって総攻撃がはじまったのは、五月雨の降りしきる五月十五日の早朝だった。

この朝、順は雨音で目覚めた。

眠りが浅いのはいつものことだ。くわしい状況は知らされていないが、いつなんどき戦がはじまってもあわてるな、と、幼子を除く勝家の家人は言い渡されていた。

彰義隊と官軍の戦とあらば、旧幕臣の勝家も無傷ではいられない。

なにが起こってもふしぎはない――。

ここ数日、順は枕元に懐剣を忍ばせていた。いざとなったら、潔く戦い、敵の二人三人仕留めてから果てるつもりである。

身仕度をととのえて茶の間へ出て行くと、民が畳に座って、長煙管を吹かしていた。差し迫った心配事があるのは、忙しげな仕草からも察せられる。

「嫂さま……」

民は順に目を向けた。

「旦那さまがお出かけになられました」

「いずこへ?」

「田安さまのところです」

「ずいぶん、お早いのですね」

「夜が明けきらぬうちのほうがよいと仰せになられて……」

順も眉をひそめる。

「なんぞ気がかりがおありなのでしょうか」

「表へ出るなと仰せでした」

二人は顔を見合わせた。同時に耳を澄ませる。雨音がたえまなく聞こえているだけで、他に物音はしない。

「いよいよかもしれませぬ。無事、お着きになればよいのですが……」

「兄さまのことです。心配にはおよびませぬよ。それより嫂さま……」

「さようですね。皆を起こして、腹ごしらえをしておきましょう」

民は長煙管をトンと灰吹に叩(たた)きつけ、腰を上げた。順も台所へ出て行く。

台所では、かねが女衆(おなごし)に指図をして、朝餉(あさげ)の仕度をしていた。麟太郎の四男を産んだ女は、母子の名乗りをしないまま我が子を正妻に託し、今は家事賄(まかな)いの仕切り役をつとめている。

「戦がはじまったのですか」

かねに不安そうな顔で訊(き)かれ、順は明るい顔をとりつくろった。

「戦にならぬようにと、兄さまが駆けまわっておられるのです」

ちょっと考え、よしんばなったにせよ……と、あとをつづけた。

「ここにいれば安全です。いくら蛮軍でも、兄さまに手出しなど、できるものですか」

江戸城を明け渡して恭順(きょうじゅん)するとはとんでもないと、順は当初、兄に腹を立てていた。

今はちがう。それが、徳川を壊滅させないための苦渋の選択であり、人が殺し合うことを断じてよしとしない兄の信条に唯一沿う道だとわかったからだ。

その兄の思いが通じたからこそ、合戦は中止となり、兄は総督府の依頼で江戸の治安をまかされた。

女衆たちに心配はいらぬと言い置いて、順は母の部屋をのぞいた。

信は寝間にはいなかった。隣の仏間で、小吉の位牌に両手を合わせていた。

順も後ろ(うし)へ座って合掌(がっしょう)する。

「ねえ、母さま。父さまが生きていらしたらどうなさったのでしょう」

無役(むやく)の小普請(こぶしん)である不満からさんざん放蕩(ほうとう)し尽くした小吉だが、それだけに、徳川への思い入れは強かった。

「上野のお山へ馳(は)せ参じると息巻いて、兄さまを手こずらせていたかもしれませぬ」

「さァ、どうでしょうか……」

信は首をかしげた。

「あの人は、麟太郎を崇(あが)めていました。麟太郎の考えは正しいと信じていました。我が子を困らせるようなまねはいたしますまい。少なくとも政(まつりごと)に関しては……」

なれど……と、信は眸(ひとみ)を躍らせる。

「目の飛び出るほど高価な茶器など買って、麟太郎をあたふたさせたやもしれませぬ」

「ほんに。借金取りに畳を持って行かれて、勝安房守さまのお屋敷も、一歩なかへ入れば床板がむきだしだったりして……」

母娘は楽しげに笑う。

笑っていられたのは、朝餉を食べ、あとかたづけが終わるまでだった。

雨はまだ降っている。

午すこし前、雨音にまじって、かすかなざわめきが聞こえた。

客の応対に玄関へ出た糸が、日頃の楚々とした女とは別人のごとき形相で駆け戻ってきた。

「大変ですッ。上野で戦が……」

早朝、火蓋が切られた戦は、いまだ勝敗がつかぬとやら。彰義隊の抗戦に、御徒町から黒門へ向かった薩摩兵も、根津から団子坂へ進軍した長州兵も、一進一退の苦戦を強いられているという。双方、多数の死傷者が出ているようで、ときおり鳴り響く大砲の音に怯えながら、町人は雨の中、あわてふためいて逃散しているとのことだった。

「よもや旦那さまも……」

「これは官軍と彰義隊の戦です。旦那さまは加わってはいないはずです」

民は気丈に言ったが、その顔には不安が色濃く浮き出ていた。

「雨ゆえ、火がまわることはなさそうです。でもいざとなれば……」

近頃は物騒なので、各々、緊急時に持ちだす荷物を用意している。

「逃げるのはかえって危のうございます」

「さようですね。ばらばらにならぬほうがよいかもしれませぬ」

状況がわからないので、どのみち避難のしようがなかった。幼い逸、むずかる四郎、女衆や下僕まで、茶の間に集まって身を寄せ合う。そうしているあいだにも、ざわめきは大きくなってゆく。

ふいに、叫び声がした。さほど遠くないところで異変が起こったようだ。火事だーッという声が聞こえたような……。

「見て参りましょう」

老僕が腰を上げようとした。と、そのとき玄関で門番が叫んだ。

「多賀上総介(かずさのすけ)さまのお屋敷に火がかけられましたッ。あ、こっちへ参りますッ」

多賀家はおなじ氷川の隣人である。

一同は凍りついた。

まさにその一瞬後。門のあたりが騒がしくなった、と思うや、いくつもの足が水たまりを蹴散(けち)らす音がした。門番とやり合う声も聞こえる。

「参ったようです」

青ざめた顔ながらも、民は素早く腰を上げ、玄関へ出て行こうとした。

「嫂さま。わたくしが参ります」

「いいえ、お順どのは皆を……」

いったんはうなずいたものの、じっとしてはいられなかった。民のあとを追いかけて順も玄関へ向かう。

玄関には、なかへ入りきれぬほどの軍兵がいた。ぬれそぼり、泥まみれになった男たちは、問うまでもない、官軍の片割れだろう。一様に血走った目をして、全身から殺気をただよわせている。

官軍は鱗太郎を出せとすごんでいた。

「主人は、田安さまのお屋敷へ出かけております」

民は式台に膝をついていた。暴漢に囲まれても、落ち着き払って応えている。

「まことかッ」

「ううぬ、安房め」

「隠れておるのではないか」

「おう、探してみるか」

官軍はどかどかと上がろうとした。

「お待ちなされッ」

順はまろび出た。頭にカッと血がのぼっていたので、恐怖を忘れている。

「ここをどことお思いかッ。土足で上がるとは何事ぞッ。恥を知りなされッ」

「お順どの……」

民の困惑顔など、順は目に入らない。

長らしき男が素早く反応した。

「お順……というと、そこもとは？」

「勝安房守の妹です。佐久間象山が妻」

男はわずかながら表情を和(やわ)らげた。

「象山先生には教えを請(こ)うたことがある」

「その恩師を、そなたらは殺(あや)めたッ」

「なんだと？」

「長州は恩義もない、忠義もない、人でなしの集まりです」

男の顔が再び険(けわ)しくなった。

二人はにらみ合う。

「気の強い女子(おなご)や。安房の義弟になられたことが、そもそも先生のまちがいだな」

男は吐き捨てるように言うと、官兵どもに合図をした。突き飛ばされた順の体を踏みつけるようにして、一行は土足のまま屋敷の中へ上がりこんだ。

「大丈夫ですか」

民が順を抱き起こす。

順は、怒りに燃えていた。体の痛みなど考える暇がない。

「あいつら、許せませぬッ」

順が懐剣の柄を引きだすのを見て、民は仰天した。

「早まってはなりませぬ。ここで逆らってどうなるのです？　皆殺しになるだけですよ」

「なれど嫂さま……」

「こらえなさい。争いはなりませぬ」

民の言うとおりである。多勢に無勢、殺気だった暴漢が相手ではむだ死にするだけだろう。

順はわかりましたと応えた。が、ここでおとなしくしているつもりはなかった。

茶の間から七郎の泣き声が聞こえている。民の腕を振り払って茶の間へ駆け戻る。

麟太郎が不在だと知った官兵どもは暴徒と化していた。屋敷内を荒らしまわって、刀剣や書画骨董、着物、あろうことか、食い物まで思い思いに奪っている。

官兵が狼藉を働いているあいだじゅう、順は、茶の間でひとかたまりになってふるえている家人の前に仁王立ちになって、片手で懐剣の柄をにぎりしめていた。

暴漢が茶の間へ入ろうとするたびに、ぐいとにらみ、懐剣をひきぬく。

「だれかに指一本ふれてごらん。ただじゃすまないから」

「ふん。ひとからげに斬り捨ててくれるわ」

「安房守の家族を斬殺したらどうなるか、よおく考えてみるがいい」

順は一歩も退(ひ)かなかった。

「やめよ。行くぞ」

荒ぶる暴徒を鎮め、退却を命じたのは、先刻の長らしき男である。

「安房守もたいした妹御(いもうとご)をお持ちだ」

男は皮肉まじりに言った。

「官軍が盗人(ぬすっと)とは存じませんでした」

順も負けずに言い返す。

戦利品を手にした官軍が去ったあとの屋敷は、見る影もないありさまだった。障子(しょうじ)は破れ、襖(ふすま)は引き倒され、掛け軸は剝(は)がされて、そこいらじゅうが水びたし、泥まみれだ。

強まったり弱まったりしながら、雨はまだ降りつづいていた。表もざわついている。

上野の戦はどうなったのか。麟太郎はどこでどうしているのか。外へ出ようにも出られないので知りようがない。また官軍が戻ってくる心配もあった。荒らされた家のかたづけをする気にもならない。

信は灯明(とうみょう)を上げに仏間へ戻った。かねが七郎に乳(ちち)をやり、糸が逸を寝かせる。民は暴徒に袋叩きにされた門番の傷の手当てをした。

順は、兄の部屋をのぞいた。兄にとっては、刀剣や書画骨董より、書物を失うことのほうが辛いはずだ。

書物はかさばる。雨にぬれれば価値がなくなる。というより、価値そのものがわからなかったのか、幸い無事だった。

ほっとして、部屋を出ようとしたときだ。

「瑞枝どのッ」

庭で呼ぶ声がした。思いもよらぬ声――それでいて、待ちこがれていた声だ。

「村上さまッ」

順は縁側へ駆けよった。

村上俊五郎はぐしょぬれだった。

一目散に駆けて来たのか、髷がほどけて、半ば額にたれ下がっている。跳ね上がった泥で袴は汚れ、水を吸い込んだ草履がぶかぶか音を立てていた。

それでも、順の目に、俊五郎はまばゆく見えた。いや、神々しくさえあった。

「おう、ありがたや。生きておられたか」

ほとばしるようなその声も天の声のごとく聞こえた。

では、俊五郎は、自分を案じて、雨の中を駆けつけてくれたのか。

声を返す前に、両手を差し伸べていた。

気丈なふりをしていても、ほんとうは生きた心地がしなかった。官軍の襲撃の興奮が、順から見栄や気取り、堅苦しさを奪い去っている。

その手をつかむや、俊五郎は順の体を抱き寄せた。

順は縁側に立っている。俊五郎は縁側の下に立っている。といっても小柄な順と背の高い俊五郎だから、俊五郎の顔は順の肩のあたりにあった。俊五郎の両腕が順の体に巻きつくや、順は思わず俊五郎の頭を抱え込んでいた。

一瞬の、予期せぬ抱擁（ほうよう）――。

「あァ、よう、来てくれました」

順は洟（はな）をすすった。今になって足がふるえている。男の力強い腕が、これほどうれしかったことはない。

「どうした？　なにがあった？」

「それより、早う、中へ」

抱かれたまま、かすれた声でうながした。

「水びたしだぞ。ここでよい」

「家の中ももう汚れております」

俊五郎を縁側へ引き上げた。手をにぎり合ったまま、早口で官軍が狼藉を働いた話をする。

「許せぬッ、錦切れどもめがッ」

俊五郎は怒りをあらわにした。

「村上さまは……」

門前に怪しげな男たちがいたので、しばらく物陰に隠れ、隙を見て忍び込んだ。門番がいないのはおかしい。中に官軍がいるかもしれぬと用心して、玄関はつかわず、庭づたいに様子を探っていたという。

「でも、どうして……」

「先生が案じておられた。むろん、先生に言われるまでもない。黒門が壊され、勝敗がつきかけたと見るや、不穏な輩が四方へ散ったのだ。ここも危ないと思うた」

俊五郎が先生というのは、山岡鉄太郎である。なんと山岡は昨晩、徹夜で、彰義隊の隊士たちに逃げのびるよう説いてまわっていたという。俊五郎も一緒だった。

――むだ死にはするな。ここで死んでも徳川家のためにはならぬぞ。

総攻撃の噂は、実は昨晩から広まっていたという。夜中に逃げだす町人もいて、上野界隈は混乱していた。

「しかし、やつらも頑固者ぞろいよ。どうあっても戦うと言うて聞かぬ」

三千と言われた彰義隊のうち、逃亡した者もいた。が、まだ千人ほどが残っていた。

夜が明け、総攻撃がはじまって、とうとう山岡もあきらめざるを得なかった。

「先生は泣いておられた」

「それで、山岡さまは……」

「田安邸へ行こうとしたが、官軍がうようよしとる。やむなく小石川へ帰られた」

山岡は小石川鷹匠町に住んでいる。

俊五郎はそのまま勝家へ向かった。

「途中まで来たら、赤坂で焼き討ちがあったと聞こえてきた。もしや安房さまの家が焼かれたかと、心配で心配で……」

俊五郎は切れ長の目で順の目を見つめている。そのまなざしには、あふれんばかりの思いがこめられていた。順が無事であった安堵と喜び、そして愛しさも……。

俊五郎の思いが真実であることは疑いようがなかった。官軍に見つかれば、彰義隊とまちがえられて斬られるかもしれない。雨の中、一睡もしていないで駆けつづけて来たのは、順への熱い思いに他ならない。

この瞬間、順の心は定まった。

奇矯でも粗暴でも傲岸でもいい、女癖が悪い？　それがなんだろう。俊五郎は命がけで助けに来てくれたのだ。その一事があれば、すべてを許せる。

「村上さま……」

今度は順から身を寄せた。二人は今一度、抱擁する。

むろん、抱擁などしているときでないことは二人とも承知していた。

「やつらが戻って来るやもしれぬ。安房守さまはいずこにおられる?」

「田安邸です」

「よし。知らせてくる」

「危のうございます」

「百も承知。死ぬときは死ぬものよ」

飛びだして行こうとする俊五郎を順は引き留め、茶の間へつれて行った。湯漬けを食べさせたのは、目ばかりぎらつかせた俊五郎が、飢えた獣(けだもの)のように見えたからだ。途中で倒れられては元も子もない。

けれど、わざわざ嫂(あによめ)や母を呼んで事情を話したのは、女の打算でもあった。自分はたった今、俊五郎の女になる決心をした。いやいやなるのではない。なりたくてたまらない。たまらないということに、気づいてしまった。が、もしそうなったら、家人の反対は必至である。そのとき俊五郎が命がけで助けに来てくれたという事実があれば、だれも文句を言えない。

案の定、家人は俊五郎の出現を喜び、心から感謝の意を表した。とりわけ上野戦の状況はいちばん知りたかったことである。双方におびただしい死者が出ていると聞いて暗澹とした女たちも、麟太郎が戦の場にいなかったと知ってひとまず胸を撫で下ろした。

「着替えてお行きなさい」

「裏口から出たほうがよいでしょう」

「だれか、そこまで供を」

俊五郎は皆から頭を下げられ、丁重に送りだされた。

彰義隊の敗戦は明らかだ。旧幕臣の家ではいずこも不安な夜をすごさなければならない。勝家が女たちだけで留守をしているとわかれば、夜陰にまぎれて、またもや狼藉者が襲ってくる心配もあった。俊五郎の知らせを聞いた麟太郎が早々になにか手を打ってくれることを、家人は祈るしかない。

「感じのよいお方ですね」

「腕もたしかだそうです」

「ほんに、頼もしいお人です」

俊五郎の評判は上々だった。順は自分が褒められたように頰を赤らめる。

村上さまが無事、田安家へたどり着けますように……と、順は一心に祈った。

俊五郎は無事だった。知らせを聞いた麟太郎は烈火のごとく怒った。

「なんの罪でかような目にあわせるのか」

即刻、総督府へ問い合わせた。

総督府からは関知せずとの返事が返って来た。暴走した者たちが勝手にやったことだというのである。

大方、大村益次郎あたりの発案だろう。そうは思っても、総督府が知らぬと言う以上、文句のつけようがなかった。

「もう心配はいらぬと思うが……」

「お任せあれ。安房守さまのご自宅は拙者が警固つかまつる」

混乱の最中である。あれこれ考えている暇はない。麟太郎は、俊五郎に手勢をつけて、勝家の警備を任せることにした。つまり当分のあいだ、勝家に用心棒として泊まり込んでもらおうというのだ。

俊五郎は喜び勇んで帰ってゆく。

一方の麟太郎は、それどころではなかった。上野戦が起こってしまったことに落胆し、悲嘆に暮れていた。

麟太郎はあくまで非戦論者である。話し合いで解決すべきだと考えていた。

江戸城は無血開城に漕ぎつけた。慶喜も助命された。あとは徳川家存続を実現させるのみ。もうひと息だ。彰義隊も説き伏せるつもりだった。閏四月の末にはたてつづけに三度も総督府へ建言書を送りつけ、「徳川の忠臣を皇国の忠臣と為すには知行が必要だ」と、徳川家の存続を懇願している。

「一家不和を生ずれば、一家滅亡す。一国不和を生ずれば、その国滅亡すべし」

なにより和が大切だと、麟太郎は西郷吉之助に切々と訴えた。

その努力もむだだった。大村益次郎をはじめとする好戦派によって上野戦が勃発し、彰義隊の多くの隊士が戦死してしまった。

麟太郎は、上野戦の六日後、五月二十一日の日記にこう書いている。

――嗚呼、我が尽力、三度破れ、涕血す。

麟太郎自身も命を狙われていた。家が焼き討ちにあえば近隣にも迷惑がかかる。麟太郎はこの日から数日間、知人の家を泊まり歩いて、氷川町の自宅へは帰らなかった。

代わりに、勝家には俊五郎がいた。

今や麟太郎自身から雇われた用心棒、というだけでなく、手下を引き連れた、堂々たる警備主任である。俊五郎のおかげで、官軍も、混乱に乗じて狼藉を働こうとする輩も、乱入をあきらめざるを得なかった。勝家の女たちの俊五郎の評価はがぜん高まった。

俊五郎は、床の間と控えの間つきの座敷を与えられた。上げ膳据え膳はむろんのこと、着物から履き物、身のまわりのものすべて、上物が用意された。

「わたくしがいたします」

膳を運ぶのも、行灯に火を入れるのも、着替えの用意まで、順は自らがやると言って聞かなかった。

「お順どのはね、わたくしたちの役に立ちたいと願うておられるのですよ」

官軍が押し入ったときの勇ましい応対には家人一同、畏敬の念を抱いている。

「それはそうですが、なにも村上さまの汚れ物まで……。お順さまとは思えませぬ」

「お寂しい身の上、お気がまぎれるなら、ちょうどよいではありませぬか」

順はもとより率先して家事を手伝う女ではなかった。愛嬌をふりまく女でもない。象山の妻だったときも、正妻として奉られていた。家政を取りしきってはいたものの、実際に細々した世話をしていたのは側妻の蝶である。勝家での順は、めったに冗談も言わなければ笑ったりもしない、どちらかといえば孤高の印象が強かった。

それが、俊五郎の世話だけは至れり尽くせり。しかも喜々として世話を焼いている。なにかある……と思ってもよいはずなのに、だれも邪推はしなかった。それはこの時期がまさに混乱の最中で、勝家にとっても、徳川家にとっても、生き死にのかかる正念場であったからだ。行方の知れない麟太郎の安否を気づかい、徳川家の転封に動揺し、彰義隊の残党狩りに胸を痛めるだけで、だれもが精一杯だった。

ところが順と俊五郎だけは、少々ちがっていた。上野戦があった夕、田安邸から戻った俊五郎は、勝家の家人に警固役となった旨（むね）を告げるや、ただちに屋敷の内外を見てまわった。引き連れてきた手勢を、各々、夜警の部署に配置する。

「夜食の仕度ができております。少しはお休みください」

順が呼びにゆくと、やおら腕をつかみ、耳もとに口を寄せた。

「家人が寝静まったら、来い」

あまりにも唐突だったので、順は聞きちがいではないかと目を瞬（しばた）いた。

「おれの部屋へ来てくれ」

悪びれるふうもなければ、照れるふうもない。かねてより決まっていることだとでも言わんばかりの口振りだった。

もし、別の言い方をされていたら、顔色をうかがうような素振りがちらりとでも見えたら、順はかえって逡巡（しゅんじゅん）していたかもしれない。佐久間象山の後家が、しかも一度は髪を下ろした女が、男の寝所（ねどこ）へ忍んでゆくなど、あってよいものか。少なくとも尻込（しりご）みをしていたはずだ。

だが俊五郎は順に迷う暇（いとま）さえ与えなかった。じっと見つめられ、「よいの」と念を押されて、当然のごとくうなずいている。

こうなることははじめから定まっていたのだ、と順は思った。なぜなら、俊五郎は島田虎之助の身代わりなのだから。

それでも、家人が寝静まるのを待って忍び足で俊五郎の部屋へ向かうときは、動悸がして、足がすくんだ。

昔、虎之助を誘って、鶯谷の庵へ出かけたことがある。虎之助が好きで好きで、早く夫婦になりたくて……。思い出のつまった廃屋で抱いてもらおうと胸を昂らせたものだった。あの頃はまだほんの小娘で、男女が肌を合わせるとはどういうことか、知っているつもりでも知らなかった。

今は知っている。それだけに昔とはちがう不安があった。自分が——自分の体が——俊五郎に溺れて離れられなくなってしまうのではないかという不安である。

「……村上さま」

控えの間へ入って、襖越しに声をかけた。

返事がないので細く開ける。暗闇の中で俊五郎の寝息が聞こえた。

順は苦笑した。肩すかしを食わされたようなものだが、緊張が解けて、気持ちが楽になる。

物音をたてぬよう、中へ入った。寝床へ這いよる。と、寝床から手が伸びて、順は抱きすくめられた。

俊五郎は、眠ってなどいなかった。暗がりで双眸だけが光っている。

「あ、お寝み、かと……」

「馬鹿な。眠るものか」

俊五郎の両手はもう、帷子の上から順の持ち重りのする乳房を揉みしだいていた。男の体の熱さや力強さに圧倒されながらも、順は頭の片隅で、即座に虎之助とのちがいを感じとっていた。無骨な虎之助なら、決してこんなことはしないはずだ。

「眠らずに、待っておられたのですね」

「むろんだ」

「なぜ、わたくしが、来ると……」

「なぜ？　ひと目見たときからわかっていたよ、おれとおまえはこうなる宿命だと」

俊五郎はもどかしげに帯をほどき、帷子を脱がせようとした。

「お待ちください、待って……」

今さら逃げる気はない。逃げられないこともわかっていた。体が熱く潤って、あえぎ声さえもれそうだ。それでもまだ、なにかが、忘我の波にさらわれるのをはばんでいる。

すると、俊五郎が耳元でささやいた。

「どうせ死ぬる身だ。あれこれ考えるな」

「死ぬる、身……」

順は目を閉じた。象山が斬殺されたと知ったとき、自害しようとした。官軍が狼藉を働いたときも死ぬ覚悟だった。そう、自分は一度ならず死んだ身である。

虎之助も象山もいない。徳川も滅びた。だったらもう、なにをしようがかまうことはない。たとえこの男と地獄へ堕ちようとも。

体の奥から怒濤が突き上げてきた。逆らうのはやめた。順は帷子の袖を嚙み、自ら男の体に四肢をからめる。

三

上野戦から七日間、麟太郎が知人の家を泊まり歩いているあいだ、順も、現実と忘我の境をさまよっていた。興奮状態にあった、と言ったほうがいいかもしれない。

順だけではなかった。

旧幕臣とその家族は皆、この時期、息を詰め、身をちぢめていた。駿河へ転封と聞いて不安にかられていたところへ彰義隊が壊滅、脱走兵が大挙して東へ向かっているという。となれば、いつ官軍に報復されるか、生きた心地もしない。

信は仏間にこもって、麟太郎の無事を祈っていた。民は怯える家人を励まし、気丈に家刀自の役目を果たしている。

そして順は――。

俊五郎との情事に溺れていた。ふだんから独りでいることが多いので、家人の目を盗んで俊五郎と忍び逢うのは苦もなかった。かねは薄々気づいているようだが、順贔屓のかねなら心配はない。

俊五郎に抱かれているときだけ、順は生きている実感を味わうことができた。なにもかも忘れ、本能の赴くままにふるまっていられるひとときだけが、今の順には、かけがえのないものである。

俊五郎は当然ながら、虎之助とはちがっていた。いつ持ち込んだのか、義太夫節（ぎだゆうぶし）に欠かせない太棹（ふとざお）の三味線を爪弾（つまび）き、玄人（くろうと）はだしの節まわしをきかせることもある。なるほど、遊び人のようだった。女癖が悪いかどうかはともかく、女をとりこにする天性の色気をそなえている。

俊五郎に抱かれて、順ははじめて「肌が合う」という言葉の意味を学んだ。あんなに夜毎（よごと）むつみ合っていたのに、象山先生とはぴたりと合っていなかった……と今さらながら思う。もっとも象山の頭には子づくりしかなかったのだから、むりもない。

「どうしたのです、ぼんやりして……？　近頃、生返事ばかりですよ」

民にけげんな顔をされた。

「瑞枝（みずえ）さまはお若うなられましたね」

糸に言われた。

うしろめたかった。が、順はあえて考えないことにした。明日、生きているかどうかさえ、わからないのだ。考えて、なんになる？

五月二十二日、麟太郎が帰宅した。

「あっちもこっちもひでェありさまだヨ」

麟太郎も動揺しているように見えた。

旧幕臣の家はいずこも火の車だ。食べものさえない家もあって、麟太郎は持参していた百三十両ほどの金子(きんす)を配って歩いたという。

「焼け石に水ってのはこのことだナ。なんとかしてやりたいが……総督府も右往左往してるらしい」

麟太郎が嘆息した訳はほどなくわかる。総督府の中でも麟太郎が親しくしていた西郷吉之助や海江田武次といった薩摩藩士が、次々に免職や辞職をしてしまったのだ。となれば、強引に上野戦をはじめた大村益次郎ら長州勢が総督府を牛耳(ぎゅうじ)ることになる。もはや麟太郎の出る幕はない。

一方、旧幕臣の脱走兵も、続々と北へ向かっていた。他に生きる道はない、この上は新天地で再起を賭ける、いざとなれば華々(はなばな)しく戦って死ぬまでだ……。悲壮な決意を固めた同朋(どうほう)を説得するだけの力は、もう麟太郎にも残ってはいなかった。

それはともあれ――。

「旦那(だんな)さまは危のうはないのですか」

「また官軍がやって来たらどうしましょう」

「これからどうなさるのですか」

女たちは口々に訊ねた。ここ数日、幽閉さながらの暮らしをしていたので、麟太郎に訊きたいことが山ほどある。

「ここへはもう来んだろう。やつらもそこまで能なしではないサ。おれは山岡どのと相談して、上さまや家達さまの移住の準備をせねばならぬ」

家達とは徳川の家督を相続した田安亀之助のことだ。上さまとは水戸の弘道館で謹慎中の前将軍、慶喜である。

旧幕臣の脱走兵の動きが活発になったので水戸にいては騒動に巻き込まれる恐れが出てきた。麟太郎は、慶喜も駿府へ移住させるよう、総督府へ願い出ている。

「わたくしどもも駿河へ参るのですか」

「むろん、そうなるナ」

麟太郎にあっさり言われ、だれもが不安の色を浮かべた。

「駿府のどこへ参るのですか」

「この屋敷はどうなるのでしょう」

「江戸へ留まるわけにはいきませぬか」

とりわけ順は動転している。駿河へ移住したら、俊五郎とも逢えなくなってしまう。

少なくとも、今のように密会を重ねることはできない。

わたしはいったいなにを望んでいるのかと、自分に問うてみた。虎之助も象山もいない。恪二郎の行方もわからない。自分にはもう、俊五郎しかいなかった。離れたくない。

では俊五郎と夫婦になりたいかと言えば、一瞬たりとも、そんなことは考えなかった。

阿波の生まれというから脱藩したのだろう。素性さえよく知らない。町道場の剣術指南といっても、このご時世、稼ぎがあるとも思えない。象山先生の正妻であった女が、素寒貧の用心棒と夫婦になる……とんでもない、と順は思った。だいいちどうやって食べてゆくのか。

順が眉をひそめていたからだろう、

「おめえには恐れ入ったぜ」

と、麟太郎が話しかけてきた。言うまでもなく、官軍の狼藉の一件である。

「おめえににらまれりゃ、鬼の大村もしっぽを巻いて逃げだすわナ」

「お順どののおかげで大事のうすみました。そうそう、村上さまにもたいそう世話になっております」

民が口をはさんだ。

「ン？　おう、あいつか。胡散臭いとこもあるが、ま、腕は山岡どののお墨付きだ。もうしばらく用心棒をつとめてもらうか」

順はとりあえず安堵の息をついた。といっても、麟太郎がいるといないでは、屋敷内の雰囲気がちがう。これからは、よほど用心しなくてはならない。

麟太郎はまだ順を見ていた。順はなにやら落ち着かない。いつもならまっすぐに見返す兄の目も、今日はまともに見られなかった。そんな様子を麟太郎は妙に思ったのかもしれない。

「おめえ、熱でもあるのかい。眠りが足りない顔だヨ」

兄に言われてぎくりとする。

「い、いいえ。ちゃんと寝ています」

ムキになって言い返して、それがまた不自然だったかと心配になり……順はほうほうの体で自分の部屋へ逃げ帰った。

天網恢々、疎にして漏らさず。

いくら昔とは比べものにならぬほど立派な屋敷だとはいえ、しょせん旗本の家だ。いつまでも密会をつづけていられるはずがない。しかも麟太郎は、こういうことに鼻が利く。

「どこへ行く?」

ぬっとあらわれた麟太郎に、順は行く手をはばまれた。半月ほど経った夜である。

ついて来い、とそれだけ言って、麟太郎は背中を向けた。いつもながらの早足で歩く。入れとうながされたのは書院だった。あらたまった話をするために、あえて書院を選んだのか。

書院には先客がいた。行灯(あんどん)のほの明かりの中で、大柄な体をちぢめている。

「村上さまッ。兄さまこれは……」

「いいから座れ」

麟太郎は、俊五郎の隣に順を座らせた。二人の正面に自分もあぐらをかき、等分に二人を見比べる。

「野暮(やぼ)なことは言わねえヨ。だが、どさくさまぎれになしくずしってェのも、好かんナ」

「面目次第もございませぬ」

俊五郎は両手をついた。

順は目を伏せる。羞恥(しゅうち)のあまり顔が上げられない。それでいて、謝る気にもならなかった。むろん言い訳をする気は端(はな)からない。

そんな順が反抗的に見えたのか、

「どういうつもりか知らねェが……」と、麟太郎は妹に険(けわ)しい目を向けた。「夜這(よば)いはやめろ」

「兄さまッ」

「夜な夜な男のところへ通うなんざ、みっともいいもんじゃねえヨ」

「わたくしが女だからですか」

「ちがうナ。今はどんなときか、考えてみろと言ってるんだ。生きるか死ぬか、みんな必死で闘ってる」

「わたくしも必死です。なればこそ……」

言葉に詰まった順の代わりに、俊五郎が身を乗りだした。

「こんなときなればこそ、瑞枝さまをお守りしたい。この命に代えても守りたい。かようなことになりましたのも、瑞枝さまを大切に思うがゆえにでござる。決して軽々しい気持ちではありませぬ」

惚れた男にそこまで言われれば、大多数の女は喜ぶ。順も正直なところうれしかった。が、うれしさと同時に、なぜか白々としたものも感じていた。俊五郎の心を疑っているわけではない。なのにどうしてだろう。

自分はなんて可愛げのない女かと、順はため息をつく。

順の思いはいざ知らず、麟太郎は表情を和らげた。

「そうまで思うんなら、なにもこそこそするこたァなかろうに」

「しかし、拙者のような者では、とうてい安房守さまのお許しはいただけまいと……」

「お許し？」

「瑞枝さまを拙者の妻にいただきたく」

妻という言葉に、麟太郎と順とどっちがよけいに驚いたか。

順は寝耳に水だった。

仇討ちをしてやるからおれの女になれ——そう俊五郎は言った。何度も抱き合いながら一度も妻になれとは言わなかった。

「本気かネ」

麟太郎も首をかしげている。

「むろんにございます」

「お順、おまえも承知か」

「え？　ええ……あの、わたくしは……」

麟太郎はひとつ、息をついた。

「本気で夫婦になりたいってんなら水をさす気はねェが……今は間が悪い。じきに駿府へ引っ越さにゃならねえ。夫婦になるのは、向こうでの暮らしが落ち着いて、二人でやっていけるとなってからでも遅くはなかろう」

「ではお許しをいただけますので……おお、ありがたや。なにとぞよろしゅう御願いたてまつりまする」

俊五郎は再び両手をついた。

順は呆然としている。共に礼を述べるべきだと思ったが、どうしてもできなかった。俊五郎が喜べば喜ぶほど胸が冷えてゆく訳が、自分でもわからない。

麟太郎は今一度、二人の顔を見比べた。

「夫婦の話は駿府へ移住してからにしようじゃねえか。それまで会うなとは言わない。子供じゃねえんだ、好きにすればいいサ。だが、夜這いみてェなみっともないまねだけはしてくれるナ。わかったナ」

今度は二人そろって手をついた。

その夜、順は自分の部屋へ戻って、まんじりともしないで夜を明かした。

俊五郎は、本当に、命に代えても守りたいほど自分を思ってくれているのだろうか。自分が安房守の妹だから、混迷の今、麟太郎の妹婿となって生き延びようという打算は、みじんもないのだろうか。

兄もなにかを感じたのだろう。だから夫婦の話を先延ばしにしたのではないか。

いちばんわからないのは自分の気持ちだった。俊五郎を思えば体が疼く。たくましい腕に抱かれて、なにもかも忘れてしまいたい。けれど――。そう思うのは、本当に、俊五郎を愛しんでいるからなのか。

七月十九日、徳川慶喜は水戸を出て駿河へ向かった。二十三日に清水港へ上陸、駿府の宝台院へ入った。

つづいて徳川家の当主、六歳の家達も八月九日に江戸を発ち、十五日に駿府へ移った。移住の采配をしたのは山岡鉄太郎である。

この間、麟太郎は江戸で、総督府や旧幕臣の様々な人物と会っていた。榎本武揚とも文のやりとりをして、軽挙を慎むよう諫言した。が、榎本は家達の移住を見届けるや、二千余名の同志をひきつれて箱館へ脱走してしまった。

榎本艦隊脱走の仕掛人は勝麟太郎――。

あらぬ噂が広まった。官軍の中には、麟太郎を殺せと叫ぶ者も数知れず。ますます身辺は危うくなってきた。

「おまえたちは先に行け」

米国から軍艦を借り受け、旧幕臣と家族を大挙して駿河へ運ぶ手筈になっている。麟太郎もその船に乗り込むつもりでいた。が、それまで待っていて、もし襲撃されようものなら、家人まで道連れにしてしまう。

「わたくしは残ります」

民の懇願を、麟太郎は諫めた。

「おまえは家刀自ではないか。母上や子らを守るが役目」

「なればわたくしが……」

順も申し出たが一蹴された。

「村上俊五郎に護衛を頼む。当座のことは手配ずみだ。案ずるな」

順と俊五郎のことは、内々ながらも、麟太郎がすでに家人一同に話している。氏素性も知れず、素寒貧の上に素行にも疑問符がつく男ではあったが、危急の際、勝家のために働いてくれた恩義はおろそかにできない。なにより順が好きだと言うのなら、だれも反対はできなかった。いずれにせよ、もう身分など無きに等しい。

まだ杯事をしたわけではなかった。が、俊五郎は麟太郎を「義兄上」、民を「義姉上」、信を「姑上さま」と呼んで、すっかり勝家の一員になった気でいた。そんな俊五郎を見れば邪気もなさそうで、順も思わず頰をゆるめてしまう。人目をはばからずに逢えるのは、やはりありがたい。

九月二日、麟太郎は大久保一蔵に呼ばれ、大久保一翁、山岡鉄太郎とともに、徳川家の家禄の最終通達を受けた。かねての願いどおり、駿河・遠州・陸奥七十万石の「陸奥が三河に変更される」というものだった。

帰宅した麟太郎は順を手招いた。

「出島竹斎どのを覚えておるか」

「もちろんです。小鹿村でしょう」

駿河の小鹿村に住む竹斎は小吉の知己で、麟太郎が借財に悩んでいたとき、救いの手を差し伸べてくれた。たまたまその名が出たこともあり、恩義を感じていたこともあって、麟太郎は嫡男を小鹿と名づけたのである。

「竹斎どのに手筈をととのえてもろうた。おまえたちのことも頼んでおいた」

「兄さま……」

「早まらんほうがいい。ま、試してみるサ」

麟太郎を残して、翌朝、家人一行は駕籠で駿河へ出立した。

## 四

「……せめてひと夜、添い寝してェ、おなごに生まれた名聞とォ、これがひとつの楽しみぞや。えェ惨い鬼よ、鬼神よ、おなごひとり乗せたとてェ……」

情感たっぷりの節まわしに、力強いバチの音。俊五郎の太棹は、烈しさの中にも哀愁があって、晴れ渡った冬の空を飄然とただよっているかのようだ。

洗い張りをしていた手を休め、順は思わず聞き惚れた。

陽だまりの縁側に腰をすえ、義太夫節を唄いながら自慢の三味線をかきならす男は、声だけでなく、その浮き世ばなれした風体でも女心をときめかせる。

浮き世ばなれ――。

そう。俊五郎は良くも悪くも常人とはちがっていた。剣術も太棹も見事な腕前だから、怠け者というわけでもなさそうだ。が、日々の暮らしとなると、まるでだらしなかった。銭は天から降ってくるとでも思っているのだろう、身を粉にして稼ごうという気がない。もっとも、この時節、剣術や太棹の腕では食べてゆけない。

順は俊五郎に向けていた視線を空へ転じた。東の空に雪化粧をした富士山が見える。もっともここでは雪どころか、陰暦十月の上旬を過ぎてもまだ寒さは感じなかった。とりわけ今日は小春日和である。

順が兄の家族と一緒に東京を発ったのは、九月三日だった。すでに江戸は東京となり、八日には年号が明治に変わっている。

年寄りや幼子が一緒の旅なので思いのほか日数はかかったが、十四日に駿府へ無事到着した。一行は新居となる鷹匠町一丁目の拝領屋敷へ入ったが、順と護衛役の俊五郎だけは鷹匠へは行かなかった。

江尻宿まで、出島竹斎が迎えに来ていた。竹斎の案内で二人は小鹿村の出島家へ行き、離れで旅装を解いた。

鷹匠町の拝領屋敷は六百三十坪の広さながら、周囲には旧幕臣の家々がひしめいているという。旧幕臣には麟太郎を白い目で見る者もいて、勝家が注目の的になるのはまちがいない。まだ夫婦の許可も得ていない順と俊五郎がなしくずしに同居するのは好ましからずと、麟太郎があらかじめ竹斎に頼んでいたのだった。

「このあたりも騒がしゅうなるやもしれませんが、まずは旅のお疲れを癒やし、今後の算段をなさいますよう……」

五十三になるという瘦身の男は、陽に焼けた温顔をほころばせた。

初対面なのに、順は竹斎を昔から知っているような気がした。父の小吉の知友であったからだろう。旗本の岡野家と小鹿村の住民とのいざこざを鎮めたことで意気投合した小吉と竹斎は、江戸と駿河と離れていても、心の友でありつづけたと聞いている。

小鹿村は駿府の南東にあった。出島家の裏の小鹿山は久能山につづいている。

久能山は、徳川家康が関西へのにらみを利かせるために、自らの墓所とするよう命じた山だ。家康の亡骸はのちに日光東照宮へ移葬されたが、その後も旧幕時代を通じて、久能山東照宮は大権現様を祀る神社として人々の尊崇を集めてきた。

新政府に追われて移住した。都落ちの感は否めない。それでも、温暖な気候に加え、駿府が徳川ゆかりの地であることが、旧幕臣にとってはせめてもの慰めだった。

「そろそろ船が着く頃ですね」

洗い張りを終えた順は、襷をはずしながら縁側に腰を下ろした。俊五郎は太棹を抱えて大あくびをしている。

出島家の離れで暮らすようになって、ひと月近くが経っていた。

「竹斎さんが謝っていましたよ」

一両日中には、この小鹿村にも旧幕臣とその家族が大挙して移住してくるという。「お泊まりさん」と呼ばれる移住者は、駿府のあちこちで目につくようになっていた。出島家も知らん顔はできない。旧幕臣を受け入れるため、庭や畑にまで小屋を建てている。

「わたくしたち、ここにはいられませんね」

小鹿村は落ち着き先が決まるまでの仮住まいのはずだった。二人で今後のことをよく話し合い、一刻も早く生計を立てるようにと、麟太郎は竹斎から離れを借りてくれたのである。ところが俊五郎は、職探しも家探しもしないで、のんべんだらりとすごしている。

――おれには仇討ちという大仕事がある。混乱が鎮まったら、そのときこそ……。

もとより象山の仇討ちは順の悲願だ。抱きよせられ、耳元で熱っぽくささやかれれば、順も生計のことなど問えない。

「ねえ、どうしましょう」

今もそうだった。話しかけても、俊五郎はバチで弦をいじっているばかり。

麟太郎の文によると、旧幕臣の内、一万五千人が駿府への移住を希望しているという。家族を入れれば十万近い人間が移り住むわけで、とうてい徳川家では養いきれない。住まいひとつとっても、大騒動になるのはまちがいなかった。その第一陣が今日明日にも到着すると聞いている。

この大移動のために、麟太郎は米国から蒸気船を借り受けた。二千人は乗れるというから、順には想像もできない大船である。

「兄さまも船に乗られるそうです。もう清水湊へ着いておられるやもしれませぬ」

「山岡先生も乗っておられるはずだ」

ようやく俊五郎は順に目を向けた。順は身を乗りだす。

「山岡さまはどこにお住まいになられるのでしょう。お子たちもご一緒でしょうか」

「材木町と言うとったの。浅間神社の近くだそうな」

俊五郎はときおり城下へ出かけてゆく。深酒をして帰って来るだけだが、それでも、近隣の地理には詳しくなった。

「山岡さまのご新居の近くに借家を探しましょうか。鷹匠町に空き家はなさそうですし、ここだって、庭まで人であふれては、居心地が悪うなりますよ」

「家を借りるには銭が要る」

「当たり前です。生計を考えなければ」

「義兄上に融通してはもらえぬかの」

「そうはいきませぬ。甲斐性のない男とは夫婦になるなと言われますよ」

「そうか……されば先生に頼むか」

順は俊五郎に、自分でもどっちつかずの思いを抱いていた。

じっと見つめられたり、抱きすくめられたりするたびに、身も心も甘くとろけそうになる。この男とは生涯、離れられないと思う。

そのくせ村人から「奥さん」と呼ばれると我知らず眉(まゆ)をひそめてしまう。わたくしは佐久間象山の妻――その誇りが傷つけられたような気がするからだ。

象山は偉人だった。偉人であれとは言わないまでも、俊五郎はあまりにも俗人で、あまりにも頼りない。

「少しは真剣に考えてください。いくら仇討ちをすると言ったって、その前に飢え死にしては元も子もありませぬ」

「わかったわかった。だから先生のところへ行ってみるさ」

「山岡さまはご多忙です。徳川のご家来衆のお世話で手一杯なのに、あなたのことまで考えてはいられませぬよ」

「さればこそ、なんぞ手伝うことがあるはずだ。まあよい。そんなことより、おい、母屋(おもや)へ行って酒をもろうて来い」

俊五郎は大きな伸びをした。

「またですか。まだ昼ですよ」

「昼、酒を食らってなにが悪いのだ」

「竹斎さんはなにも言いませんが、ご近所では悪く言う者もおるようです」

「言いたいやつには言わせておくさ」

俊五郎はごろりと横になって、順の膝(ひざ)に手を伸ばした。

「だれになんと言われようがかまわぬ。おれはおまえさえいればいいのだ。二人でいるのがいちばんの果報さ。いいからおい、ちがうちがう、酒はあとだ。なァ、こうして……こうしているとこを、皆に見せびらかしてやろうじゃないか」

抱きよせられれば、心も体も燃えだしてしまう。俊五郎の巧みな愛撫(あいぶ)に逆らえる女がいようか。

幸せだと、順は思った。こんなにも惚れてくれる男にめぐり会えたのだから。むろん自分も心底、惚れていると……。

そう思いながらも、順は一方でいらだっていた。俊五郎は、ほんとうに、象山先生の仇討ちを成(な)し遂(と)げてくれるのだろうか。

「ひっでえもんサ」

鷹匠町の新居へたどり着くなり、麟太郎は大仰(おおぎょう)に顔をしかめた。

築地の本願寺に詰めかけた旧幕臣とその家族は、米国から借り上げたゴールデンエイジ号に艀で乗り込み、すさまじいゆれとすし詰め状態の苦難の中、二日半の船旅を経て、清水湊へ入港した。吐き気をもよおす者、産気づく者、そこここで喧嘩がはじまり、船上で息絶えた死病人もいたという。しかも入港したその夜は焚き火を囲み、施粥で飢えをしのいだ。

「曲がりなりにも家のある者はまだしも。なにしろあの人数だ、これからどうやって食わせていきゃいいんだろう」

麟太郎の心配はそれだけではなかった。

仙台・会津・庄内・南部と各藩が次々に降伏してゆく。そんなときに、軍艦や輸送艦を従えて脱走した榎本武揚の軍隊が箱館へ向かったとの知らせが届いたという。沈没した船もあり、清水湊へ流されて捕縛された船もあったが、八隻の船と三千五百名余りの旧幕臣の軍兵が、箱館に籠り、なおも新政府軍に抵抗をつづけていた。

「おれももうお手上げだヨ」

麟太郎は嘆息するしかない。

といっても、嘆いてばかりはいられなかった。翌朝には宝台院で謹慎中の慶喜に会いに行き、一日も早く謹慎を解かれるよう、努力をする旨を約束した。帰れば帰ったで、もう客が押しかけて来た。生計の立たない旧幕臣を救うために、あちらへ文を認め、こちらへ交渉に行きと相変わらずの忙しさである。

そんな状況では、妹と俊五郎のことまで頭がまわらない。

「おれは勝安房守の義弟だ」

俊五郎は得意げに言いふらしているようだが、麟太郎は咎めもしないかわり、祝言を急がせようともしなかった。男女のことは当人次第と常々言っている。それだけでなく、先見の明がある麟太郎は、この結婚に不安を抱いていたのかもしれない。

麟太郎の移住と相前後して、お泊まりさんが続々とやって来た。小鹿村も旧幕臣とその家族に占拠され、出島家も居候で満杯になった。おまけに久能山の山中には、移住はしたものの新政府へ不満をつのらせる輩が群れ集っている。徒党を組んで乱暴狼藉を働く事件が頻発していた。

麟太郎は、榎本武揚と意を通じているのではないかと新政府方に疑われている。これは後日わかったことだが、麟太郎がゴールデンエイジ号へ乗り込んだ直後に、新政府軍が築地本願寺へ探索に来た。今少し遅ければ捕縛されていたという。

ところが、駿府へ来たら来たで、新政府へ徳川を売った張本人と怨まれ、命を狙われるはめに陥った。主君である慶喜でさえ疑っているらしい。そんな危うい世情では、いずれにせよ、麟太郎の妹が久能山にほど近い小鹿村で男と二人、のほほんと暮らしているわけにはいかない。

「鷹匠町へ参ります」

順は俊五郎に告げた。

俊五郎も反対はしなかった。自分はとりあえず材木町の山岡の家へ寄宿するという。寄宿といえば聞こえはいいが、面倒見のよい山岡を当てにして転がり込むのである。

「先生に頼んで働き口を世話してもらう。決まったら、おまえを呼びに行く」

「お待ちしております」

というわけで、順は十月の末に、小鹿村の出島家から鷹匠町の勝家へ移った。馴れない新生活はなにかとまどうことばかりで、勝家もざわついている。

移住して間もない麟太郎は、十一月にはもう新政府から呼びだされて、大久保一翁と共に東京へ向かった。月末から翌月の初めまで十日間の休暇をとって帰宅したものの、またあわただしく東京へ戻る。

この休暇は、米国へ留学している小鹿宛に五百両の為替を送るためだった。小鹿は麟太郎から帰国を止められ、明治維新の動乱のあいだも米国で勉学に励んでいた。

「あの子も案じておりましょう」

「さればこそ、帰らぬほうがよいのサ。おれが死んでも、あいつは生き延びる。なァに、海の向こうから見れば、こんなちっぽけな国で有象無象がいがみ合ってるなんざ馬鹿馬鹿しいってェことがよォくわかるだろうヨ」

人に先駆けて蘭学を学び、異国の海軍を研究した。自らも米国の土を踏んだ麟太郎は、維新の動乱を冷めた目で見ている。

麟太郎は東京へ戻るや、小鹿の留学仲間で一時帰国していた高木三郎と富田鉄之助にも五百両をわたして米国へ帰してしまった。

兄さまは、やっぱり大したお人だ――。

幕末の混乱期から江戸城の無血開城まで、裏工作に長け、日和見にさえ見えた兄を、順はさんざん非難した。けれど今は、素直に自分の思いちがいを認めている。

兄の考えはいつも一貫していた。

無用な戦をしないこと。

海外に目を向け、異国から学ぶこと。

徳川家を守り通すこと。

兄には志があった。島田虎之助にも、佐久間象山にも、己の信じる道があった。それに比べて俊五郎は……。

その俊五郎は、山岡の口利きで、年の瀬から、徳川慶喜が謹慎している宝台院の警備に加わっていた。

慶喜が上野寛永寺にいたときも、俊五郎は山岡の配下として警護役をつとめている。慶喜が水戸へ移る際の護衛もした。

もとより腕っぷしの強さには定評がある。江戸にいた頃なら、剣術の指南でそこそこ食べてゆけた。武士の世が終わった今、しかも駿府では、剣術など習う者はいない。

ここでは、禄を奪われ、尾羽うちからし、武士の誇りさえなくした男たちが大挙して移住したので、血腥い事件がひんぱんに起こっていた。新政府に恭順の意を示したばかりか彰義隊の上野戦の際も知らん顔、箱館の榎本軍の抵抗にもそっぽを向く慶喜には、憎悪を抱く者も多い。そこで山岡は慶喜の身を案じ、正規の警備だけでは心もとないと、自らの弟子を送り込んだのである。

「水落町に借家を見つけた。が、なにせぼろ家でのう、しかもひと間きりだ。これではおまえを呼ぶわけにもゆかぬ」

俊五郎は徳川の家臣ではない。山岡から手当をもらうだけなので、窮乏暮らしは相変わらずで、先行きも立たない。

「早うおまえと暮らしたいのう」

切々と訴えられれば、順も情にほだされる。せっせと着物や食べ物を届け、そのたびに抱かれる。逢瀬なればこその昂りは、新鮮な悦びでもあった。

## 五

明治二年の正月を、順は兄の一家と共に鷹匠町の勝家で迎えた。

敗残の身である。正月気分とはほど遠い。しかも箱館ではまだ榎本武揚の軍隊が抵抗をつづけていた。となれば、旧幕臣やその家族が、正月を祝えるはずもない。

それに加えて、麟太郎一家は、さまざまな嫌がらせにあっていた。江戸では官軍に怯えた。ここでは、旧幕臣の過激派につけねらわれたり、塀に落書きをされたり……。かねは門前で石つぶてを投げつけられたという。女ひとりではおちおち外出もできない。

「これでは江戸……いえ、東京にいた頃と同じですよ」

「身内から責められるのでは、麟太郎がかわいそうです」

「わたくしにはわかりませぬ。兄さまは上さまや旧幕臣のために働いておられるのに、どうして悪う言われるのか」

民も信も順も憤懣やる方なかった。

順には、他にも心配事があった。俊五郎である。

あのぼろ家でなにを盗もうとしたのか、暮れに三人の若造が泥棒に入った。俊五郎は三人を捕らえ、天下の大勢を懇々と説いた上で居合いぬきして見せ、驚いて縁側から転げ落ちた一人に大怪我を負わせたという。

これは泥棒のほうが悪いのだから俊五郎に非はない。が、奇矯で粗暴な言動はその後も次々に流れてきた。ぼろ家の屋根で太棹を弾いた、酒を飲み比べてひっくり返った、路上で喧嘩をして相手を半死半生の目にあわせた……等々。

俊五郎も苛ついているのだろう。明日に希望の見えない世情である。だれもが苛ついていた。窮乏にあえぐ旧幕臣の心が殺伐としてゆく一方なのは、ひんぱんに聞こえてくる血腥い出来事からも明らかである。

三月十六日の早朝、竹箒を手に門前へ出たかねが悲鳴を上げた。

――売国奸臣

門の戸いっぱいに落書きがあった。新政府から呼びだされては東京へ出かけてゆく麟太郎に、非難の声は高まっている。

同年、六月二十五日の日記にも、麟太郎は次のように記した。

「昨夜、張札あり、小拙の事、淫酒に溺れ、大奸、天誅いたすべき旨なり」

麟太郎は酒を飲まない。むろん、根拠のない誹謗だった。

「馬鹿どもの相手だ、アホウになるサ」

六月に版籍が奉還された。麟太郎は七月より「安房守」をあらため、「勝安芳」と名乗ることにした。「やすよし」は「アホウ」とも読める。努力が報われず、つくづくアホらしくなったのだろう。

もはや新政府がくつがえることはありえない。徳川が返り咲くことは、金輪際、ない。

それでも、雑事は山ほどあった。

箱館の五稜郭を占拠して最後の抵抗をしていた榎本武揚の軍勢は、五月に新政府軍の総攻撃をうけて降参した。戊辰戦争は終わった。となれば、これからは藩も主家もない。

各々が自力で生きてゆかなければならない。

——刀を捨てて鍬を持つ。

旧幕臣による開墾は、すでに移住当初からはじまっていた。富士山麓や牧之原など、入植可能な土地を探して希望者をつのり、次々に送り込んでいる。

これは駿府藩権大参事となった山岡鉄太郎の主たる仕事だった。麟太郎も資金の調達に駆けまわり、自費を投じて援助している。

俊五郎がいつになくあらたまった顔で鷹匠町の勝家へやって来たのは、そんな初夏の一日だった。

俊五郎は麟太郎が苦手だ。

——山岡先生は半端者でも諸手を広げて迎えてくれる。義兄上とはそこがちがう。

順にもよく言っていた。

そのとおりだと、順も思う。山岡のことはよく知らないが、弟子にはずいぶん風変わりな男たちがいるという。

一方、麟太郎は人を見ぬく眼力があった。志のある者にはとことん援助をするが、見込み無しとなればいっさいかかわらない。艱難辛苦の中から努力で出世をした麟太郎は、なにより無知蒙昧や無鉄砲、怠け心が許せない。吉田寅次郎の密航を助けて囚われの身となった象山と、脱獄した高野長英を匿わなかった麟太郎とのちがいが、すなわち山岡と麟太郎のちがいなのである。

俊五郎ははじめ、麟太郎の義弟になれば生計の心配はいらないと思い込んでいた。ところがそうではなかった。妹と夫婦(めおと)になりたければまず己の身を立てよ、と言われている。それができないので肩身が狭いのだろう。

そんな俊五郎が、どういう風の吹きまわしで兄を訪ねて来たのか。

民に呼ばれて、順も表座敷へ赴いた。

俊五郎は兄と話し込んでいた。

「おう、入れ」

麟太郎は順を自分の隣へ座らせた。

「村上どのは三方原(みかたはら)へ入植するそうだ」

俊五郎に「義兄上(あにうえ)」と呼ばれても、麟太郎は俊五郎を呼びつけにはしない。それは俊五郎を尊重しているというより、おれはまだおぬしを義弟とは認めていないぞ、と言っているように、順には思えた。

「入植……まことですか」

順は目をみはる。

「まこともまこと。それも大庄屋になるそうな。のう、村上どの……」

俊五郎はうなずいた。麟太郎の前へ出ると借りてきた猫のようになる俊五郎が、この日は得意げに小鼻をふくらませている。

「旧幕臣の皆々を伴い、地元でも人を集め、その束ねを拙者がいたします」

これも山岡の推挙だという。このところの俊五郎の悪評を耳にして、別の仕事を与える気になったのか。

三方原は遠州浜松の北方にある台地で、荒野のまま放置されていた。山岡はそこに目をつけ、浜松奉行の井上八郎に頼み込んで、旧幕臣を入植させることにした。

「皆で力を合わせて開墾いたします。開墾した土地は労力に見合うよう分配する、そう触れたところが、百、二百と百姓どもが名乗り出ました」

山岡の受け売りか、神妙な顔で説明する俊五郎に、麟太郎も順も表情を和らげた。

「いつ行くのだ？」

「明日あさってにも」

「それは急だナ。開墾には莫大な資金が要るぞ。充分に足りておるのか」

「いえ……」

麟太郎は餞別代わりにまとまった銭をわたした。悪評まみれの俊五郎だが、ここで心機一転、開墾を成し遂げれば、人の見る目も変わってくる。

金子を押しいただいてふところへ納めるや、俊五郎は畳に両手をついた。

「開墾が軌道に乗り、大庄屋としての暮らしが落ち着きましたら、ぜひとも御妹さまを拙者の妻に……」

俊五郎は自分を必要としている。そう思うと、順の胸に熱いものがこみあげた。島田虎之助や佐久間象山のときは畏敬が愛に変わった。が、俊五郎には、自分が支えてやらなければ、という母性愛に似たものがある。

順も麟太郎に膝を向けた。

「兄さま。わたくしも参ります」

俊五郎は驚いて順を見た。

麟太郎はしばし二人の顔を見比べ、思案しているようだった。

「どうしてもついてゆくと言うなら……おれは止めんヨ。だがナ、お順、荒れ地を耕すのは生半可な仕事ではない。おまえになにができる？　ついて行けば、かえって足手まといになるやもしれぬ」

麟太郎の真意はそれだけではなかった。俊五郎が独力でどこまでできるか、様子を見ろと言っている。一念発起して開墾と取り組むならよし。口では大きなことを言いながら、昼間から酒を飲む、太棹を弾く、気に入らないことがあれば考えもなしに刀をぬく……そんな男がどれだけ変われるか、見きわめろ、と言っている。

いずれにしても、明日あさっての出立では同行はできない。

俊五郎もうなずいた。

「向こうへ行っても、ひと月ふた月は視察に出ずっぱりで、席の温まる間もない忙しさでしょう。同行の者たちも家族を残し、まずは単身、乗り込む所存にございますれば……」

大庄屋の役宅は確保してあるはずだが、開墾とは、樹木を倒し、草を刈り、石を除いて小屋を建てるところからはじまる。水を引き、荒れ地を耕して田畑とするのはそのあとである。

「わかりました。では、いつでも行かれるよう、仕度をしてお待ちしております」

順も素直に応える。

意気に燃えた俊五郎が帰って行ったあと、兄妹は期待と不安の入り混じった顔を見合わせた。

「あいつも悪いやつではないのだが……」

「兄さまはお嫌いなのですね、村上さまが。はじめからわかっておりました」

「好き嫌いなんざ、どうでもいいサ。おれは一度だって、おめえのすることに反対はしなかったヨ」

たしかにそのとおりだ。虎之助とのときも象山とのときも、賛成はしないまでも反対はしなかった。

「おれが言うのは、そういうこっちゃない。おめえの気持ちサ。島田先生や象山先生のときとちがって、おめえには迷いがある。不安があるのが、おれにはわかる」

俊五郎には抗いがたい魅力がある。一緒にいたいと思うのに、なぜか、耳の奥で待ったをかける声が聞こえてくる。そんな順の気持ちを、麟太郎はとうに見透かしていた。

唇を噛んでうなだれている妹を、麟太郎は憐憫と愛しさのこもった目で見つめる。

「お順坊。己の胸によォく訊いてみナ。おめえは村上俊五郎に惚れてるんじゃない。俊五郎の中に、島田先生を探してるんだ」

鍬や鋤を持ったことのない旧幕臣が荒れ地を耕すのは、想像を絶する忍苦である。開墾地からは悲鳴と呪詛が聞こえていた。喧嘩沙汰はひきもきらず、逃散する者や自殺する者も少なからず。

順調にいっているのかしら――。

順は気を揉んでいた。

勇んで出かけたあの日からすでに三カ月。筆無精の上に筆をとる暇さえないのだろう、俊五郎はめったに文をよこさない。

様子を見に行こうかと思っていた矢先、由々しい噂が流れてきた。三方原で一揆が起こったというのである。

順は兄に問いただした。

妹を心配させまいと黙っていた麟太郎も、問われたとなれば嘘は言えない。

「あいつも困ったものだ」

麟太郎は眉をひそめた。

開墾は俊五郎の采配のもと、旧幕臣と地元民とが共同で行っている。ところが近隣に住む儒者が、働くだけ働かされて、開墾した土地は取り上げられてしまうぞ……と農民に吹き込み、一揆を扇動したという。

「農民は五百名近くおるそうだ。村上はいち早く企てを知り、旧幕臣を集めたものの、三十余名しか集まらぬ」

「それではひとたまりもありませぬ。村上さまはご無事なのですかッ」

「それが、首尾よく蹴散らしたのサ」

「まァ、どのように？」

「全員に大声で唄をうたわせ、合間に短銃をぶっ放した。度肝をぬかれて農民は皆、ちりぢりになった」

「だったら、もう心配はないのですね」

「いいや。大ありサ」

とりあえずは旧幕臣が決死の策で一揆勢を打ち負かした。そこまではよい。ところが俊五郎は逃げ遅れた農民を捕らえ、一揆の首謀者である儒者をひきだして殴った。

「あやつは皆に命じ、目をまわした儒者にいっせいに小便をひっかけさせた」

「まァ……」

「おかげでますます険悪になった。腹を立てた一揆勢が騒いでおるそうだ」

「村上さまはどうしておられるのですか」

「役宅に陣をかまえた。紅白の幔幕(まんまく)を張りめぐらせ、襷鉢巻(たすきはちま)き姿の旧幕臣が刀や槍(やり)を手にして守る中、床几(しょうぎ)に腰をかけて采配をふるっているらしい。戦国武将にでもなった気でいるのだろうヨ」

麟太郎は舌打ちをした。戦いにならぬよう説得するのが大庄屋の役目ではないか。それなのに陣をかまえて、一揆勢を煽(あお)り立てるなど言語道断である。

順も眉をつり上げた。

「村上さまは、いつかきっと、象山先生の仇討(かたきう)ちをすると誓ってくださいました。そんなところで戦(いくさ)をしている暇はないはずです」

「おめえも……あきれたやつだナ。まだ仇討ちなんぞと……」

「でも兄さま……」

「ま、戯(ざ)れ言(ごと)はともかく、騒ぎがでっかくなったんで、こっちも大わらわサ」

明治二年六月、駿府は静岡になった。

静岡藩は兵力を持たない。一揆を鎮圧するため、新政府に出軍を申請してはどうかという案が出た。となれば麟太郎の出番である。

麟太郎は新政府に高く買われていた。七月には外務大丞に任じられている。麟太郎は即刻、断ったが、なおもしつこく要請され、藩知事より「藩務多忙」との願書を提出してもらって、ようやく辞表を受理されたところだった。新政府に頼み事をして借りなどつくろうものなら、せっかくの苦労も水の泡だ。

「新政府に援助を請うなんて……だれがそんな馬鹿なことを……」

新政府嫌いの順も声を荒らげた。

「だから言ったろ。アホウぞろいだ、と」

「では、兵を申請なさるのですか」

「いいや、しねえナ。アホウの中にも飛びぬけた傑物がいる」

「山岡さまですねッ」

「いかにも。山岡どのは、お任せあれ、騒動を鎮めようと言われて、自ら浜松へ向かわれた。それも、たったお独りで、だ」

五百名近くもいるという一揆勢を、山岡は独りでどうやって鎮めようというのか。

順はあっけにとられた。が、一方で、あの山岡ならなし遂げるにちがいない、とも思った。官軍が江戸へ攻め込むという直前、単身、敵の陣営へ乗り込み、敵将の西郷吉之助の心を動かした男である。

「ようございました。村上さまも山岡さまの御命令には従うはずです」

「あやつにも山岡どのの爪の垢を煎じて飲ませたいものよ」

俊五郎に山岡の半分でも人徳があれば一揆は起こらなかったはずである。大庄屋の権威を笠に着ていばり散らしたり、粗暴な行いをしたり……俊五郎はよほど農民たちから嫌われていたのだろう。皆で小便をかけるという話を聞いただけで、順は不愉快だった。

俊五郎は三方原でどのような采配をしているのか。どんな暮らしをしているのだろう。自分の目でたしかめたい——。

三方原へ行ってみようと順は思った。見きわめた上で、できることがあるなら手伝いたい。志や目的のない暮らしに、順は飽き飽きしていた。


三方原の一揆勢は、山岡鉄太郎の説得を入れて解散した。陣をかまえ、武将気取りで号令をかけていた俊五郎も、内心は引っ込みがつかなくて困っていたのだろう、渡りに船と山岡の仲介を受け入れた。

「さすがは山岡どのだ。これでこっちも借りをつくらずにすんだヨ」

新政府からの役職就任の要請を一度ならずはねつけている麟太郎も、安堵した。今さら頭を下げて援軍を頼みにゆくなどもってのほかである。

「もういいだろう。今度こそ、都甲先生よろしく寝学問といきたいネ」

都甲先生とは麟太郎の蘭学の師だった幕府の馬医者で、風変わりな老人は終日、寝転がって書物を読んでいた。これからは好きな学問をしてすごしたい、というのが、麟太郎のいつわらざる本心である。

九月二十八日に慶喜の謹慎が解かれた。榎本武揚ら箱館戦争で囚われの身となった旧幕臣の助命嘆願も聞きとどけられた。となれば、もはや憂いはない。

麟太郎はこの年、新政府から再度、要請された兵部大丞への任官を断った。徳川のために駆けずりまわったあげく、旧幕臣から薩長のまわし者だと誹謗され、暗殺の危険にまでさらされるような暮らしには、つくづく愛想が尽きている。

「徳川家にも退身願いをだそうと思う。狡兎死して走狗煮らる。おれはもう用無しサ。これ以上できることもないしナ」

「そのお歳で、隠居なさるのですか」

麟太郎は四十七である。

「人の二倍も三倍も働いた、そのぶん歳もとったってェことサ」

麟太郎と民がそんな話をしている頃、順は三方原へ行く算段をしていた。

一揆は終焉している。危難は去った。とはいうものの、三方原へ独りで行くと言えば、家人が心配する。引き留められるかもしれない。そこで順は、小鹿村の出島竹斎に同行を頼んだ。静岡の地理にくわしく、人脈もある竹斎と一緒なら、兄も同意すると思ったのだが……。

麟太郎は反対した。

「なにゆえですか」

「村上ならそのうち帰って来るヨ」

「どうしてわかるのですか」

「あやつに開墾はむりだ」

そのくせ数日後、竹斎と話をした麟太郎は考えをひるがえした。今度は行けという。しかも即刻、出立するようにと言われて、順は首をかしげた。

「おかしな兄さまだこと」

けげんな顔をしながらも、いそいそと仕度をする。こたびは陣中見舞いだが、状況次第では、自分も一緒に住むことになるかもしれない。そのためにも、開墾の進み具合を見ておきたい。

俊五郎には不満がある。じれったさもあったが、あまのじゃくな順である、逢えないとなれば恋しさがつのった。

だいいち、開墾にしくじって退散するのでは、兄の手前もあまりに情けない。その前に駆けつけて力になりたい。自分がそばにいれば俊五郎も無謀な行いをつつしむのではないか。そんなふうに都合がよいほうへよいほうへ考えるのは、恋する女の性(さが)でもあった。

順はかねと下僕を伴い、息子を供に連れた出島竹斎の道案内で三方原へ赴いた。温暖な静岡でも綿入れがほしい季節である。

三方原は浜松の手前で、二十里そこそこ。ただし、大井川と天竜川という大きな川を越えなければならない。途中、金谷（かなや）と袋井（ふくろい）で二泊して、一行は三日目に三方原の大庄屋の家へたどり着いた。

「なんとまァ……」

開墾地をつぶさに見て歩くまでもない。水路こそ引かれているものの、大庄屋のまわりは荒れ野だった。

畑らしきところで働いているのは地元の農民ばかりで、旧幕臣の一画は粗末な丸太小屋も閑散としている。

大庄屋の屋敷だけは広々としていた。が、粗末なことに変わりはなかった。筵（むしろ）があるきりで、畳も家具調度もない。玄関先には酒樽が積まれている。

むろん、開墾のきびしさは伝え聞いていたから、それだけなら順も気を取り直して、覚悟を定めていたかもしれない。

ところが――。

まだ十五、六と見える垢抜（あかぬ）けない娘が応対に出て来た。

「旦那さんなら出かけとるだに」

旧幕臣の仲間を引き連れて浜松へ行ったという。いつ帰るかと訊いても、娘は困惑顔をするだけだった。

板間しかないので、とりあえず一行は囲炉裏のまわりに腰を落ち着ける。竹斎が根気よく訊きだしたところによると、一揆以来、俊五郎はすっかりやる気が失せて、浜松へ出かけては飲んだくれているらしい。

それより順には気になることがあった。娘の動作がぎこちない。他になにもないからと水を運んできたときも、辛そうに肩で息をしている。顔色も悪い。

もしや——。

厠へ立つふりをして、順は娘を探した。

娘は井戸端にうずくまって喘いでいた。

「腹に子がいるのでしょう」

父親はだれかと訊ねると、娘は悪びれもせず「旦那さん……」と答えた。順がだれか知らない。まさか夫婦約束をした女だとは思いもしないのだろう。

「では、あなたがたは夫婦……」

「とんでもねえッ」

娘は頭をふった。

「旦那さんは浜松におかみさんがおるもの、おらなんか……」

「浜松に？」

「義太夫やらやるお人や言うたわいね」

「それで、おまえはどうするの？」

冷静を装いながらも、順の声は怒りのあまり裏返っている。

「わからねえ。旦那さんには子を堕ろせと言われてるけど、家にも帰れねえし……」

娘は陽に焼けた腕で目頭をぬぐった。

俊五郎にそそのかされて家出をしたのか、少なくとも、娘の親は俊五郎とのことを許してはいないようだ。

順こそ泣きたかった。俊五郎に多大な期待をしていたわけではなかったが、まさか、こんなことになっていようとは……。

そう。兄は知っていたのではないか。はじめは行かせまいとした。が、考えをあらためた。旅の恥はかきすてとばかり、俊五郎が女を捨てて帰って来ればどうなるか。順は口で言っても信じない。かえって頑なになってしまうかもしれない。だから、あえて荒療治をすることにしたのだろう。

「その様子では、生まれるのは晩春か初夏ですね。心配はいりませぬ。わたくしがなんとかします」

顔を合わせているのが耐えがたくなって、順はきびすを返した。立ち去ろうとすると娘が遠慮がちに呼び止めた。

「あのう……あなたさまは、どなたさんですかいね」

「村上俊五郎の……村上どのの、身内です」

他になんと言えばよいかわからなかった。実際、自分でもわからなくなっている。

俊五郎は夫婦になった気でいた。順も夫婦のような気がしていた。一瞬前までは……。

けれど幸か不幸か、まだ婚姻の許可はどこからももらっていない。

直参(じきさん)の結婚は、以前ならば老中の許可が必要だった。今は徳川家の当主か。ところが維新のごたごたで、俊五郎と順は婚姻届を提出していない。祝言(しゅうげん)も挙げていない。では、夫婦と言えるのか。

俊五郎は順の目を盗んで娘を孕(はら)ませた。他にも女がいるらしい。そんな男に、夫婦気取りをされてなるものか。

悪い噂を耳にしても、これまではけんめいに庇(かば)ってきた。それだけ惚れていたということだ。だからこそ、順の怒りは烈(はげ)しい。

「帰りましょう」

囲炉裏端へ戻るなり、順は言った。

「せっかく参りましたのに、村上さまをお待ちにならなくてよろしいのですか」

かねはけげんな顔である。

「こんなところで夜は明かせませぬ。袋井で宿をとって、明日、出立します」

順は竹斎を見た。

「あとのことは……」

竹斎はうなずいた。

「お任せください。近くに知った者がおります。よくよく頼んでおきましょう」

娘のことである。

夫婦であろうがなかろうが、俊五郎が孕ませた娘を見捨てるつもりはなかった。面倒見がよいのは小吉ゆずり。己の言動にとことん責任をとるのは麟太郎ゆずり。なにより順は、ちゃきちゃきの江戸っ子である。

一行は帰路についた。

娘はふしぎそうな顔で見送る。


「兄さま。わたくし、再婚はいたしませぬ」

三方原から帰った順は、早速、麟太郎に見てきたままを報告した。俊五郎が孕ませた娘のことだけではない。殺伐とした住まい、働かずに浜松で飲んだくれていること、女義太夫とねんごろらしきことも……。

「ほとほと愛想が尽きました」

本心だった。逢えばまた心がゆらぐかもしれない。それでも、もう夫婦になる気は失せていた。佐久間象山の妻が無頼と再婚をしたのかと、世間の笑いものになりたくない。

「放蕩なら、親父もひどかったナ」

「たしかにそうです。でも父さまは、嘘をついたり人を騙したりはなさいませんでした。よいことも……悪いことだって……なんでも無我夢中で……手をぬくことなんか、ありませんでした。皆に好かれていましたよ」

「そういや、そうだ。あれはおれが九つのときだっけナ。野犬にキンタマを咬まれて死にかけたんだ。親父は毎晩、妙見様へ願をかけ水垢離をしてくれた。しかも夜も昼もおれを抱いて寝てくれたっけ」

「鶯谷にいた頃、食べるものがなくて……父さまはお腹が鳴いているのに、ご自分のぶんをわたくしに食べさせようとなさいました」

「あの頃は書き物に熱中しておられたナ」

「他人様のためにもよう働きました。岡野の殿さまにさんざん苦労をさせられて、それでも嫌なお顔はなさらず……」

兄妹はしばし亡き小吉を偲ぶ。

「兄さまは、いつ、村上さまを見限られたのですか」

順に訊かれて、麟太郎は苦笑した。

「氷川でおめえに夜這いをさせてたときサ」

「兄さまったら……」

順は真っ赤になる。

「あれは、ああするしか……」

「訳なんざ知らん。何事もラクをしようと思っちゃおしまいサ。一事が万事、あいつは他人のふんどしで相撲をとろうとする」

こたびの一揆でも、俊五郎は山岡に後始末を押しつけ、自らは遊びほうけていた。

麟太郎は鋭い目になった。

「もっと気に食わんのは、仇討ちだなんだとほざくことだ。いいか、お順、おれはナ、人殺しを身内にするのはごめんだ。おめえさんもいいかげん……」

あとは言われなくてもわかった。仇討ちなどやめよ、というのだ。

河上彦斎一味がどうしているかは知らないが、正直なところ、順も今さら仇討ちが叶うとは思っていなかった。とはいえ、あっさりやめますというのは沽券にかかわる。

「長いものには巻かれろと言うのですね」

順はつんと顎を上げた。麟太郎は眼光を和らげる。

「そうじゃないネ。和して同ぜず、と言うんだ。怨まず争わず、しかし迎合しない」

「わたくしは兄さまとちがって凡人ですからそう上手くはゆきませぬ」

「凡人？　おめえが？　お順坊が凡人なら、この世は凡人しかいなくなる」

「兄さまッ。わたくしは瑞枝ですッ」

口達者な兄と勝ち気な妹の会話は、いつも大方おなじところで終わる。麟太郎の笑い声を背中で聞きながら、順は自室へ逃げ帰った。むろん順自身は、逃げ帰ったとは死んでも思わなかったが……。


麟太郎が予言したとおり、俊五郎はほどなく静岡へ帰って来た。表向きは、剣術の腕を買われ、謹慎を解かれた慶喜公の用心棒に抜擢されたというが、実際は、素行不良のために三方原の開墾からはずされ、またもや山岡の助けにすがったのである。

俊五郎は静岡へ帰ったその足で、鷹匠町の勝家へやって来た。

竹斎が娘に口止めをしたので、俊五郎は順が三方原を訪ねたことをまだ知らない。

この日、麟太郎は不在だった。寒々とした曇天である。襖を閉めきって行灯をともし、火鉢を置いた座敷で、順は久々に俊五郎と対面した。

俊五郎は少し痩せたように見えた。もし三方原を訪ねていなければ、順は開墾の苦難を思いやって、労いの言葉をかけていたにちがいない。

俊五郎は、なんの屈託もなさそうだった。

「おまえに逢いとうての、どうにもがまんができなくなったのだ」

女心を惑わす口舌もいつもとおなじ。

「一揆も鎮まり、ようやく軌道に乗りはじめた。が、開墾では宝の持ち腐れ、剣術の腕が泣く。慶喜公からぜひとも用心棒にとたのまれれば、断るわけにもゆかぬ」

上機嫌で滔々と語る俊五郎を、順は冷めた目で見つめる。

「こたびは慶喜公からも手当がもらえるそうだ。今日明日にも家を探す。ようやくおまえと暮らせるぞ」

知らなければどんなによかったか、と順は思った。でももう正体を見てしまった。俊五郎に虎之助の代役を演じさせようとしたのは自分のまちがいだったとしても、こんなにも似ていながらこんなにもちがっている男に出会うとは、天の悪戯としか思えない。

今は怒りより悲しみのほうが大きかった。

「三方原の家はどうなさったのですか」

淡々と訊ねる。

「おう。あれは明け渡した」

「では、あなたのお子を宿した女子は？」

俊五郎は息を呑んだ。

「な、なんだと？　さような女子はおらぬ。だれぞ、戯れ言を申したのだろう」

「嘘は聞きとうありませぬ。わたくしは三方原で女子に会い、話をしました」

俊五郎はなおも、ああだこうだと弁明をした。が、最後には観念せざるを得なかった。

「あれは、女子は家へ帰した。腹の子とて、だれの種かわかったものでは……」

「お黙りなさいッ」

順はぴしゃりとさえぎる。

「わたくしはあなたと夫婦にはなりませぬ。顔も見とうない。お帰りください」

とりつく島がなかった。

埒が明かぬと悟ったのだろう、俊五郎は早々に退散した。

だが、むろん、これで終わるとは思えなかった。逃げれば追いたくなるのが男と女だ。

あの俊五郎が、あっさりひきさがろうか。

六

梅の香にむせかえりそうだ。

澄みわたった小川のせせらぎが、早春の陽射しをあびてきらめいている。芽吹きはじめた木々の梢からは、鳥のさえずりが聞こえてくる。

「兄さまがこの地をえらばれたわけが、ようわかりました。鶯谷と似ていますもの」

「親父は梅がお好きだったナ」

「あの庵で、一心不乱に書き物しておられたお姿が浮かんできますね」

寒々として、ひもじい暮らしだった。が、鶯谷の庵ですごした晩年は、麟太郎と順の亡父、小吉にとって、ようやくたどりついた心安らぐ日々であったにちがいない。

「隠居所を建てるゾ」

明治三年の正月、麟太郎は家人に告げた。

謹慎を解かれた徳川慶喜は、昨年の十月に宝台院を出て、紺屋町の元代官屋敷へ移り住んでいる。となればもう、自分の役割は終わったも同然。喜々として提出した退身願いは正月早々却下されてしまったものの、麟太郎の隠居願望はゆるがなかった。

鷹匠町の屋敷は静岡の中心にあり、周囲に旧幕臣の屋敷が建ちならんでいる。常に命の危険にさらされていた。

なにより、心静かに暮らせる隠居所をつくっておきたい。めっきり老いた母のためにも空気のよいところを……と、麟太郎は思い立つや、出島竹斎に相談した。

小鹿村をはじめ、静岡の近郊には旧幕臣が住み着いている。

「近場というわけには参りませんが……」

竹斎は麟太郎に、門屋村の名主、白鳥惣左衛門をひきあわせた。

門屋は鷹匠町から北方へおよそ二里、安倍川の東岸にある山村で、小高い山や小川、豊かな作物の実る畑、そして谷間には梅林もあった。早速、見分に出かけた麟太郎はひと目で心を奪われた。

「遠すぎはしませぬか。行き来するには不便でしょう」

目にするまでは首をかしげていた順も、見たとたん考えをひるがえした。

「母さまの養生にはもってこいですね」

「おまえも好都合だろう。ここならうるさい許婚(いいなずけ)から身を隠せる」

「許婚ではありませぬ」

兄の言うとおり、順は村上俊五郎に悩まされていた。

俊五郎は慶喜の用心棒なので、慶喜邸の長屋に詰めていた。紺屋町と鷹匠町はさほど離れていない。俊五郎は足しげく勝家へやって来る。となれば、民や糸にばかり応対を押しつけるわけにもゆかず、順が相手をすることになる。

俊五郎は、自分が順の夫であることを、ゆめ疑っていなかった。麟太郎の承認のもと小鹿村の出島家で蜜月をすごした、というのが俊五郎の言い分である。

――夫婦(めおと)になった覚えはありませぬ。

祝言(しゅうげん)を挙げていない、届けもだしていないと順がいくら言っても、俊五郎は聞こうとしなかった。

――あなたの子を孕(はら)んでいる娘さんはどうするのですか。

――あれとはもう手を切った。

――置き去りにしたのでしょう。

三方原で俊五郎の身のまわりの世話をしていた娘は、ちよ、という。銭もなく、実家へも帰れず、途方にくれていたちよを保護したのは竹斎で、知人の家に預けていた。

――側妻をもつのは男の甲斐性。だからというて、おまえを想う気持ちは変わらぬ。

――ようもまァ、ぬけぬけと……。他にも女子の噂が聞こえておりますよ。

――それはおまえのせいでもあるぞ。

――わたくしの、ですか。

――さよう。夫婦がひとつ家に暮らし、むつまじゅう共寝をしておれば、かようなことにはならぬ。ちがうか。

そう言われれば、順は二の句が継げなかった。それもまた真実かもしれない。独り身の寂しさから、むりにも俊五郎を島田虎之助に見立て、それを自分の中の言い訳としてねんごろになったけれど、虎之助や前夫の象山とつい比べてしまい、心のどこかで軽んじていた。

俊五郎は女好きのする男である。情人にしたい。が、夫にはしたくない。世間からは、あくまで佐久間象山の健気な妻、象山が横死した際に殉死さえしようとした、あっぱれな妻だと思われていたい。

本心をのぞけば、つまりはそういうことで、もしかしたら、それは俊五郎の言うように自分にも非があると言えるのかもしれない。

順が俊五郎と絶縁できない負い目はそこにあった。それに、会うことさえ拒否したら、無頼で聞こえる男のこと、どのような騒ぎを起こすか、知れたものではない。

母の看病をするという理由で門屋村の隠居所へ移ってしまえば、少なくとも俊五郎に煩わされずにすむ。近場でないほうがよいと麟太郎が考えたのは、そこにも訳があったのだった。

「家を建てる場所は決まっているのですか」

「白鳥家の裏山をゆずりうけることで話がついた。二反八畝十一歩、隠し戸をもうけ、刺客に襲われた際は裏山へ逃げる」

「ここまで襲うて参りましょうか」

「まず、ないとは思うがの、油断大敵、転ばぬ先の杖サ」

それこそが麟太郎だった。先へ先へと目を向け、決して注意を怠らない。順は今さらながら兄の用意周到さに舌を巻いた。


麟太郎は二月二十八日に土地の代金を払って、隠居所の築造にとりかかった。

昔、父の小吉と鶯谷の庵で安穏な日々をすごした。今度は母と門屋村の隠居所で水入らずの日々をすごす。季節の移ろいに身をゆだね、思い出を語り合っていれば、このところなにやかやとざわついていた心も鎮まるにちがいない。

隠居所の完成を心待ちにしていた順のもとへ、三月の半ば、思いもよらぬ知らせが届いた。

「まァ、佐久間家がッ」

にわかには信じられなかった。

佐久間家が再興されるというのだ。

吉報を知らせてきた差出人の名を見て、順は目をみはった。

佐久間恪——。

これはもしや、音信不通になっていた我が子では……。では、恪二郎は、無事、維新の混乱を生きのびたのか。

順は貪るように文を読んだ。

松代藩から佐久間家再興のお達しが下ったのは二月二十三日だという。いち早く西洋砲術を学び、異国の書物を研究して門弟に教授した象山の功績を大とし、改めて禄を与えて家名再興を許すとの奉書が届いたため、即刻、松代へ帰国する、というものだった。

恪二郎は文を鹿児島から送っている。

「鹿児島……」

順は首をかしげた。

戊辰(ぼしん)戦争の直前に新撰組を脱走したところまではわかっている。が、その先は知りようがなかった。なぜ、鹿児島にいたのか。

順は麟太郎のところへ飛んで行った。

「兄さま、ごらんください。佐久間家が再興されました。先生のご無念が晴れたのです」

めでたいめでたいと頰(ほお)をゆるめたものの、麟太郎は驚いてはいなかった。

「ご存じだったのですか」

順はけげんな顔になる。

「いや、知らんヨ。ただ……」

「ただ？」

「そんな気はしとったがネ」

「なにゆえですか」

「南洲(なんしゅう)さまが口添えをしたと聞いたからサ」

「南洲さまが……」

南洲とは薩摩の西郷吉之助である。麟太郎と意気投合し、共に江戸城の無血開城を成(な)した功労者であり、維新後も知友の一人ではあるが、元はといえば敵方、新政府軍の首領だった。その西郷が、なぜ、恪二郎の悲願を叶(かな)えるべく、松代藩に口添えをしたのか。

「だいいち、恪二郎はなにゆえ鹿児島にいたのでしょう。それにこの名前も……」

鱗太郎は言おうか言うまいか、ためらっているようだった。が、どのみちわかることだと判断したのだろう。

「維新後に恪と名を変えたそうだ。鹿児島にいたのは、薩摩の海軍におったからだ」

「なんですって？」

これほど驚いたことはない。たとえ父の仇を討つためであったにせよ、恪二郎は新撰組の隊士だった。旧幕府軍の一員として戦ったならともかく、仇と目される長州の同盟者、薩摩軍に身を投じるとは……。

「まさか……まさか徳川方の軍勢と戦ったのではありますまいね」

「越後から庄内あたりまで進軍、鹿児島へ凱旋して恩賞を賜ったそうだ」

「恩賞ッ」

鱗太郎によれば、新撰組から脱走したときの恪二郎は、旧幕府軍に加わって戦うつもりで、同輩の山本覚馬と一緒に会津へ向かおうとしていたという。ところが徳川方は朝敵となってしまった。

「帝に弓引き奉るは象山先生の意にあらず。悩みぬいたあげく、南洲さまを頼って鹿児島へ赴いたのサ」

たしかに、象山はだれよりも尊皇の志が高かった。危険を知りつつ命がけで上京したのも、朝廷に攘夷が不可能であることを説諭したいとの一念だった。

父の遺志に従い、朝敵にだけはなるまいと恪二郎が考えたのは、順にも理解できた。とはいうものの……。

「だからといって、なにも薩摩と一緒に徳川方を攻めなくても……」

「お順。恪を責めてはならぬ。戦はナ、死ぬか生きるかだ。新撰組を脱走した恪二郎が生きのびる道は、それしかなかったのサ」

「兄さまはご存じだったのですね。それなのに、母のわたくしには知らせず……」

「知らせてどうなる？　おまえたちはみな、最後まで戦え、江戸城を枕に討ち死にもやむなしと息巻いていた。我が子が敵軍に寝返ったと聞いたら尋常ではいられまい」

「今だとて……」順はため息をついた。「口惜しゅうございます」

「そうかナ。恪二郎が命をかけて成そうとしたのは、佐久間家の名誉挽回ではないかネ。薩長も徳川もない。恪二郎は我が志を貫いたんだ。褒めてやってしかるべきと思うがナ」

「それは、むろん……」

「家名など、もはやあってなきがごとし。松代藩からもらう禄もじきに無に帰そう。だが象山先生の汚名が晴れ、その功績が見直されるとあらば、これほどめでたいことはない。そうは思わんかネ」

そのとおりだった。

象山は自惚れ屋である。自惚れるだけの知恵と知識をもっていた。けれど象山はその知恵や知識を自分の功名や出世のためにつかおうとしたのではない。みなに分け与えようとしたのだ。それほど器が大きかった。

そもそも象山にも、薩長だの徳川だのといったこだわりはなかったのではないか。象山が心底、願っていたのは、朝廷の安寧とこの国の平安である。その思いが正しく人々に伝わってこそ、象山は成仏できる。

「わかりました。先生に代わって、わたくしも恪二郎、いえ、恪を褒めてやりましょう」

順や恪二郎が仇討ちを誓ったのは、それが佐久間家再興のための唯一の手段だと思い込んでいたからだ。血を流さずに願いが叶ったのであれば、私的な感情としての下手人への怨みはともあれ、今さら事を荒立てる気は失せている。

順は松代へ文を送った。

折り返し、恪から返書が届いた。西郷の肝煎りということもあって、藩の政に我が力を発揮しようと、若者は意欲満々である。

やはり父子だわ――。

象山の得意満面な顔を思い浮かべる。

はりきりすぎて古参の重臣たちに煙たがられ、居場所を失った象山を思えば不安もあったが、象山の血を引く唯一の息子の活躍を、順も祈らずにはいられなかった。

門屋村の隠居所は着々とかたちを成しつつあった。

「そうかい。鶯谷に似てるのかい。なつかしいねえ」

信も門屋村へ移る日を指折り数えて楽しみにしていた。

わずか四歳で婿養子を迎えた信は、それから四十二年間、小吉の放蕩と無鉄砲にふりまわされた。信に平穏な幸せが訪れたのは、夫の最期を看取るまでの、四年余におよぶ鶯谷での暮らしだった。

「緑が美しい季節に引っ越しましょう」

「あちらへ行けば涼しゅうて、きっとお熱も下がりますよ」

「お元気になられたら、ご一緒に山歩きをしましょうね」

順も母の気を引き立てる。

松代にいた九年間は母に会えなかった。その穴埋めをするためにも、門屋村で母と二人静かな暮らしがしたい。

ところが――。

願いは叶わなかった。隠居所の完成を見ることなく、信は三月二十五日に永眠した。数日前から気力が失せ、物も食べられずに眠ってばかりいたのだが、その朝、静かに息をひきとったのである。

六十六年の生涯だった。

旧幕臣の山本家に嫁(とつ)いだ長女のはな、孫の夢や孝も静岡に移住している。知らせを聞いて駆けつけた。信の通夜は、身内だけでしめやかに営(いとな)まれた。

「あっぱれな姑(おかあ)さまでしたね」

はなと二人、信の枕辺(まくらべ)に座って別れを惜しんでいると、民が順のかたわらへ膝(ひざ)をそろえた。

「わたくしはいつも、姑さまをお手本にしていたのですよ」

よけいなことは言わず、あらゆることを従容とうけいれながら、そのくせ母ほど、己というものをしっかり持ちつづけた女はいなかったと順も思う。

「父上も兄上も好き勝手をしているようで、ほんとうは母さまの顔色ばかりうかごうていました」

「ふしぎですね。官軍が攻めてくるといってあんなに大騒ぎをしたときも、姑さまだけは泰然とされて……」

「母さまは兄上を信じていました。どんなときもゆらぐことはありませんでした」

「父上にもそうでしたよ。あんなに苦労させられたのに愚痴(ぐち)ひとつ言わず……」

「象山先生が囚(とら)われの身になられたときも、非難めいたことはいっさい言われませんでした。尊敬の念を抱きつづけておられました」

「これぞと思えばとことん信じる……」

「ええ。人を見る目がおありだったのです」

「人だけでなく、真実を見る目、ですね」

女たちは涙ぐみながら、信の安らかな死に顔を見つめる。

信は沓谷の蓮永寺に葬られた。勝家の菩提寺である牛込の清隆寺とおなじ日蓮宗の寺である。麟太郎は墓石に両親の戒名と略歴を刻んだ。


梅雨明けを待って、順は門屋村の隠居所へ移った。母の信を養生させるつもりが、新居ができる前に死なれてしまったため、独りきりの転居である。

もっとも、最初のひと月ほどは、かねが一緒だった。そのあとは名主の白鳥惣左衛門の孫娘、きのが身のまわりの世話に通ってきた。白鳥家からゆずりうけた土地である。地つづきなので、三度の食事は白鳥家から運ばれ、風呂も白鳥家で入る。

自らの隠居所にするつもりでいた麟太郎はもちろん、子供たちを連れた民や姉のはなも、ときおり泊まりにやって来た。白鳥家の人々をはじめ村人たちはみな親切で、筍だ自然薯だと届けてくれる。寂しがっている暇はなかった。

あの頃もそうだった――。

野山を歩きまわっては村人と楽しげに語らい、庵へ届けられる山の幸に舌鼓を打つ。鶯谷ののどかな暮らしを満喫していた晩年の父の姿が目に浮かぶ。

「おれも早うこっちへ引っ込みたいが、思うようにゆかぬものだナ」

　麟太郎はいまだ静岡藩の仕事に追われていた。新政府からもしょっちゅう呼びだしがあるようで、腰が落ち着かない。門屋村へやって来ても早々に帰ってゆく。

　順が鄙の暮らしになじんだ頃、出島竹斎が訪ねて来た。

「お顔の色がようなられました」

　温顔をほころばせてひとしきり世間話をしたあと、竹斎は真顔になった。

「ちよが子を産みました」

　ちよとは、村上俊五郎が三方原にいた頃に手をつけた年若い女中である。

　そろそろではないかと、順も気にかけていた。俊五郎と夫婦になったつもりはなかったが、俊五郎はそう言いふらしている。かかわりがあったのは事実なので、知らん顔もできない。

「どちらですか」

「女子にございます。それは愛らしいややこで……」

　女子と聞いて心が動いた。

　我が子と呼べるのは象山の息子の恪二郎、名を変えた今は恪だが、生さぬ仲の子にはやはり遠慮があった。それに恪には、順の他にも蝶という義母がいる。

　姪の夢や孝を可愛がっていた順は、子供たちにかこまれている嫂を羨んでいた。民は今、妾の産んだ逸と七郎を育てている。

「母子を連れてきてはもらえませぬか」

順は竹斎に頼んだ。

ちよが身のふり方に困っているなら、なんとかしてやりたい。そのためにはちよの気持ちをたしかめる必要がある。

なにより、順はややこに会いたかった。場合によっては、ややこをひきとって育ててもよいとさえ思いはじめている。

「村上さまとかえってややっこしゅうはなりませぬか」

「あの人は、わたくしが母の死におうて悲嘆に暮れ、田舎で伏せっていると思うています。わざわざここまでは参りますまい」

俊五郎の粗暴なふるまいは、この門屋村まで聞こえていた。が、暮らしが成り立つよう門屋村へ引き移る前にまとまった金子を与えたので、目下のところ、勝家や順をわずらわせることはない。

「それでは、できるだけ早う、お連れいたしましょう」

竹斎は約束して帰って行った。

その夏、麟太郎は新政府より東京滞在を命じられた。

明治政府は国の体制をととのえるために四苦八苦している。海外事情にくわしい麟太郎の助けがなんとしても必要だった。

順にとってはむしろ好都合である。兄がいなければ、ちよ母子をひきとることができるからだ。

約束どおり、竹斎は母子を門屋村へ連れてきた。ちよは道々、俊五郎と順のことを聞かされたとみえ、ひたすら身をちぢめ、恐縮している。

「おまえのせいではありませぬ」

いくら言っても、

「奥さまがおられるとは知らず、まことに、申し訳ないことでございます」

畳に額をすりつけたまま顔を上げない。

ちよは俊五郎への非難や愚痴をひと言ももらさなかった。純朴(じゅんぼく)な娘に、順は嫉妬(しっと)どころか親しみを覚えた。

俊五郎にほだされたのは自分も同じだ。

生まれてまもない赤子に顔立ちうんぬんを言うのもおかしいけれど、ややこもたしかに愛くるしかった。

「名はなんというのですか」

「きん、と……」

女子が生まれたら「欣（きん）」と名づけるようにと、これは俊五郎が言い残して出て行ったという。

「よろこぶ」という名をさずけ、幸多かれと願うことだけが、無責任な父親のせめてもの親心だったのかもしれない。

「この子はわたくしが育てます」

「奥さま……」

「おまえもややこ共々、ここに住めばよい。ずっと一緒に暮らすもよし、まだ若いのですから、嫁ぐ気があれば、わたくしがよい相手を探してあげましょう」

恪の生母は我が子を蝶に託して、他家へ嫁いでいた。順が嫁ぐ前の出来事なのでくわしい事情は知らないが、象山は年若い妾の気持ちを尊重して、快く送りだしたと聞いている。

ただし、俊五郎に会わせるつもりはなかった。象山も麟太郎も一人ならず妾をもち、子を産ませていたが、それは母子の暮らしいっさいをひきうける覚悟があってのことだ。しかもあくまで妻を立て、妻の同意を得た上での妾である。俊五郎のように、節操なく手をだし、不要になったら捨てるなど、もってのほかである。

「辛（つら）い思いをさせましたね。もう心配はいりませぬ」

やさしく言うと、ちよは平伏したまま洟（はな）をすすった。

順はこれが最善の策だと思った。自分には念願の子ができる。ちよも私生児を抱えて路頭に迷わずにすむ。

だが、そこには思わぬ落とし穴があった。

俊五郎の子を我が子にすれば、俊五郎との縁も切れない。夫婦でないと言いきるなら、なまじ、かかわるべきではなかった。

この決断のおかげで、これより長い歳月、順ばかりか麟太郎までが、俊五郎との腐れ縁に苦しめられることになる。

秋風が立ちはじめた八月の半ば、門屋村の順のもとに文が届いた。

松代にいる恪と、庇護者である豪商の八田家の双方から同時に届くのは、これまでにないことだ。

あわただしく文を開いた順は、一読するなり息を呑んだ。

訃報である。しかも、あまりの凄まじさに現の出来事とは思えない。これはほんとうに、現実に起こったことなのか。

まず、八田家からの文には、象山の姉で、北山家に嫁いだ蕙と、発狂して座敷牢に入れられていた息子の安世が相次いで亡くなったと記されていた。蕙は病死、安世は自害ということになっているが、実際は複雑な事情があるらしい……と言葉をにごしている。

恪は、その複雑な事情をことこまかに認(したた)めていた。

事件が起こったのは八月十二日の夜だ。このところ病状が落ち着いていたので、安世を座敷牢(ざしきろう)からだしていた。すると突然「狸(たぬき)が来たッ」とわめきだした。脇差(わきざし)をぬいて、風呂上がりで涼んでいた母に飛びかかり、胸と腹を刺して絶命させてしまった。

暴れる安世を取り押さえた家人は、毒を盛ろうとしたが上手(うま)くゆかず、やむなく刺し殺して、藩には自害と届け出たという。

「なんと、惨(むご)い……」

蕙からは幕臣の妹というだけで嫌われていた。象山が謹慎の身となり、麟太郎が破格の出世をしたこともあって、蕙はなにかといえば順に辛くあたったものだ。

順も蕙が苦手だった。とはいえ、我が子に殺されるとは……。夫を亡くしたあと、幼い子供たちをけんめいに育ててきた女の末路はあまりにも悲惨すぎる。

なにより、安世が憐(あわ)れだった。

木挽町(こびきちょう)の家に同居していた頃は、象山の愛弟子(まなでし)の一人として溌剌(はつらつ)と勉学に励んでいた。吉田寅次郎の密航事件に連座して象山が郷里へ逼塞(ひっそく)した頃から、粗暴な言動が目立つようになった。が、長崎へ遊学したり、寅次郎に会いに行ったりと、当時はまだ己の道を見つけようと努力していた。順が母の見舞いに江戸へ帰るときも、道中の警護役をつとめてくれた。

あの安世がそこまで心を病んでいたとは知らなかった。安世の面影を思い浮かべ、順はやりきれなさに嘆息する。聡明な若者を破滅させたものはいったいなんなのだろう。

徳川の世が終わり、新政府ができた。これからの世がどうなってゆくか、それはともかく、ここへ至るまでにどれほど多くの有能な人々が命を落としたか。安政の大獄や天誅や戊辰戦争だけではない。安世のように、やみくもに突き進んだあげく心を病んだ者もその一人である。

順はこれまで、象山を斬殺した下手人だけを一心に怨んできた。けれど今、怨むべきものは別のところにあるような気がした。だれかではなく、口では言えないなにか……。

仇討ちの空しさにはとうに気づいていたものの、このときはじめて、命の大切さを説いた麟太郎の言葉が、順は真の意味で腑に落ちたのだった。

それにしても、姉と甥の非業の死を、黄泉の先生はどんなに嘆いておられようか。

蕙と安世母子の菩提を弔い、順は涙ながらに両手を合わせた。

「なんのつもりだッ」

いきなり怒声がした。

眠りかけていたややこが驚いて泣きだした。

「まァ、なにゆえ……」

順は振り向く。いつやって来たのか、俊五郎が六畳間に仁王立ち（におうだ）になって、順をにらみつけていた。

門屋村の隠居所は、三畳の玄関の左手に六畳、六畳、八畳と座敷がつづいている。順は八畳でややこのお守りをしていた。二面に廊下があるので、障子（しょうじ）を開け放していれば涼やかな風が流れてくる。

心地よい秋風も、逆上した俊五郎の頭を冷やす役には立たなかった。

「なんの魂胆（こんたん）か知らぬが、それはおれの子だぞ。なぜここにおるのだ」

「なぜ？　あなたが捨てたからです」

「捨てはせぬわッ。しばらく待てと、ちよには言いきかせた」

「ではどうぞ、母子をお引き取りください。ちよを妻になさって、親子水入らずでお暮らしになるのがいちばんでしょう」

抱き上げてあやしながら、さァどうぞとややこを手渡そうとすると、俊五郎は鼻白んだ顔になった。

「離縁はせぬぞ」

「あなたがどうなさろうと勝手です。ですがわたくしはあなたの妻ではありませぬ。一緒に暮らすつもりもありませぬ」

生来、愛嬌（あいきょう）のない順は、こういうとき、俊五郎の機嫌をとって丸くおさめる……などという芸当はできない。好きは好き、嫌いは嫌い。俊五郎には誇りを傷つけられた。となればもう好きにはなれない。心の扉をぴたりと閉ざしている。

自分では決して認めたくなかったが、ほんとうを言えば、門屋村へ移ってから、なぜ俊五郎が一度も訪ねて来ないのかと気になっていた。また別の女とねんごろになっているのではないか。嫉妬めいた感情がちらりと頭をかすめたことさえあった。

もしかしたら、ちよ母子を引き取ったときも、胸のどこかでは、無意識に、俊五郎を求めていたのかもしれない。憎悪も愛情のうちと言えるのならば。

むろん、俊五郎にはそんな女心はわからない。無頼ながらもなぜか女たちから冷たくあしらわれたことのない男は、順の冷淡さに心底、傷ついている。

「まったくなんてェ女だッ」

俊五郎は拳（こぶし）をにぎりしめて順のそばへ駆けよった。が、泣きやみそうになっていたややこがふたたび火がついたように泣きだしたので、さすがに殴れずにいる。

「まァ、飲んでいるのですね」

順は眉（まゆ）をひそめた。

「こんなとこに、飲まずに来られるかッ」

「みっともない。飲んだくれてばかり」

「おれはな、義兄（あに）さまのように下戸でもなければ小利口でもないのさ」

「兄は小利口ではありませぬ」

「小利口さ。徳川を見かぎって、自分だけ新政府のご重臣だ」

「重臣になど、なってはおりませぬ」

「へんッ。ならなぜ東京にいるんだ」

順はカッとなって、膝元にあったでんでん太鼓を投げつけた。

「奥さまッ、奥さまッ」

台所で身をちぢめていたちよが、思いあまって飛んできた。騒ぎを聞きつけて隣家からも人が集まって来たので、こめかみに傷をつくった俊五郎は退散せざるを得なくなった。とりあえず、不穏な一場は幕を閉じた。

俊五郎の乱行はこのあともしばしば聞こえてきた。年の瀬には、手元不如意になったのか、強引な金子の貸し借りで騒動を起こした。

翌明治四年の四月、静岡藩の重臣たちのあいだでも俊五郎の乱暴狼藉は問題になった。

――入牢、さもなくば切腹。

騒ぎを鎮め、俊五郎の命を救ったのは、またもや山岡鉄太郎である。

俊五郎も鉄太郎には頭が上がらなかった。鉄太郎のおかげでどうにかこうにか人並みに暮らしをはじめたという噂が流れ、順は安堵の息をついたのだが……。

俊五郎はその後もときおり門屋村へやって来た。来れば決まって金をせびる。夫とも情人ともつかぬ男に辟易しながらも、門屋村での日々は総じて平穏だった。ちよは働き者だし、欣も日に日に愛らしくなってゆく。

七月十四日、今は静岡藩知事である徳川家達より家臣一同へ、廃藩置県にかかわる訓示があった。諸国でも藩から県に変わり、藩知事は県知事となった。

同じ頃、順は恪から文を受け取った。

昨年来、松代藩の家臣への不審が高まり、建白書を提出するなど、恪が反旗をひるがえしていたことは順も聞いている。

恪は松代を去り、東京の麟太郎のもとへ転がり込んでいた。やはり、象山同様、松代に居場所はなかったのだ。麟太郎の勧めで慶應義塾へ入学、勉学に励むという。

翌明治五年五月、麟太郎は海軍大輔に任じられた。これを機に、赤坂氷川の二千五百坪の旗本屋敷を五百両で購入した。

麟太郎の家族は——むろん順も——静岡の住まいを引き払って、東京へ帰ることになった。

七

明治五年の初秋、順はちよと三つになった欣をともない、東京へ出立した。

「お母上のご墓所は、わたくしどもがしかとお守りいたします。ご安心ください」

出島竹斎がいつもながらの柔和な笑顔で、一行を見送る。

静岡では旧幕臣から白い目で見られ、身をちぢめて暮らしていた。東京へ帰る――しかもこれまで住んでいた家といくらも離れていない赤坂氷川の新居へ入れるとあって、順は飛び立つような思いだった。

ただひとつ、心残りなのは、この地で死去した母の墓参ができなくなることだ。

「よろしゅうお願いいたします。わたくしも死後は母の墓所へ一緒に葬(ほうむ)ってもらうよう、家人に頼みました」

先日、順は蓮永寺(れんえいじ)を詣(もう)でた。「お寂(さび)しい思いをさせますがそれまでお待ちください」と、母の墓に両手を合わせている。

「道中、お気をつけて」

「竹斎どのもお達者で」

わずか四年ではあったが、竹斎のおかげでどれほど助けられたか。竹斎との知遇はそもそも小吉の縁によるものだった。

見守っていてくださったのだわ――。

今、自分が不自由なく暮らしていられるのは兄のおかげだが、先の見えない混沌(こんとん)とした日々をやりすごすことができたのは、亡父の加護があったからだろう。

思えば、象山の横死から維新、静岡への移住とまさしく怒濤(どとう)のようだった。その最中、熱にうかされたように村上俊五郎との情事に溺れた。そう、あれは熱病……。

俊五郎には、東京へ帰ることを知らせなかった。知らせれば引き留められそうだ。なんと言われようが耳を貸す気はなかったが、腹を立てた俊五郎がどんな騒動を引き起こすか知れたものではない。

それでも、道中では、一度ならず俊五郎を思った。静岡へ移住する際は護衛役だった。そのあとは短いながらも蜜月をすごした。ほろ酔いで太棹を爪弾く男の哀切に満ちた面差しはまぶたに焼きついている。

あれはやはり、病ではなく恋だったのかもしれない。島田虎之助がはじめての恋なら、俊五郎は最後の恋……。

いつのまにか三十七歳になってしまった──。

早すぎる時の流れに、順はため息をつく。

東京は、四年間いなかっただけで、なんとはなし、よそよそしく感じられた。行き交う人々の顔は、途方に暮れたようにも、放心しているようにも見える。世の中が根底からくつがえって、なにを拠り所にすればよいかわからないのだろう。

お菊どのはどうしているかしら──。

旗本の岡野家や男谷家は静岡へ移住していたが、菊の消息は知れない。

赤坂氷川の新居は、氷川神社の北方、溜池寄りにあった。敷地は、神社の真裏にあったかつての屋敷のほぼ三倍はありそうだ。

南東にもうけられた表門のかたわらには、馬小屋や使用人の長屋が並んでいた。豪壮な屋敷を取り囲む広大な庭には、親族が暮らすための家々も用意されているという。

「これだけ広ければ刺客も迷う。心配はいらぬヨ、と仰せでした」

出迎えがてら屋敷内を案内してまわりながら、民は嘆息した。どこにいても刺客の心配をしなければならないのは、麟太郎の宿命らしい。

新居を購入してから、麟太郎は購入額と同じくらいの大金を投じて、修理や改築を行っていた。今もまだ進行中である。そのため静岡から移住するのも、全員が一緒、というわけにはいかない。

民は早々と東京へ戻って、家人を受け入れる手筈をととのえていた。

「旦那さまは庭に茶畑をおつくりになるそうですよ」

静岡にいたとき、麟太郎は旧幕臣の開墾を奨励、中でも金谷の茶畑には私財を投じて援助をしている。

「兄さまらしゅうございますね」

これだけの土地を遊ばせておくのはもったいない――というのは、いかにも麟太郎らしい合理的な考えだ。

「はなどのや、夢や孝の家まで建てておられるのです。もちろん瑞枝どのの家も」

妹のはなが嫁いだ山本家も、長女の夢の婚家の内田家も、次女の孝の疋田家も、幕臣はいずれも困窮していた。静岡にいたとき同様、麟太郎は一族の面倒を一手にひきうけようというのだろう。

順にも、母屋の隣に、独立した住まいが用意されていた。幼子の欣もいるので、よけいな気兼ねをしなくてすむようにとの心づかいである。

階下に八畳と三畳、それに台所、二階にも八畳間があるその家は、木の香も真新しく、心地よい住まいだった。

「早速、氷川神社にお参りしなければ」

「清隆寺や増林寺へもおいでなさい。舅さまもお従兄さまも瑞枝どののおいでを待ちかねておられましょう」

清隆寺には小吉、増林寺には男谷精一郎夫妻の墓所がある。もうひとつ、順は真っ先に詣でたい墓があった。正定寺の島田虎之助の墓である。

順の気持ちを察したのか、民は、そうそう……と笑顔を見せた。

「お菊どのも浅草におられますよ。知り合いの商家に身を寄せているそうで、ご不自由なお暮らしのようですが、家族がみな無事なのだからそれだけでありがたいと、にこやかに話しておられました」

八月の終わり。

一軒家の体裁をととのえた新居の玄関で、順は棒立ちになった。

知らせに来た民も、欣をあやしていた順も、綿入れをはおっている。中秋ながらも、この数日はいつになく冷え込んでいた。

「発狂とは、どういうことでしょう？　だいいちなにゆえ水戸にいるのですか」

「脱走したそうです。山岡さまのお話では水戸になじみの女子がおるとか」

またもや、俊五郎である。

山岡鉄太郎はこの六月に東京へ移り住み、天皇の侍従となって宮内省につとめていた。麟太郎同様、新政府からの再三の要請を断りきれなかったのである。

今は家族共々、内藤新宿の西、柏木淀橋町の屋敷で暮らしている。

俊五郎はまだ静岡で、徳川慶喜の警備についているはずだった。が、なにかまた問題を起こしたのだろう。

水戸、というのは理由があった。水戸は慶喜の郷里であり、謹慎生活を送ったところでもあって、いまだに新政府に抵抗する者たちが参集しては騒ぎを起こしている。昨年の十月にも騒乱があり、鉄太郎がこれを鎮めた。その際、俊五郎も駆りだされている。昨年謹慎中の慶喜を護衛したとき、そして昨年と、俊五郎は二度、水戸に滞在していた。

水戸にいるのはともかく、発狂とはただごとでない。民は眉をひそめた。

「山岡さまが発狂と言われたのは、村上どのを庇うおつもりかもしれませぬ」

それでなくても静岡では俊五郎に手を焼いて、入牢だ切腹だと言い立てる声があった。事を穏便にすませるために、鉄太郎があえて発狂と言いふらしたのではないかと、これは麟太郎の考えだという。

「なれど、水戸でも泥酔して暴れておるようで……山岡さまのお話では、いつ何時、ここへ暴れ込むか……旦那さまはくれぐれも用心するようにと仰せです」

「お知らせありがとうございました。重々、気をつけます」

民が母屋へ帰ったあと、順は頭を抱えた。なじみの女がいることなど、もはや気にならない。そんなことより、問題は俊五郎の酒乱癖である。このまま野放しにしておけばどうなるか。

頼りは、やはり山岡さま――。

鉄太郎以外に、俊五郎を諫められる者はいそうになかった。三方原の一件で、俊五郎はこれまで以上に鉄太郎に心酔、今では神のごとく崇めている。

それはともあれ、なぜ用心しなければならぬのか。なぜ俊五郎のことで頭を悩ませるのか。夫婦でもないのに……。

夫婦なら離縁もできる。はじめからあいまいな関係を、どうしたら断ち切ることができるのだろう。

ほとほと愛想をつかしてはいるものの、

「母たま、母たま……」

片言を話すようになった俊五郎の娘を、順はもう我が子としか思えなかった。

俊五郎の身の振り方については、麟太郎と山岡鉄太郎が相談の上、今一度、立ち直る機会を与えようということになった。

静岡へは帰せない。鉄太郎は柏木淀橋町の自宅へ俊五郎を引き取った。道場はないが、何人か弟子が住み込んで剣術の稽古に励んでいる。とはいえ、いつまでも遊ばせておくわけにはいかない。

翌明治六年四月、俊五郎は宮内省の雑掌の職を得た。雑掌は雑務係だが、天皇のおそばに仕える名誉ある御役である。酒乱で無頼の風来坊が身に余る職につけたのは、ひとえに鉄太郎の口利きのおかげだった。

俊五郎には天性の愛嬌がある。

宮内省へ通いはじめるや、こざっぱりとした身なりで勝家へ挨拶に来た。こういうときの俊五郎は、素面のせいもあって、実にしおらしく、人当たりもよい。

「義兄さまにはご迷惑の数々、まっことまっこと申し訳なく……」

麟太郎に深々と頭を下げた。

「これよりは心を改める。見ていてくれ」

順には胸を張って見せ、

「大きゅうなったのう、父の膝へ来い」

欣を抱き上げて相好をくずしている。これまでとはまるで別人のようだった。

「今度こそ、まちがいを起こさぬよう」

半信半疑ながらも、殊勝な受け答えには、麟太郎も順もすっかりほだされている。

この日、麟太郎は、俊五郎の門出を祝って二百円もの大金を気前よく贈った。それほど勝家にとって俊五郎は悩みの種で、なんとかこれを機に人並みに暮らしてほしいと祈るような思いだったのである。

俊五郎は四谷に小家を借りていた。順は本人の意向をたしかめた上で、ちよをこの家へ送り込んだ。欣が乳離れをしたあと、良縁を探してやろうとしたのに首を振るばかり。もしや俊五郎に未練があるのではないかと思いついた。的を射ていたらしい。

「男と女のことは、傍ではわかりませんね」

ちよの話を聞いて、民は苦笑した。

「わたくしには欣がおります。妻より母、嫂さまのお気持ちが今はようわかります」

「でもねえ、生さぬ仲の子を育てるのも楽ではありませぬよ。ここだけの話ですが……」

民の言葉に、順もうなずいた。

慶應義塾で勉学に励んでいた恪は、今春、司法省の判事補になった。この秋には結婚も決まっている。

順もひと安心といったところだが、恪は松代から蝶を呼び寄せ、浜松町の蝶の実家の近くで共に暮らしていた。

俊五郎のこともあり、欣を育てていることもあって文句の言える立場ではなかったが、母でありながら母としてふるまえないことに順は寂しさを感じていた。

「なれど嫂さまは見事な母さまです。みな、実の母さまだと信じておりますもの」

順と民は和やかにそんな会話を交わし合ったが、三月も経たないうちに、驚きあわてる事件が起こった。


七月十五日の昼時だった。

勝家では、別棟に住んでいる者も、母屋でそろって食事をする。

この日も、民や七郎、逸のほか、はなや夢、孝、各々の子供たち、欣をつれた順までが居並んで、にぎやかに食事をしていた。糸やかねも、女衆たちを指図しながら台所と居間を行ったり来たりしながら給仕をしている。

「お客さまがいらっしゃいました」

門番が知らせた。

年始より太陰暦が太陽暦に改められたために、七月半ばは梅雨明けの蒸し暑い季節である。それにしても赤ら顔に汗の粒を浮かべた門番のあわてぶりは尋常ではなかった。

「怪しい者でも入り込んだのですか」

民は顔色を変えた。

「いえ。そうではありません。長崎からはるばる訪ねてきたとやら……ここが我が家だ、などと話しながら、ぞろぞろと……」

「長崎……」

女たちは顔を見合わせた。

足音につづいて話し声が聞こえてくる。ヒエーだのホオーだのとしきりに感心しているのは、あまりに広壮な屋敷に肝をぬかしているのか。

客は六人だった。四十代の後半と思われる男、同年配の女が二人、娘、若い女、それに十になるやならずの男児である。

「ほれ。この子が勝梅太郎」

壮年の男が男児の背中をぐいと押した。

勝家は上を下への騒ぎとなった。梅太郎と紹介された男児にぴたりと寄り添っている若い女がとびきりの美女であったことも、騒ぎを大きくした。

「それではお殿さまの……」

「四月に長崎へおいでになられました」

「でも、あのお子は九つか十……」

「旦那さまは十年ほど前、長崎におられましたよ。おそらくそのときの……」

「いいえ、あのときの女子は亡うなられたと兄さまからうかがいました」

客間へ通しはしたものの、女たちは台所へ集まってああだこうだと話し合う。

よくよく訊いてみると、梅太郎は、麟太郎の長崎の愛人で、七年前に死去した玖磨が生んだ子供だった。麟太郎は玖磨をこよなく愛し、母子共々呼び寄せる気でいたのだが、叶わぬうちに玖磨が死んでしまい、そのままになっていたのである。

四月に麟太郎は長崎へ赴いた。表向きは島津久光の見舞いだが、実際は久光と西郷吉之助の仲違いの調停である。

このとき、成長した梅太郎と初対面を果たした麟太郎は、いつでも東京へ来いと言い置いて帰った。とはいえ、まさか一族あげて出て来ようとは……。

壮年の男女は、玖磨と梅太郎の庇護者である豪商の小曾根乾堂と妻のツネ、もう一人の年配の女は亡き玖磨の母のエイ、そして娘は小曾根家の娘のキク、とびきりの美女は玖磨の妹のおミ祢だった。

妾はいない。事情がわかって勝家の女たちは安堵したものの、ふってわいたような六人の居候のために大わらわになった。

「おまえさまというお人はまァ……」

あらかじめ知らせておいてくださいましと、このときばかりは民も帰宅した麟太郎に文句を言った。それでも愚痴は一回きり。

「今日からわたくしが母です。なんでも遠慮のう言うてくださいね」

梅太郎と対峙したときは、やさしい笑みを浮かべていた。

# 終章　お順のその後

一

「また、ですか。どれだけむしり取れば気がすむんです？」

順は声を荒らげた。

「もういっぺんだけ。これが最後だ、頼む。このとおり」

順の住む離れの一室で、俊五郎は畳に這いつくばっている。

同じ光景を何度、目にしたか。怒りのあまり、めまいがしそうだった。

「最後だ最後だって……。口だけじゃありませんか」

「今度こそ最後だ。もう、おまえに迷惑はかけん」

「あてになんかなるものですか」

俊五郎が宮内省の雑掌の職を得た昨年四月、麟太郎は祝儀として二百円もの大金を手渡している。これを機に心を入れ替えて仕事に励むと、俊五郎は誓った。麟太郎と順も心底、そう願っていた。

ところが、同年の秋にはもう、よからぬ噂が伝わってきた。しかも年の瀬には、借金で年が越せないと泣きつかれた。

順はやむなく、自分の蓄えから金を融通してやった。兄には大金をもらったばかりで、恥ずかしくて言えなかったのである。

俊五郎はこのときもこれが最後だと頭を下げた。が、年明け早々には、酒を呑んで大暴れをしたという、お決まりの噂が流れてきた。

以来、四月上旬のこの日までに二度、順は金をせびられている。

「おまえだけが頼りだ、頼む」

「いったいいくら要るんです？」

「三……いや、二十円」

「二十円ッ。そんな大金、むりですよ」

「なら十五円でいい。どうしても十五円要るんだ。必ず返す、貸してくれ」

「貸してくれって……返したことなんかないくせに」

「今度こそ返す。約束する。おまえに断られたら、おれは首をくくるしかない。その前に、借金を踏み倒せば宮内省から放りだされる」

腹は煮えくりかえっていた。追い返したいのは山々だった。追い返して、二度と顔を見たくない……。

順はため息をついた。

「兄さまに頼むしかありませぬ」

「おれは義兄上が苦手だ。おまえ、頼んできてくれ」

俊五郎は両手を合わせる。

「わたくしが行ったんじゃ、お金はもらえませぬよ。兄さまは気前のよい人ですが、理由を聞いて納得しなければ、びた一文だしませぬ」

「わかったわかった。行こう。行くから、おまえも一緒に頼んでくれ」

俊五郎はもう愁眉をひらいていた。はじめからこうなるとわかっていたのだ。いざとなれば、宮内省を持ちだせばよい。自称とはいえ勝麟太郎の義弟ともあろう男が素行不良で宮内省をクビになれば、恥をかくのは勝家である。

それに、ここには娘がいた。順が欣を育てている以上、俊五郎との腐れ縁も断ち切りようがない。

順は、今一度、俊五郎を見つめた。

どうしてこんな男に惚れてしまったのか。身勝手で怠け者で乱暴者で女たらしで、酒乱のこんな男に……。

幼い頃から一途に慕いつづけた虎之助。夫である前に師であった象山。二人に死なれ、心も体も中途半端のまま放りだされた。寂しくて哀しくて、独りではいられなかった。

そこへ俊五郎が現れたのである。

そう。いっときにせよ、俊五郎は順の求める「いちばんの男」を演じてくれた。虎之助が彼岸へ持っていってしまった恋のときめきをよみがえらせ、夜ごと抱かれても象山では満たされなかった体の飢えを満たしてくれたのだから。

この男の腕の中で、甘い夢をみたこともあったのだ。

「どうした？　母屋へゆこうではないか」

俊五郎はけげんな顔をしている。

順は唇の端に微苦笑を浮かべた。

「そうね。身から出た錆……だわ」

「なんだって？」

「いえ、こっちのこと」

ようやく、腰を上げる。

あと何回、こうして金をせびられるのか。あと何年、せびられることでだけつながっているこの奇妙な仲は、つづいてゆくのだろう。

これも一興、と、自嘲するしかないのかもしれない。

順は厳しい目になった。

「兄さまから融通してもらったら、欣には会わずに帰ってくださいね」

あらかじめ釘を刺しておく。

夫でもない、恋人でもない、家族でも親類でもない。それでいて自分の体の一部のようにも思える男を引き連れて、順は母屋へ向かった。


明治十年は、我が国の歴史においてばかりでなく、明治政府や勝家――とりわけ麟太郎と順――にとっても、悲しい年になった。

二月十五日に勃発した西南戦争で、麟太郎は、無二の友であり尊敬してやまなかった西郷吉之助を失った。

同月二十六日、順の継子、佐久間恪が急死した。

恪はおとといより松山裁判所の判事となって、妻子と共に松山へ赴任していた。死因は鰻による食中毒である。弱冠三十歳だった。

腹を痛めた子ではないものの、恪は象山のたった一人の忘れ形見である。父の惨死という悲劇に見舞われ、改易の憂き目にあい、悲しみと怒りを抱えて新撰組に身を投じ、転向して薩摩軍の兵士となって戊辰戦争に参戦、維新後に家名再興を果たした。その後、郷里を棄てて判事となり、妻子を得てようやく平穏な暮らしをはじめたというのに、食中毒であっけなく死んでしまうとは……。

松代で共に暮らしていた頃の聡明な目をした少年を、順は思いだしている。

象山先生は、ご自分の血を残したいと、それだけを願うておられた――。

優れた子孫をつくることに滑稽なほど執心していた象山である。彼岸でどんなに悲嘆にくれているか。父子の無念を思い、涙が止まらなかった。

この年は、他にも順を悩ませる出来事があった。宮内省の雑掌になって得意満面だった村上俊五郎が、自ら職を辞してしまったのである。

飲酒を断ち、行い澄ましていたのは、最初の数カ月。半年もたたないうちに再び深酒をするようになり、酒乱で周囲を困らせるようになっていた。

順は逃げるに逃げられずにいたちよを連れ戻して静岡へ帰し、竹斎に託した。

俊五郎は給金を酒と女と寄席通いに使い果たしてしまう。食えなくなると勝家へやって来て、十円二十円とせびってゆく。そんなありさまだったから、見かねた山岡鉄太郎が依願免官をさせなければ、不名誉な解雇通達をうけていたにちがいない。

それでもなお鉄太郎は愛弟子を見捨てなかった。四谷へ引っ越してから新築した道場、春風館へ通わせ、代稽古をさせた。噂によれば、教え方が熱心なので、弟子たちからは慕われているという。鉄太郎が目を光らせているので金はせびらないが、手元不如意になると勝家へやって来て、火鉢やら箪笥やら怪しげな品を売りつけてゆく。

「まァ、多少のことは大目にみるサ」

麟太郎は苦笑している。

この年の末、小鹿が長い米国留学と外遊の旅を終えて帰国した。

旅立ったときは徳川の世で、東京は江戸だった。それが帰国したら明治である。武士と平民の区別がなくなり、武士はちょんまげを斬って刀を捨てた。洋装さえ目につく母国の変わりようを目の当たりにして、小鹿は呆然としている。

「お祖父さまは無役の小普請でした。不甲斐のうて、なんとか御役について徳川のために働きたいと、そればかりを願うておられました。象山先生のもとには、異国へ行きたいと夢見る若者がつどい、中には密航をして命を落とした者もおりました」

順はそう伝えながら感無量だった。時代が移ろえば、故人の志は水泡に帰し、努力は無意味なあがきにすり替わってしまう。

此岸の激変を見て、小吉や象山、吉田寅次郎は彼岸でなにを思っているのだろう。

維新の動乱に一身を投じた恪と、母国の危機に背を向けて異国に留まっていた小鹿——二人の若者の歩んだ道の隔たりに、順は感慨を覚えずにはいられなかった。

小鹿は年明け早々、海軍大尉に抜擢され、二年後に子爵の娘と結婚した。妻が若死にしたあとは陸軍中尉の娘を娶り、二女をもうけた。ところが長年の海外生活がたたったか、病がちの暮らしを余儀なくされる。

子供と言えば、勝家では子供をめぐる騒動がその後もくり返された。

側妻(そばめ)の糸が四女の八重を産んだのはよいとして、とよという若い女中が五女の妙(たえ)を出産した。麟太郎はこのとき六十二である。

民は顔色ひとつ変えずに四女と五女の母親役をつとめていたが、さすがに内心ではあきれていたにちがいない。

「お順どののお気持ちがようわかります。せめて彼岸では心穏やかに暮らしたきもの。わたくしも旦那(だんな)さまの墓には入りませぬ」

順は京都にある象山の墓ではなく、静岡の母の墓へ納骨してほしいと家人に頼んでいた。生きているうちはともかく、死後まで夫に振りまわされるのはごめんだと、民は言いたかったのだろう。

最大の騒動は、明治十九年に起こった。

勝家の隣に赤坂病院がある。医師はウイリス・ホイットニーといい、病院の隣に教会を建てて宣教もしていた。

このホイットニーの妹のクララが、勝家の三男、梅太郎の子を孕(はら)んでしまったのである。麟太郎とは似ても似つかず、大柄でのそりとして口髭(くちひげ)を生(は)やした梅太郎は、親の七光りで役人になってはいたものの、家人からは「チョロヒゲ」と呼ばれて煙たがられていた。

「怠け者のくせに、こういうことばかりは、旦那さまに似て手が早いのです」

民はめずらしく順に愚痴をもらした。

すったもんだがあったものの、麟太郎のはからいで二人は結婚、クララは木下川の新居で男児を出産した。

翌々年には、順の娘の欣が勝家の書生の熊倉操と結婚した。熊倉は長岡藩の出身で、帝大出の秀才だった。麟太郎に可愛がられ、のちに弁護士として独り立ちしている。

俊五郎は何人もの女に子を産ませていたが、妻は順、と断固、言いつづけていたため、子供たちはみな庶子である。不運な子供たちの中で、順を母として成長した欣は幸運だった。勝家の庇護のもと、無頼な父親に振りまわされることなく、平穏な結婚ができたからだ。

娘が嫁げば、俊五郎ともやっと手が切れる――。

順は胸を撫で下ろした。

ところが、俊五郎による災いはなおもつづく。

「大変ですッ。村上さまが暴れています」

かねが泡を食って飛んで来たのは、明治二十一年九月十六日の深夜だった。

順は飛び起きた。

俊五郎は四年前、頼みの綱だった山岡鉄太郎から出入り差し止めを申し渡されていた。

あまりの乱行に堪忍袋の緒を切られたからだが、こうなるともう抑えがきかない。

勝家へも、年に何度か、十円二十円、多いときは百円百五十円と無心に来ていた。

「いいかげんにしてくださいッ」

その都度、順は腹を立てて追い返そうとした。が、争い事の嫌いな麟太郎は、結局、金を渡してしまう。

「怪我をしたりされたりするよりは安くつく。あることないこと言いふらされるのも、面倒だしナ」

勝家だけならまだしも、かつて徳川慶喜の用心棒をしていた俊五郎を怒らせれば、徳川家にも迷惑がかかるかもしれない。というのは、酒癖の悪い俊五郎は、近頃、徳川のためにあいつを斬った、こいつを斬ったと、酔いにまかせて吹聴しているからだ。

「たとえ出まかせでも、いや、出まかせほど、世間は飛びつくものサ」

泰然としている兄を見るたびに、順は申し訳のなさで身のちぢむ思いだった。

「瑞枝どのこそ災難、なにも謝ることはありませぬよ」

民に慰められても気は鎮まらない。そもそも俊五郎に惚れなければ——俊五郎を島田虎之助の身代わりにしようなどと都合のよいことを考えなければ——こんなことにはならなかった。恥じ入るばかりである。

「酔うているのですね」

順はかねに訊ねた。

「はい。刀を振りまわして……」

麟太郎は家人に避難するよう命じ、独りで対峙しているという。

ガシャンと大きな音がした。こわれたのは花瓶か、それとも、小鹿が米国土産に持ち帰ったランプか。

順は懐剣をにぎりしめ、寝間着のまま家を飛びだした。母屋の内玄関から中へ駆け込む。台所の隣の八畳間で、家人が身を寄せ合っていた。

「あの穀潰しはいずこですか」

「殿さまのお部屋です」

麟太郎は西側のいちばん奥の、八畳と六畳のつづき部屋を書斎にしている。六畳間には象山からゆずりうけた「海舟書屋」という扁額を飾っていた。

「瑞枝どのッ、行ってはなりませぬ」

民の制止を振り切って、順は書斎へ急いだ。血相を変えている。

俊五郎は手前の八畳間にいた。粗末な単衣に袴、足は草履を履いたままだ。ぬき身の刀を手に、仁王立ちになっている。

麟太郎は六畳間であぐらをかいていた。追いつめられた格好だが、麟太郎の顔に怯えはない。怒りも苛立ちもなかった。ただ憐れむように俊五郎を見上げている。

「いったい、なんのまねですかッ」

畳廊下から声をかけると、俊五郎は体の向きを変え、順に酔眼をすえた。

「おれは義兄上に用事があるんだ。おまえはすっ込んでろ」

「用事ならわたくしがうかがいます」

「おまえでは役に立たぬわ」

俊五郎は順を突き飛ばそうとした。が、その前に順は六畳間へ駆け込み、麟太郎の前に立ちはだかった。俊五郎をにらみつける。

「わたくしの身内に迷惑をかけるのは許しませぬ。斬るならわたくしをお斬りなさい。ただし、あなたにも一緒に死んでもらいます」

麟太郎はなにも言わない。

俊五郎は刀をつかんだまま、順をにらみ返した。酔っぱらっているのだろう、足元がわずかにぐらついている。

と、そのとき、俊五郎は胸に手をあて、顔をゆがめた。

なぜ、それだけのことが胸に迫ったのか。突然、訳もなく熱いものがこみ上げ、順の両眼に涙があふれた。

「官軍が攻めて来たときも、わたくしは、こうして家の者たちを守りました。あのときは、あなたが、駆けつけてくれた……」

だから、俊五郎に惚れた。自らの危険も顧みず助けに来てくれたという一事にほだされたのである。ぐらつくどころか、まっすぐでゆるぎない求愛に……。

それは、自分が島田虎之助にぶつけたと同じ求愛である。

沈黙があった。

次の瞬間、俊五郎は吠えた。と思うや、大の字にひっくり返った。慟哭しているのか、子供のように手足をばたつかせる。

「先生が死んだ、先生が死んだ……」

俊五郎は泣きながらわめいていた。

先生とは山岡鉄太郎のことだろう。

鉄太郎はふた月ほど前の七月十九日に病死している。訃報を聞いて駆けつけた俊五郎は、破門されていたがために、敬愛する先生の死を看取れなかった。慚愧の念にとらわれ、棺のかたわらに横になって、一緒に埋めてくれと言ってきかなかったという。警察が呼ばれ、むりやり引き離されると、今度は太棹を抱えて放浪の旅をすると言って飛びだし、そのまま行方知れずになってしまった。

唯一の庇護者に死なれて、俊五郎が悲嘆にくれるのはわかる。それにしても……。

順は兄を見た。

麟太郎はやはり恬淡としていた。違い棚の上に置かれた箱を開ける。中に十円入っていた。その金を半紙に包み、文机の上に置いて、順に目くばせをした。

麟太郎にうながされて、順も畳廊下へ出た。

家人のいる台所の隣の部屋へ戻るまで、麟太郎は口をきかなかった。

「喉が渇いた。白湯をくれ」

麟太郎は民に声をかけた。

「村上さまは……」

「そのうち出てゆくだろう」

だれも順を責めなかった。それがかえって辛かった。

いたわりのまなざしを避けるように、順は部屋の一隅に膝をそろえる。

しばらくして見にゆくと、俊五郎の姿は十円と共に消えていた。

二

勝家の庭の北東の角に大銀杏がある。

順は兄と二人、黄金色にきらめく梢を見上げていた。

麟太郎は杖をついている。なおかつ、順が腕を支えていた。その順の手も、血管の浮き出た老女のものである。

同じ敷地内に住んでいながら、兄と妹がこうして庭を散策することはめったになかった。七十六歳になる麟太郎は、独りでは歩けない。

麟太郎に衰えが目立つようになったのは、六年前の明治二十五年である。小鹿が四十一歳の若さで病死した。泣きもわめきもしなかったが、一気に老けた。嫡男を失った麟太郎は、小鹿の長女、伊代の婿に徳川慶喜の十男、精を迎えた。兄と慶喜との確執を見てきた順は、それが兄の、徳川家へ対する忠義の証のように思えた。だれになんと言われようと、兄は徳川家のためを思って働いてきたのだ……と。

勝家は昔から来客の多い家である。隠居をして書き物三昧の日々をすごすという願いを麟太郎が叶えた今も、政の相談に、昔話を拝聴に、毎日、人が訪ねて来た。この六年間には大病もし、危篤という誤報が流れたこともあったが、そんなときはなおのこと門前まで人があふれた。

——我も世に在るを欲せず。

などと言いながら、頭の回転の速さと饒舌はいっこうに衰えない。

「我が苦心三十年と日記には書いたが、お順坊、ようやくこれでいつでも死ねるヨ」

麟太郎はまぶしそうに瞬きをした。

「南洲さまも彼岸で喜んでおられましょう」

「なァに。おいどんはあんな不細工ではないゾと、ふくれておるやもしれぬ」

「ほほ……たしかに美男とは言えませぬね」

西郷吉之助を敬愛する麟太郎の尽力で、上野に銅像が建立された。

だが、麟太郎が「苦心三十年」と言ったのは、西郷の名誉回復ではなかった。

今春、徳川慶喜が参内して、天皇と前将軍の和解が成った。それこそが麟太郎の悲願だった。が、あえてそのことにはふれない。順も訊かない。

きらめく大木の下で、なまぐさい政の話は似合わない。

「この歳になると旧友の訃報ばかりだが、今年はめずらしく幸多き年だったナ」

麟太郎は淡い笑みを浮かべた。

「ついでにもうひとつ……村上に絶縁状を送った。近年の無心は目に余る。おまえにとっても、幸多き年になるはずだ」

順はうなずいた。

俊五郎は、山岡鉄太郎の死後、ますます酒乱がひどくなった。憐れとは思うが、今となってはどうしてやることもできない。

「今のうちに引導を渡しておかねば、あとの者が苦しむ。おれも死にきれぬ」

もう、いいだろう……と妹へ向けた麟太郎の目に、非難の色はみじんもなかった。

「長いあいだ、ありがとうございました」

深々と頭を下げた拍子に、順はうっかり手を離してしまった。よろめいた兄の体をあわてて抱き留める。

その順の足もおぼつかない。

「おまえも年をとったナ」

「兄さまに言われとうありませぬ」

支え合いながら、二人は笑った。笑いながら、互いの体の軽さに驚いている。

「風が出てきましたよ。中へ入りましょ」

言葉とは裏腹に、順は今一度、大銀杏の梢を見上げた。

晩秋の空から黄金の葉が降ってくる。

役目を終え、土塊(つちくれ)に帰るというのに、枯葉は散りながらも、笑いさざめいているように見えた。

（完）

# あとがき

あれは二〇〇七年の春だったと思います。某月刊誌で、作家であり歴史探偵としても名高い故・半藤一利氏と対談をさせていただきました。もちろんテーマは歴史について。

――勝海舟の妹のお順が面白いですよ。

半藤氏はやさしい笑顔でそうおっしゃいました。

ちょっと変わった女で、幕末には珍しい。諸田さんにはもってこいかもしれない（笑）……とも。

私は生まれも育ちも静岡市です。

お話をうかがって驚いたのは、順のお墓がまさに私の実家の裏手、子供の頃よく遊んでいた清水山のふもとの蓮永寺（れんえいじ）にあるとわかったからです。戦国末期を舞台にした別の小説の取材で何度か訪ねていたのに、まったく気づきませんでした。

それからは俄然（がぜん）、興味がわきました。いつか書きたいと思うようになりました。

とはいえ幕末は難題です。うっかり手を出したら、ずるずると泥沼にひきずりこまれて、攘夷だ佐幕だ薩長だ天誅だ公武合体だと、複雑で血腥い闘争に頭を悩ませるのは目に見えています。さわらぬ神に祟りなし、と思っていたのですが……。

幕末の女、村山たか——井伊直弼の愛人——を『奸婦にあらず』という小説で書いたことが後押しになりました。幕末だからといって尻込みすることはない。いつの時代にも「女のドラマ」があるのだから「女の目」で描けばいい……そう思えるようになったのです。

正直なところ、やっぱり、苦心惨憺でした。古本屋から取り寄せたはよいが置き場所がなく、玄関に積み上げた『勝海舟全集』を眺めるたびに、ため息がもれたものです。

それでも、よいことがありました。私の中で幕末の男たちが生身の人間としてよみがえったことです。やんちゃ親父の小吉も、つかみどころのない島田虎之助も、偉人なのに過小評価されているような象山先生も、ろくでなしの村上俊五郎までが、おかしくも愛おしく思えてきました。とりわけ、あまり好きでなかった勝海舟には感じ入るところが大で、半藤氏が親しみをこめて「勝っつぁん」と呼ばれる理由がよくわかりました。勝海舟は、スゴイ人です。

さらには、この小説を書くにあたってぜひとも解明したかったふたつの疑問——。

順はなぜ、佐久間象山の妻になったのか。

順はなぜ、村上俊五郎に惚れてしまったのか。

これにも、私なりの答が見出せたような気がします。

小説とはふしぎなものです。一心に書いていると、思わぬ扉が開いたり、偶然の出合いに目をみはったりすることがよくあります。

今回もびっくりしました。私の父方の祖先が勝父子と親しくつき合っていた事実がわかったのです。本書に登場する小鹿(おしか)村の出島竹斎、その人です。出島家の蔵からは海舟の未読の手紙も見つかり、これを機に解読することができました。

順は私の実家のすぐそばで眠っている。祖父の生家は勝家と交流があった。本書を書くことができたのは、目に見えない縁のおかげだったのかもしれません。記念すべき第一の扉を開いて下さった半藤一利氏に、真っ先に御礼を申し上げたいと思います。あのお言葉がなければ、順に出合うこともなかったでしょう。

なお、本書の取材にあたっては、長野市教育委員会の原田和彦氏、郷土史家の佐久間方三氏、静岡市門屋(かどや)の宝寿院(ほうじゅいん)ご住職、榑林(くればやし)雅雄氏、そして父の従弟である小鹿在住の出島勝浩氏にご協力をいただきました。心より御礼を申し上げます。

# 参考文献

勝海舟　上下　勝部真長著　PHP研究所
勝海舟全集　全二十三巻　勝海舟全集刊行会　代表・江藤淳他編　講談社
勝海舟　人物叢書　石井孝著　吉川弘文館
夢酔独言　他　勝小吉著　勝部真長編　平凡社
それからの海舟　半藤一利著　筑摩書房
評伝　佐久間象山　上下　松本健一著　中央公論新社
佐久間象山　人物叢書　大平喜間多著　吉川弘文館
佐久間象山の生涯　財団法人　象山神社奉賛維持会(前)副理事長　前澤英雄著
長野市松代町松代　財団法人　佐久間象山先生顕彰会
佐久間象山　宮本仲著　岩波書店
佐久間象山の世界　真田宝物館・象山記念館　長野市・松代文化施設等管理事務所
長野市教育委員会
城下町・松代　真田宝物館開館三十周年記念　松代藩文化施設管理事務所
山岡鉄舟　春風館道場の人々　牛山栄治著　新人物往来社
幕末史　半藤一利著　新潮社

# 解説

篠　綾子

二〇二三年は幕末に活躍した勝海舟の生誕二百年に当たる。勝海舟にはファンも多く、勝海舟と関わった幕末の志士たちの名も広く知られているだろう。

本書はその勝海舟の妹、お順の幼少期から晩年までの濃密な人生を、五人の男たちとの関わりを軸に紡ぐ物語だ。しかし、ただの女の一生ではない。男たち——特に幕末に幕府要人として活躍した兄、勝麟太郎の存在によって、政治的な動きや世の中の変動をリアルに感じ取ることができる。もちろん、お順自身が時代の渦に巻き込まれることもある。お順の人生に寄り添い、その成長に胸を震わせながら、同時に歴史の変動を体感できる豊かで贅沢な物語——それが諸田玲子氏の大作『お順』である。

さて、勝海舟の妹とご紹介したが、彼女は幕末の思想家・佐久間象山の妻でもある。ただ、こう書くことに、今の私は歯がゆい気持ちを抱いてもいる。

お順を誰かの妹、誰かの妻としか書けないのがもどかしいのだ。お順は男の傍らに寄り添うだけの女性ではない。揺るがぬ自我を持ち、自らの手で人生を切りひらいていく述べさせていただきたいと思う。

——そんな女性が幕末に存在したことに、私はとても驚き、すっかり心を奪われてしまった。お順と引き合わせてくれた本書に感謝しつつ、この場をお借りして、その魅力を述べさせていただきたいと思う。

お順と深く関わる五人の男とは、父の小吉、兄の麟太郎の他、兄の剣の師匠であった島田虎之助、思想家の佐久間象山、そして剣客の村上俊五郎だ。この五人、どの男もなかなか強烈である。深みにはまれば、相当なエネルギーを持っていかれそうだし、中には火傷させられそうな男も……。

最初に登場する父の小吉については、「えっ、勝海舟の父親がこんなだったの？」と私はのっけから驚かされた。物語は、預けた刀を質草にされた男が勝家へ怒鳴り込んでくるところから始まる。幼いお順が客の相手をしている間に、何と小吉は逃げ出してしまうのだ。

世間からは「暴れ者で『柄のぬけた肥柄杓』と眉をひそめられ」ているこの父のことが、お順は大好きだった。遊興三昧はしていても、子供たちが怪我や病で倒れれば、お百度だ水垢離だと大騒ぎをする家族思いの父親なのだ。

そんな勝家に天保の改革が襲いかかる。小吉はそれまでの不行跡をとがめられて「押し込め」の処分を受けた。家族も同様だ。「狭いわ寒いわ」のひどい暮らしを強いられるが、家族は小吉をとがめない。子供たちは、今でいう「親ガチャ」にはずれたなどと嘆いたりしない。この逆境にくじけない明るさと強さはこの一家の特性で、お順の人格を形作ったと言っていいだろう。

さて、年頃になったお順は結婚相手も自分で決めようとする。この時代の武家の娘としては、かなりの「はねっかえり」だ。お順は、相手方から望まれて素直に嫁いでいく姉のおはなを見ながら、ひそかに思う。私は「一番の男」でなければいやだと。

お順の言う「一番の男」とは、次のように書かれている。

一番というのは、道を究(きわ)めた、という意味である。言い換えれば、本物、ということでもあった。

お順は「一番の男」にとって、「一番の女」になりたいと望む。

何と、かっこいい女なのだろう。現代なら「女が惚れる女」と言われるかもしれない。もちろん、男だって惚れる。

お順が恋い慕う「一番の男」の島田虎之助も、のちにお順の夫となる佐久間象山も、お順に魅せられていく。やがて、お順は自分なりの生きがいを見出し、佐久間象山の妻となる道を選ぶのだが、お順が本当にかっこいいのは、この後である。

こうしたいと希望を言うだけなら誰にでもできる。それを押し通すことも、周囲の理解があれば可能だろう。だが、人の真価が問われるのは、自分の選択に何らかの障りが生じた時ではないだろうか。

象山はお順と結婚後、弟子に連座する形で、郷里の松代に蟄居を申し付けられてしまう。むろん家族も従わねばならない。この時、母のお信は象山との縁談を勧めた自分が悪かったと、お順に詫びた。

自分に非はないのに、誰かのせいで不運に巻き込まれれば、相手を責めたくなったり、我が身を嘆いたりしたくなるのが、人情というもの。

しかし、お順はこういう逆境に強い。絶対に泣き言は言わないし、人を責めもしない。なかなかできることではないと思う。少なくとも私には難しい。だからこそ、どうしようもなくお順に魅せられる一方、なぜこんなにも強くしなやかに生きられるのかと考えさせられもした。

こう生きたいという確かな志を持ち、突き進むお順は、同時代の女性に比べはるかに自由だ。勝家の当主である麟太郎の懐の深さもあって、お順の意思は押さえつけられることもない。

むろん自由には責任が付きまとうことを、現代の私たちなら当たり前に知っている。その責任がとても重く苦しいものだということも。自由という言葉が一般的でなかった当時、お順はそれを真理としてつかんでいたのだろう。だから、自ら選んだことを由とし、自らの足で立つ。決して女性たちが自由であったとは言えない時代、それでも輝く女性はいた。

一番の男を求め、一番の女になりたいと願う――それは、本物を求め、本物になりたいと願うということ。本物は強い。何があっても、心が折れたりしないのである。

その後、大政奉還、戊辰戦争と時代は動いていく。この動乱の中、お順は最後の男、村上俊五郎と出会った。

この男、登場した時から危ういにおいがぷんぷんしている。世間の噂も芳しくなく、女癖が悪いということも、お順の耳に入ってくる。自称お順応援団の一員としては「だめ。その男に引っかかっては」とお節介を焼きたくなるのだが、むろんその声は届かず、お順は俊五郎によろめいてしまう（この時は二人とも独り身なので、不倫ではないのだが……）。

とはいえ、これは無理もない。彰義隊と官軍が衝突し、勝家も官軍の狼藉を受けるような状況下で、駆け付けてくれたのが俊五郎であった。非常時において実際以上にいい男に見えたのは間違いなく、お順には俊五郎に惹かれざるを得ない、ある秘めた理由もあった。

さて、この腐れ縁によって俊五郎に振り回されることになるのだが、それでも悲観しないのが、我らがお順。二人の関係はちょっぴりほろ苦く、微苦笑を誘われる。

諸田氏はあとがきで「順はなぜ、佐久間象山の妻になったのか。順はなぜ、村上俊五郎に惚れてしまったのか」その解明がしたかったと書いておられる。本書を読めば、象山はもちろん、俊五郎との仲についても、さもあろうと大いに納得させられるはずだ。

歴史を動かすのは男だけではないし、歴史に名を残す女性もいる。中にはお騒がせな女性もいたりする。残念ながら、お順は名を聞くだけで、その業績や人生を思い浮かべられるほど著名な人物ではないかもしれない。

だが、男たちの活躍ばかりが取りざたされる激動の時代に、こんなにも主体的に生きた女性がいたことを、本書は教えてくれた。私は今、お順のことを、誰それの妹とか、誰それの妻とかではなく、一人の女性として口にしたい。だから、あえて言わせていただこうと思う。

「幕末に勝順という女性あり」と——。

（小説家）

単行本　『お順　勝海舟の妹と五人の男』（上下）
二〇一〇年十二月　毎日新聞社刊
※文庫化にあたり改題しました。

本書は二〇一四年刊の文庫の新装版です。

DTP制作　言語社

文春文庫

お順(じゅん) 下

定価はカバーに表示してあります

2023年7月10日　新装版第1刷

著　者　諸田玲子(もろたれいこ)

発行者　大沼貴之
発行所　株式会社 文藝春秋

東京都千代田区紀尾井町 3-23　〒102-8008
TEL 03・3265・1211㈹
文藝春秋ホームページ　http://www.bunshun.co.jp

落丁、乱丁本は、お手数ですが小社製作部宛お送り下さい。送料小社負担でお取替致します。

印刷製本・凸版印刷

Printed in Japan
ISBN978-4-16-792070-8

# 文春文庫　諸田玲子の本

（　）内は解説者。品切の節はご容赦下さい。

**あくじゃれ** 瓢六捕物帖
諸田玲子
知恵と機転を買われて牢から解き放たれた粋な悪党・瓢六と、不承不承お目付役を務める堅物同心・篠崎弥左衛門の凸凹コンビが、難事件解決に活躍する痛快時代劇。（鴨下信一）
も-18-2

**こんちき** あくじゃれ瓢六捕物帖
諸田玲子
色男・瓢六は今日も大活躍。高価な茶碗を探し出したり牢名主の跡目争いを解決したり。弥左衛門と八重との関係にも進展が……。粋で愉快でほろりとする、シリーズ第二弾。（高部　務）
も-18-4

**べっぴん** あくじゃれ瓢六捕物帖
諸田玲子
娑婆に戻った瓢六の今度の相手は、妖艶な女盗賊。事件の聞き込みで致命的なミスを犯した瓢六は、恋人・お袖の家を出る。正体を見せない女の真の目的は？　衝撃のラスト！（関根　徹）
も-18-8

**再会** あくじゃれ瓢六捕物帖
諸田玲子
大火で恋女房を失い自堕落な生活を送る瓢六。しかしやがてかつての仲間達と、水野忠邦・鳥居耀蔵らの江戸の町民たちを苦しめる〝天保の改革〟に立ち向かう。（細谷正充）
も-18-11

**破落戸**（ごろつき） あくじゃれ瓢六捕物帖
諸田玲子
老中・水野忠邦と南町奉行・鳥居耀蔵という最強の敵に立ち向かう瓢六は、自分を取り戻し、弥左衛門や奈緒たちの協力を得て強敵をじわじわと追い詰めていく。（大矢博子）
も-18-12

**想い人** あくじゃれ瓢六捕物帖
諸田玲子
八年前の江戸の大火で恋女房のお袖が行方不明に。以来傷心の日々を送る瓢六の許には相も変わらず難問が持ち込まれる。そんな折、お袖に似た女を見かけたという話が瓢六に伝わった。
も-18-17

恒川光太郎
**金色機械**
時は江戸。謎の存在「金色様」をめぐって禍事が連鎖する――。人間の善悪を問うた前代未聞のネオ江戸ファンタジー。第67回日本推理作家協会賞受賞作。（東　えりか）
つ-23-1

鳥羽　亮
八丁堀「鬼彦組」激闘篇
**奇怪な賊**
大店に賊が押し入り番頭が殺され、大金が盗まれた。中からは厳重に戸締りされていて、完全密室状態だった。そしてまた別の店が――一体どうやって忍び込んだのか！　奴らは何者か？
と-26-15

鳥羽　亮
八丁堀「鬼彦組」激闘篇
**福を呼ぶ賊**
福猫小僧なる独り働きの盗人が、大店に忍び込み、挨拶代わりに招き猫の絵を置いていくという事件が立て続けに起きた。被害にあった店は以前より商売繁盛となるというのだが……。
と-26-16

土橋章宏
**チャップリン暗殺指令**
昭和七年（一九三二年）、青年将校たちが中心となり首相暗殺などクーデターを画策。陸軍士官候補生の新吉は、来日中の喜劇王・チャップリンの殺害を命じられた――。傑作歴史長編。
と-33-1

永井路子
**炎環**
辺境であった東国にひとつの灯がともった。源頼朝の挙兵、それはまたたくまに関東の野をおおい、鎌倉幕府が成立した。武士たちの情熱と野望を描く、直木賞受賞の名作。（進藤純孝）
な-2-50

永井路子
**北条政子**
伊豆の豪族北条時政の娘・政子は流人源頼朝に恋をする。源平の合戦、鎌倉幕府成立。御台所となり実子・頼家や実朝、北条一族、有力御家人の間で乱世を生きた女を描く歴史長編。（大矢博子）
な-2-55

中村彰彦
**二つの山河**
大正初め、徳島のドイツ人俘虜収容所で例のない寛容な処遇がなされ、日本人市民と俘虜との交歓が実現した。所長こそサムライと称えられた会津人の生涯を描く直木賞受賞作。（山内昌之）
な-29-3